PATRICIA KÜLL

Am Ende des Tages werden wir glücklich sein

AF138148

Weitere Titel der Autorin:

Denn wir werden Schwestern bleiben

## Über die Autorin:

**Patricia Küll** arbeitet beim Südwestrundfunk als Teamleiterin und moderiert das Flaggschiff des SWR und die *Landesschau Rheinland-Pfalz*. Als diplomierte systemische Coachin und zertifizierte Trainerin für Persönlichkeitsentwicklung schreibt sie Fachbücher. Ihr Romandebüt *Denn wir werden Schwestern bleiben* trägt autobiografische Züge. Patricia Küll lebt mit Mann und zwei Kindern in Mainz. Mehr über die Autorin finden Sie unter: www.patricia-kuell.de

PATRICIA KÜLL

# Am Ende des Tages werden wir glücklich sein

ROMAN

Lübbe

Die Bastei Lübbe AG verfolgt eine nachhaltige Buchproduktion. Wir verwenden Papiere aus nachhaltiger Forstwirtschaft und verzichten darauf, Bücher einzeln in Folie zu verpacken. Wir stellen unsere Bücher in Deutschland und Europa (EU) her und arbeiten mit den Druckereien kontinuierlich an einer positiven Ökobilanz.

Originalausgabe

Dieses Werk wurde vermittelt durch
die Literarische Agentur Thomas Schlück GmbH, 30161 Hannover.

Copyright © 2023 by Bastei Lübbe AG,
Schanzenstraße 6 – 20, 51063 Köln

Umschlaggestaltung: Johannes Wiebel | punchdesign, München
unter der Verwendung von Motiven von © VectorART - stock.adobe.com
Satz: hanseatenSatz-bremen, Bremen
Gesetzt aus der Adobe Garamond Pro
Druck und Verarbeitung: GGP Media GmbH, Pößneck

Printed in Germany
ISBN 978-3-404-18990-8

2   4   5   3   1

Sie finden uns im Internet unter luebbe.de
Bitte beachten Sie auch: lesejury.de

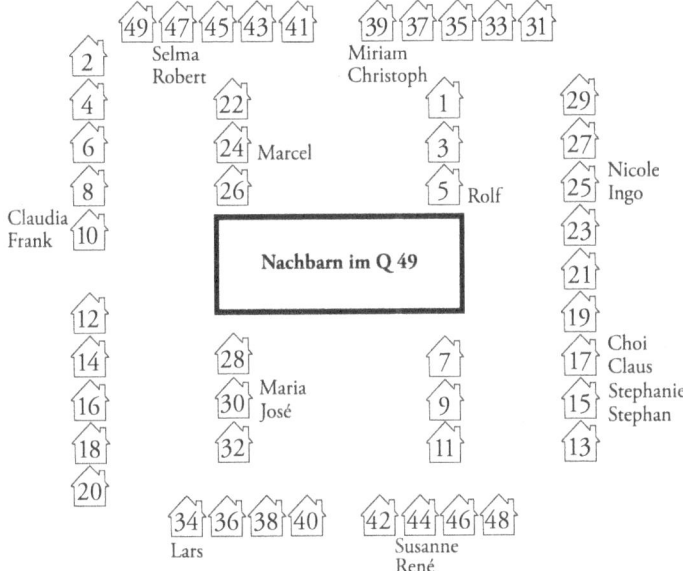

**Nachbarn im Q 49**

49 47 45 43 41
Selma
Robert

39 37 35 33 31
Miriam
Christoph

2
4
6
8
Claudia
Frank 10

22
24 Marcel
26

1
3
5 Rolf

29
27
25 Nicole
Ingo
23
21
19

12
14
16
18
20

28
30 Maria
32 José

7
9
11

17 Choi
Claus
15 Stephanie
Stephan
13

34 36 38 40
Lars

42 44 46 48
Susanne
René

# Leidenschaft

Im Zimmer herrschte ein warmes, gemütliches Halbdunkel. Die Fenster standen sperrangelweit offen, die Rollläden waren fast völlig heruntergelassen. Auf schneeweißen Laken räkelten sie sich – zwei gebräunte Körper, nebeneinander, aufeinander, durcheinander. Es war ein wildes Treiben auf unschuldiger Baumwollbettwäsche wie Adam und Eva vor dem Sündenfall. Ihre Augen, seine haselnussbraun, ihre jeansblau, ihre Lippen, seine kussförmig, ihre herzförmig, ihre Körper, beide sportlich durchtrainiert, konnten nicht voneinander lassen. Sie pflügten sich durch die Bettlandschaft, trotz King Size zu schmal für ihre Begierde, und hinterließen tiefe Furchen der Leidenschaft. Er fühlte, dass ihr Puls in Höhen schoss, die unter anderen Umständen besorgniserregend gewesen wären. Jede Ecke des Zimmers roch nach Leben, Liebe und Leidenschaft. Nach Sommer, Sonne und Sex. Sie hatten an diesem Sommernachmittag alle Fenster offen stehen lassen. Wie leichtsinnig! Man hätte sie hören können, denn auch wenn sie sich um Lautlosigkeit bemühten, so waren die Geräusche, die sie machten, deutlich vernehmbar und auch eindeutig einzuordnen. Wie gut, dass die Nachbarn um diese Zeit nicht anwesend waren – und die Häuser ließ es ohnehin kalt, was in ihnen getrieben wurde.

Danach lagen sie eng umschlungen nebeneinander. Eine schöne blonde Frau in den braun gebrannten Armen eines sympathischen Mannes. Ein Traumpaar.

»Wo würdest du dieses Jahr eigentlich gern die Sommerferien verbringen?«, fragte er leise, während er ihre Schläfe mit kleinen Küssen liebkoste.

Sie blickte zur Decke, ohne sie anzusehen. »Nicht wieder Griechenland, da war es letztes Jahr kaum zum Aushalten. Freddie hatte diese schreckliche Sonnenallergie. Erinnerst du dich?«

Sie drehte sich auf den Bauch und schmachtete ihn an. Nur sie konnte bei banalen Themen wie Urlaubsplanung so hingebungsvoll gucken. Er küsste sie erneut, doch er wusste, dass er nicht mehr viel Zeit hatte, und löste sich von ihr, noch bevor die Welle des Begehrens sie wieder überrollen konnte.

»Wie wär's mit Oberitalien oder noch besser Südtirol? Vorausgesetzt wir kriegen überhaupt noch was, wir sind verdammt spät dran dieses Jahr. Guck doch mal, ob du ein großes Ferienhaus findest, was richtig Schickes mit Pool. Dann könnten die anderen den ganzen Tag am Beckenrand chillen und wir beide würden unauffällig mit den Mountainbikes verschwinden.«

»Super Idee«, murmelte sie und streckte sich, um ihn zärtlich zu küssen.

Er konnte nicht anders, als den Kuss zu erwidern. Doch er gönnte ihnen nur ein paar Sekunden, dann machte er sich frei und sprang aus dem Bett.

»Sorry, mein Schatz, ich muss.«

Während er sich sein weißes Businesshemd anzog und zuknöpfte, es spannte ein wenig über seiner muskulösen Brust, lag sie auf der Seite, das Kinn auf der Hand abgestützt und beobachtete ihn. Er fand es amüsant, dass sie ihn nach all den Jahren immer noch anschmachtete. Er wusste, dass er gut aussah und auch die Blicke anderer Frauen auf sich zog. Aber er bildete sich nichts darauf ein. Er würde sich niemals in einem Fitnesscenter quälen, um seine Figur zu optimieren, er wusste, dass allzu viel Schönheit schnell langweilig wurde. Und Perfektion bei anderen nur Aggression auslöste. Mit diesem Wissen lief er lässig bis nachlässig durchs Leben.

Ganz anders die Frau, die ihn immer noch bewundernd betrachtete. Dass sie von einem Mann wie er einer war, begehrt wurde, konnte sie kaum fassen. Dabei stand sie ihm im Aussehen in nichts nach. Doch das erkannte sie nicht. Dazu fehlte ihr das Selbstbewusstsein.

Als er angezogen war, beugte er sich zu ihr hinunter und nahm ihr Kinn in die Hand. »Ich liebe dich, wie ich noch keine andere geliebt habe, und ich habe länger auf dich gewartet als auf jede andere Frau.«

Er sah ihr in die blau strahlenden Augen und registrierte zufrieden, dass dieser Satz seine Wirkung tat, denn sie schmolz dahin wie Schokolade in der Sonne. Vermutlich wusste sie nicht, dass er ihn sich nur ausgeliehen hatte – bei Rhett Butler, der damit bei Scarlett O'Hara in *Vom Winde verweht* ebenfalls eine durchschlagende Wirkung hatte verbuchen können. Er gab ihr noch einmal einen Kuss, erhob sich, zwinkerte ihr frech zu, schnappte sich seinen schwarzen Lederrucksack, den er anstelle einer Aktentasche mit ins Büro nahm, und verließ das Schlafzimmer. Mit jugendlichem Elan lief er die Treppe hinunter. An der Haustür angekommen, öffnete er diese einen Spalt und überblickte mit einem schnellen, routinierten Blick den kleinen Garten und den Weg links und rechts. Kein Mensch weit und breit, zu dieser Uhrzeit waren die meisten Nachbarn noch bei der Arbeit und die Mütter mit ihren Kindern aufgrund der Hitze im Freibad oder im Garten.

Er ging hinaus, zog vorsichtig die Tür ins Schloss und eilte durch den kleinen, mit Buchsbäumchen, Rosen und Lavendel bepflanzten Vorgarten. Er scannte unauffällig die Umgebung, bog nach rechts, ließ drei Reihenhäuser unbeachtet liegen und sprang dann über den niedrigen Zaun in den nächsten Vorgarten, der nicht ganz so schön angelegt war. Sein Blick fiel auf das Keramikschild, das an der Haustür hing. Darauf eine Bärenfamilie – Vater Bär, Mutter Bär und zwei Bärenkinder – sowie die Worte: *Hier leben und lieben Selma, Robert und ihr Nachwuchs.* Er fand das Ding kitschig und peinlich, aber Selma mochte es. Also ließ er ihr nach anfänglichen Diskussionen ihren Willen. Wie so oft.

Er fingerte die Schlüssel aus seinem Rucksack, schloss die Haustür auf und rief, noch ehe er die Diele betreten hatte: »Schatz, ich bin zu Hause!«

# *Perfekt*

Peep – peep – peep. Der Wecker klingelte pünktlich um sechs Uhr wie jeden Tag außer am Wochenende, da konnte es passieren, dass Maria noch früher aufstand. Sie war bereits kurz vorher wach gewesen und hatte das kleine quadratische Gerät aus Metall beim ersten Geräusch ausgestellt.

Normalerweise sprang sie in derselben Sekunde aus dem Bett, griff nach ihrem Handy, das auf dem Nachttisch lag, und checkte noch auf der Toilette die eingegangenen Nachrichten der vergangenen Nacht. Die meisten Mails waren von der amerikanischen Anwaltskanzlei, für die sie in der Deutschlandniederlassung arbeitete. Unter der Dusche dachte sie über die ersten kniffligen Fragestellungen nach und formulierte Antworten. Während andere morgens einen langen Vorlauf brauchten, bis sie auf Betriebstemperatur waren, war Maria immer gleich voll da. Direkt mit hundertachtzig Sachen rein ins Geschehen. Ohne Anlauf. Ohne Umwege. Sie trank ihren Kaffee und tippte die ersten Gedanken zu den meist komplizierten Sachverhalten in fließendem Englisch in den Laptop. Ihre Arbeit als Wirtschaftsanwältin forderte sie sehr – zu allen Tages- und Nachtzeiten – und genau das liebte sie. Immer schnell, immer in Bewegung, nur kein Stillstand.

Normalerweise wäre sie bereits wie ein aufgeladener Duracell-Hase in den Tag gestartet, doch es war der erste Dienstag im Monat. An jedem ersten Dienstag im Monat traf sie sich mit ihrer Mutter, und da sie bei ihr unmöglich schon um sieben Uhr morgens auftauchen konnte, blieb sie in ihrem brei-

11

ten, weichen, wunderbaren Bett liegen – zumindest noch eine kleine Weile.

Sie hörte das Rauschen der Dusche. José war wie immer schon vor ihr aufgestanden. Nicht dass sie ihn gehört hätte, nein, er war immer sehr rücksichtsvoll und leise. Außerdem hatte sie nachts Stöpsel in den Ohren. Und sie hatten getrennte Schlafzimmer, also halb getrennte, wie sie es nannte. Zwei Zimmer, verbunden mit einer Schiebetür. »So sind wir uns nah, und doch hat jeder nachts die Umgebung, die er für einen guten Schlaf braucht. José ist mehr der Strandschläfer, er hat es gern warm und hell, und ich bin im Gegensatz dazu der Sargschläfer, liebe es kalt und dunkel«, erklärte sie gern lachend und eine Spur zu ausführlich, damit niemand falsche Rückschlüsse aus den getrennten Schlafzimmern ziehen konnte. Was natürlich trotzdem jeder tat.

In ihrem Zimmer war es gar nicht mehr so dunkel. Die Sonne schlich sich bereits durch den Spalt, den sie jeden Abend beim Herunterlassen der Rollläden freiließ, um wenigstens ein bisschen frische Luft zu bekommen. Dunkel und kalt, das klappte in diesen heißen Sommerwochen nicht wirklich, deswegen war der nahezu geschlossene Rollladen ein Kompromiss – fast dunkel und lauwarm. Eigentlich hatte sie bereits im Jahr zuvor eine Klimaanlage einbauen lassen wollen, um nachts ihr Schlafzimmer auf eine erträgliche Temperatur kühlen zu können, aber das hätten ihr die Nachbarn in dem ökologisch vorbildlichen Quartier persönlich übel genommen. Also hatte sie die Pläne fallen lassen, noch bevor ein Kostenvoranschlag eingeholt worden war.

Maria griff nach der Fernbedienung, die neben ihrem Handy auf dem Nachttisch lag, und ließ den Rollladen per Knopfdruck nach oben fahren. Nun konnte die Sonne in ihrer ganzen Morgenschönheit ins Zimmer scheinen. José hatte seine Dusche offenbar beendet, denn das Wasserrauschen war verstummt.

*Jetzt summt er bestimmt wieder, während er sich rasiert.*

Ein Lächeln huschte über ihr Gesicht. Sie liebte seine süd-ländische Leichtigkeit. Versonnen blickte sie ins Freie. Von all den Pflanzen im Garten sah sie nur die Spitze der Zierkirsche, über deren rosafarbene Blüten sie sich jedes Frühjahr aufs Neue freute. Das säulenartige Gewächs war in den Jahren, seit sie in ihrem Haus lebten, groß und stattlich geworden. Maria und José waren mit die Ersten gewesen, die damals ins Quartier ge-zogen waren. Und sie gehörten zu den Wenigen, die keine Kin-der bekommen hatten.

Sie schnupperte. Noch nahm sie keinen Kaffeeduft wahr, aber sie wusste, wenn sie lange genug liegen blieb, dann würde er zu ihr raufgezogen kommen. Dieser wunderbar herbe Duft von frisch gemahlenem und frisch aufgebrühtem Kaffee. Ein guter Morgen fing eigentlich erst damit an, und wenn José dann noch mit zwei Bechern zu ihr ins Schlafzimmer kam und sich auf ihre Bettkante setzte, dann waren die freien Dienstagvor-mittage wirklich zu etwas gut. Wenn sie gekonnt hätte, hätte sie in diesen Momenten vor lauter Zufriedenheit am liebsten angefangen zu schnurren.

Die Kaffee-ans-Bett-bring-Tage gab es noch nicht so lange. Maria hatte erst zwei Jahre zuvor begonnen, einen Vormittag im Monat für ihre Mutter zu reservieren. Damals hatte sie realisiert, dass die Zeit endlich ist. Sie wollte sie gut nutzen, um sich später keine Vorwürfe machen zu müssen. Nicht noch mehr als ohne-hin. Allerdings sollte nicht die gemeinsame Zeit mit José darun-ter leiden, deswegen hatte sie mit ihrem Arbeitgeber die freien Tage ausgehandelt. Der sah das nicht gerne, aber was sollte er zu einer Mitarbeiterin sagen, die ohne zu murren jede Woche sechzig Stunden und mehr arbeitete?

Sie hob die Nase leicht an, denn sie glaubte, den ersehnten Duft erschnuppert zu haben. Und tatsächlich ging die Schlafzimmertür auf, und José kam herein – mit ihm eine überaus angenehme Melange aus Kaffeegeruch und dem eines frisch Geduschten. Er hielt in jeder Hand einen Becher und hob den Blick erst, als er an ihrem Bett angekommen war.

»Guten Morgen, mein Schatz. Alles klar?« Er reichte ihr einen Kaffee.

Sie nickte. »Wird nur sehr spät heute Abend. Muss mal schauen, wie ich die Arbeit schaffe nach dem Besuch bei Mutter. Außerdem hab ich mit den Nachbarn ein Treffen wegen unseres Festes. Also warte nicht auf mich.«

»Was steht denn die Woche noch an?«

»Bei mir wird es jeden Tag spät wegen der Geschäftsübernahme dieses wichtigen Mandanten, du weißt schon. Da kommt einiges auf mich zu.« Sie blies vorsichtig in den Kaffee und trank einen kleinen Schluck. Dann versuchte sie sich zu erinnern, was noch in ihrem Terminkalender stand. »Ach ja, das Radtraining am Samstag wurde auf sechs Uhr vorverlegt. Das ist selbst für mich früh, aber dann ist es wenigstens noch nicht so heiß.«

Sie fuhren beide leidenschaftlich Rad. Im völligen Gleichtakt traten sie auf ihren Rennrädern in die Pedale, als wären sie auf einem Tandem unterwegs. Die Körperhaltung in den schwarzen Radlerdresses, die Kopfstellung unter den Helmen, ja selbst die Atmung – als wären sie Zwillinge. So sahen sie auch aus. Sie hatten beide dunkle Locken, schokobraune Augen, die gleiche schlanke Gestalt – und eine Vorliebe für helle Leinenhemden und Segelschuhe. Als sie sich das erste Mal so gegenübergestanden hatten, war die Anziehung schon spürbar gewesen. Als sie sich dann einander vorgestellt und realisiert hatten, dass sie Maria und Josef wären, wenn José statt eines chilenischen einen bayerischen Vater gehabt hätte, da hatten sie sofort an Schicksal geglaubt und waren den ganzen Abend nicht mehr zu trennen gewesen. Wenige Wochen nach ihrem Kennenlernen waren sie zusammengezogen.

»Wird dir das alles nicht zu viel? Wir können das Radtraining doch auch mal schwänzen.«

»Ach was«, wehrte sie mit einem Lächeln ab. »Schwänzen kommt nicht in die Tüte. Das Gute an dem frühen Training ist, dass wir dann in Ruhe unseren Wochenendeinkauf machen können. Am Nachmittag treffen wir die Rotarier. Und wenn wir diesmal nicht wieder direkt vom Kaffee zum Wein übergehen, wird es auch nicht so spät.« Sie grinste ihn an in Erinnerung an das letzte Treffen, das zu einem Totalabsturz bei allen Beteiligten geführt hatte. Dann fuhr sie im sachlichen Ton einer Chefsekretärin fort, die Termine fürs Wochenende runterzubeten. »Am Sonntag um sechs wieder Training, am Nachmittag sind wir bei deinen Apothekerfreunden eingeladen, und abends haben wir Karten fürs Theater.« José zog die Augenbrauen hoch. Doch bevor er Einwände hervorbringen konnte, redete sie weiter. »Wir machen einfach alles ganz entspannt.«

Das, was Maria entspannt nannte, hätte bei anderen allein vom Zuhören Stresspusteln hervorgerufen. Mit dem letzten Satz wollte sie José signalisieren, den Terminplan nicht infrage zu stellen. Und erwartungsgemäß schluckte er seine Bedenken hinunter.

»Alles klar, mein Schatz, dann weiß ich Bescheid.« Er stand auf, stellte seinen Becher auf den Nachttisch, beugte sich zu ihr runter, um ihr einen Abschiedskuss zu geben. Doch sie drehte schnell den Kopf zur Seite und bot ihm ihre Wange an. Sie wollte nicht auf den Mund geküsst werden, solange sie noch nicht die Zähne geputzt und gegurgelt hatte. Er ärgerte sich sichtlich, dass er nicht daran gedacht hatte. So küsste er sie erst auf die Wange und dann noch mal auf die Stirn. »Ich muss los, wir bekommen heute in der Apotheke eine große Lieferung mit

Medikamenten und Beautyartikeln, die muss eingeräumt werden, bevor ich den Laden öffne.«

»Bring mir was mit, wenn es was tolles Neues gibt.«

»Mach ich. Dir gutes Gelingen bei deiner Mutter, grüß sie von mir.« Er winkte beim Rausgehen, sein frischer Rasierwasserduft zog mit Verspätung hinter ihm her.

Maria sah José versonnen nach.

*Was hab ich für ein Glück mit ihm. Er hat all das, was mir fehlt.*

José war spontan, aufgeschlossen, emotional, optimistisch, und er konnte Menschen im Sturm gewinnen. Was ihn aber wirklich besonders machte: Er hatte keine Angst vor der Traurigkeit in ihren Augen, er konnte damit umgehen. Wenn Maria sie zuließ. Das tat sie nur meistens nicht. Sie rannte vor ihr davon, immer in Eile, immer in Bewegung.

Und auch jetzt hielt sie die Stille nicht mehr aus. Sie spürte, wie die Unruhe in ihr hochkroch. Maria scheute wie so viele Menschen den Stand-by-Modus, denn in Zeiten der Ruhe kamen die Geister hervor. Gefühle, denen man nicht gern begegnete, wälzten sich in Mußestunden aus ihren Verstecken und überfielen einen, wenn man nicht auf Flucht eingerichtet war. Deswegen war es besser, man blieb im ständigen Dauerlauf.

Irgendjemand hatte ihr einmal gesagt, dass verdrängte Gefühle immer wiederkommen und dabei immer stärker werden. Doch das wollte sie nicht wahrhaben. Und so vertrieb sie auch jetzt die aufkommenden Emotionen Einsamkeit und Melancholie mit Aktivität. Sie stand auf, stellte sich in ihrem weißen Seidennachthemd ans bodentiefe Fenster und schaute in den Sommergarten hinaus. Die Luft war trotz der frühen Stunde schon wieder angedickt wie Marmelade zu Beginn des Einkochens.

Im Quartier regte sich das erste Leben. Sie hörte Kinderweinen und Geschirrgeklapper. Diese Alltagsgeräusche nervten sie in letzter Zeit immer öfter, sie konnte sich kaum noch auf das Schöne in ihrem Garten konzentrieren. Viele verschiedene Stauden bildeten ein wildes Miteinander. Um den Lavendel mit den dunkellila Köpfchen schwirrten emsig zahllose Bienen. Die prallen Rosenköpfe in Himbeerrot und edlem Creme blühten in einer Fülle, dass sie gar nicht wusste, wohin sie zuerst schauen sollte. Der fein-süße blumige Duft waberte bis zu ihr in die erste Etage.

In diesem Garten hatten sie schon zahllose wundervolle Feste mit Nachbarn und Freunden gefeiert. Sie war eine beliebte Gastgeberin, denn sie hatte eine Begabung dafür, Menschen zusammenzubringen und sie mit außergewöhnlichen Kreationen aus der Küche zu verwöhnen. In Kombination mit Josés unterhaltsamem, überschwänglichem Naturell war es kein Wunder, dass ihre Einladungen heiß begehrt waren und niemals jemand absagte. Sie waren im Quartier und auch außerhalb ausgesprochen angesehen. Man hätte neidisch auf dieses perfekte Leben werden können, und diejenigen, die glaubten zu wissen, dass Maria sowieso alles in den Schoß fiel und sie einfach ein ausgemachtes Glückskind war, was ihre Herkunft, ihren Beruf, ihren Mann und ihr Schicksal im Allgemeinen anging, waren es mit Sicherheit auch. Wie so oft sahen andere nur den Glanz und nicht die Mühen. Manchmal ärgerte sie sich darüber, dass jeder glaubte, ihr würde alles zufliegen. Doch um anderen klarzumachen, wie es wirklich war, hätte sie sie hinter die Fassade blicken lassen müssen. Und das wollte sie dann doch nicht.

Maria ging ins Bad, duschte in Ruhe, frühstückte einen Joghurt und eine Banane und las ausführlich die Tageszeitung. Aktivitäten, für die sie sich normalerweise deutlich weniger Zeit nahm. Die Mails ihres Arbeitgebers hatte sie noch nicht gecheckt. Das kostete sie große Selbstbeherrschung. Aber es ergab keinen Sinn, ihre Mutter zu besuchen und im Kopf ein berufliches Problem zu wälzen. Nein, sie wollte in diesen wenigen Stunden ganz im Hier und Jetzt sein. Also würde sie die Mails erst mittags lesen, auch wenn es ihr permanent in den Fingern juckte, schnell mal den Mailbutton auf ihrem Handy zu drücken und die eingegangenen Nachrichten kurz zu überfliegen. Jeden ersten Dienstag im Monat kämpfte sie gegen sich selbst und war immer ein bisschen stolz auf sich, wenn ihr Ehrgeiz und ihre Zielstrebigkeit in beruflichen Dingen die Unterlegenen blieben.

Maria blickte auf ihre Uhr, eine hübsche, sehr wertvolle Markenuhr mit kleinen Diamanten anstelle der Stundenzahlen. Sie hatte sie zum zehnten Hochzeitstag von José geschenkt bekommen. Noch hatte sie Zeit. Sehr viel Zeit. Vielleicht könnte sie heute ausnahmsweise … Nur weil sie noch fast eine Stunde hatte, bis sie losfahren musste. Gedacht, getan. Schnell öffnete sie ihren Laptop, und das war ein Fehler.

Ihr Mailaccount war voller ungelesener Nachrichten. Alle aus den USA. Alle mit dem Betreff *URGENT*. Maria dachte keine halbe Sekunde nach, sondern öffnete reflexartig die erste Nachricht. Ihr wichtigster Mandant, ein amerikanischer Unternehmer, wollte ein deutsches Sportlabel aufkaufen, da durfte nichts schiefgehen. Es ging um mehrere hundert Millionen Dollar, doch es fehlten immer noch wichtige Beglaubigungen, die deutschen Behörden arbeiteten verdammt langsam, die Amis wurden unruhig, und nun sollte Maria Feuerwehr spielen und die Brandherde löschen – ohne allzu viel Rauch zu verursachen und am besten noch bevor irgendetwas in Flammen stand. Maria verschaffte sich schnell einen Überblick, schaute noch einmal auf die Uhr und seufzte. Kurz hielt sie inne und dachte nach.

*Heute, wirklich nur heute, sage ich ab. Absolute Ausnahme. Ich versprech's.*

Wem sie es versprach, sich oder ihrer Mutter, definierte sie nicht. Sie fuhr den Laptop runter, klappte ihn zu und machte sich auf den Weg.

Mit eiligen Schritten überquerte sie den großen rechteckigen Quartiersplatz und bereute im selben Moment, dass sie nicht außenherum gegangen war, denn von Weitem erkannte sie Susanne, die ihr bereits fröhlich zuwinkte. Maria fluchte innerlich. Über Susannes fehlendes Feingefühl wurde in der Nachbarschaft immer wieder gelästert. Natürlich nur hinter ihrem Rücken. Sie merkte nie, wenn es jemandem nicht gut ging oder wenn jemand in Eile war oder einfach keine Lust auf einen Plausch hatte.

»Wie schön, dich zu sehen, Maria«, rief Susanne dann auch erwartungsgemäß quer über den Platz.

Das war für gewöhnlich ihr Aufschlag für ein längeres Gespräch, das daraus bestand, dass sie ausführlich völlig uninteressante Geschichten zum Besten gab. Doch Maria schlug sie diesmal mit ihren eigenen Waffen.

»Ich freu mich auch, aber ich hab leider überhaupt keine Zeit.«

Dabei klopfte sie demonstrativ auf die Uhr und lief weiter, denn das war der Trick: nicht stehen zu bleiben. Auf keinen Fall stehen zu bleiben.

»Ach ja, heute ist ja der erste Dienstag im Monat. Wie ich dich beneide um diese Mutter-Tochter-Tage, ich kann es dir gar nicht sagen.« Susanne hatte ihren Schritt sichtbar verlangsamt und ließ Maria auf sich zukommen. Das war ihr Trick, um etwas Zeit zum Quatschen rauszuschinden. »Ich wünschte, ich hätte auch so ein tolles Verhältnis zu meiner Mutter und würde so tolle Sachen mit ihr unternehmen können wie du mit deiner. Na ja, das weißt du sicher.« Maria nickte ihr freundlich zu, ging aber unbeirrt weiter, auch als sie auf Susannes Höhe angekommen war. Die musste sich umdrehen und ihr hinterherrufen. »Dann halte ich dich nicht länger auf, grüß sie unbekannterweise. Viel Spaß beim Shoppen und Essen und allem, was ihr machen werdet.«

Maria winkte ihr, ohne sich umzudrehen. Dass Susanne von ihren Dienstagstreffen mit ihrer Mutter wusste, erstaunte sie. Sie hatte es ihr bestimmt nicht erzählt. So dicke war sie mit ihr nicht. Doch offenbar war sie selbst auch ab und an Mittelpunkt des nachbarschaftlichen Klatsches. Darüber hatte sie sich noch nie Gedanken gemacht. Nur gut, dass sie nicht wusste, was die anderen über sie erzählten.

Dreißig Minuten später war sie – anders als Susanne es vermutet hatte – in der Kanzlei. Dort schrieb sie José in aller Eile eine Kurznachricht, und dann tauchte sie ab. In Paragrafen und Rechtsprechungen. Maria konnte sich auf eine Aufgabe so fokussieren, dass sie jedes Zeit- und Hungergefühl verlor.

Es klopfte. Sie brauchte ein paar Sekunden, um sich zu orientieren, wo sie eigentlich war. Ein Blick auf die Uhr zeigte ihr, dass Stunden vergangen waren. Noch bevor sie »Herein!« sagen konnte, öffnete sich die Tür, und ihre Kollegin und Freundin Tamara spazierte ins Zimmer, in jeder Hand einen Kaffeebecher.

»Hey, ich hab gehört, dass du im Haus bist. Dachte mir, du brauchst vielleicht einen Kaffee.« Mit vorwurfsvollem Blick reichte Tamara ihr einen Becher.

»Was guckst du so?«, fragte Maria gereizt. Sie kannte diesen Blick nur zu gut.

»Warum bist du hier? Du hast heute deinen freien Dienstagvormittag.«

»Ich weiß.« Maria fiel auf ihrem Schreibtischstuhl zusammen wie ein Soufflé, das zu früh aus dem Ofen geholt worden war. »Aber was hätte ich denn tun sollen?«

»Nein sagen«, antwortete Tamara. Maria hörte das nicht zum ersten Mal. »Du weißt, ›Nein!‹ ist ein ganzer Satz.« Sie blickte liebevoll-spöttisch zu ihr herunter. »Am Ende deines Lebens wirst du dein ewiges ›Aber was hätte ich denn tun sollen?‹ noch verfluchen.« Sie beugte sich zu ihr und gab ihr einen freundschaftlichen Schmatzer auf die Wange. Im Rausgehen mahnte sie: »Mach wenigstens nicht wieder bis in die Nacht.«

Kaum war Tamara weg, kam das schlechte Gewissen.

*Am Ende deines Lebens wirst du den Satz ›Aber was hätte ich denn tun sollen?‹ noch verfluchen.*

Maria atmete schwer aus. Tamara hatte so recht. Wie sehr, das ahnte sie vermutlich gar nicht.

*Im nächsten Monat besuche ich dich bestimmt, Mutter – und wenn die Kanzlei pleitegeht.*

Doch in diesem Monat hatte der Job mal wieder erste Priorität. Wenn Maria ehrlich zu sich selbst gewesen wäre, dann hätte sie sich eingestanden, dass sie sich ganz gerne in die Arbeit flüchtete. Für diese Art der Selbstreflektion hatte sie allerdings keinen Sinn und – glücklicherweise – überhaupt keine Zeit.

Sie nippte kurz an ihrem Kaffee und vertiefte sich wieder in die Akten. Als sie das nächste Mal aufblickte, war das Getränk kalt, ihr Magen knurrte vernehmlich, draußen breitete sich die Dämmerung wie eine viel zu dicke Daunendecke über einen weiteren heißen Sommertag aus. Maria griff nach ihrem Handy und checkte ihre Nachrichten.

*Verdammt, ich hab das Treffen mit den Nachbarn vergessen.*

Schnell schrieb sie in den *Dinner-in-white*-Chat: *Sorry, ihr Lieben, in der Kanzlei war die Hölle los. Lohnt es noch vorbeizukommen? GLG Maria.* Sie fuhr ihren Computer runter, räumte ihren Schreibtisch auf und packte ihre Sachen zusammen. Ihr Mobiltelefon piepste. Die Nachbarn hatten geantwortet: *Alles gut. Planungen stehen, To-do-Listen gehen gleich per Mail raus, kannst deine weißen Klamotten bügeln. Wir sehen uns am Samstag auf dem Platz. GLG Das Planungsteam. PS: Wir brauchen noch eine Lichterkette. Habt ihr eine?*

Maria war heilfroh, dass nach diesem Tag niemand mehr etwas von ihr wollte – außer einer Lichterkette. Auf dem Weg zum Auto merkte sie, wie müde sie war. Sie dachte an ihre Mutter.

*Nächsten Monat besuche ich dich auf jeden Fall. Ich will mir nicht noch mal in meinem Leben solche Vorwürfe machen müssen. Ich werde dich besuchen. Egal, was kommt. Nächsten Monat. Ich versprech's.*

# Schöner Schein

*Die Ehe ist ein Versprechen, und versprochen hat man sich schnell.*

An diesen dummen Spruch musste Claudia denken, als sie schon wieder an einer roten Ampel halten musste. In letzter Zeit hatte sie viel darüber nachgedacht, ob ihre Ehe eher ein Versprechen oder ein Versprecher war. Sie glaubte, die Antwort zu kennen. Da diese Grund für viel Trübsal gewesen wäre, stellte sie sich die Frage erst gar nicht. Sie wusste, dass die Verdrängungstaktik zu nichts führte, aber sie konnte nicht anders. Zumindest nicht im Moment. Im Moment blieben viele Fragen ungestellt, weil sie Angst vor den Antworten hatte.

Entgegen ihrer Art tippelte sie nervös auf dem Gaspedal herum, in Habachtstellung, um sofort losfahren zu können, falls die verdammte Ampel jemals wieder grün würde. Schon auf dem Weg zur Schule war sie von einer roten Ampel zur nächsten geschlichen. Beinahe wäre Emil zu spät gekommen. Was ihm ziemlich egal gewesen wäre. Breitbeinig und wortlos hatte er auf dem Beifahrersitz gesessen und *Clash of Clans* auf seinem Handy gespielt. Als er sich mit einem raschen »Tschau« blicklos von ihr verabschiedet hatte, hatte sie ihrem Siebzehnjährigen eine kurze Zeit hinterhergeschaut. Er war fast acht Jahre jünger als seine Schwester Kerstin und wurde als Nesthäkchen leider zu sehr von ihr verwöhnt. Ihr Herz war schwer geworden, doch bevor sie sich dem hatte hingeben können, war sie vom unhöflichen Hupen eines anderen Autofahrers aus ihren Gedanken gerissen worden. Sie hatte die aufkommende Wehmut mit einer fahrigen Handbewegung verscheucht, so

23

als wäre eine Fliege zu verjagen gewesen, und sich aufs Fahren konzentriert.

Das Ampelsystem hatte auch auf dem Heimweg keine Gnade mit ihr, unbarmherzig schaltete jede Signalanlage kurz vor ihrem Ankommen auf Rot. Bloß gut, dass ich zu Haus schon das meiste auf Vordermann gebracht habe, das würde ich jetzt nicht mehr schaffen, dachte sie, überholte den Langweiler vor sich auf der rechten Spur und zwang ihn dann zum Bremsen, indem sie sich vor ihn drängte. Kein feiner Stil, aber an diesem Morgen konnte sie keine Rücksicht nehmen, wie sie es sonst immer tat.

Als sie mit dem großen Familienvan endlich ankam – ausnahmsweise war sie bis vors Haus gefahren, was streng genommen in dem autofreien Quartier nicht erlaubt, aber möglich war –, wartete Frank bereits. Wie immer sah es aus, als wollte er ausziehen. Silberne Metallkisten, schwarze Hardcoverkoffer und etliche Taschen stapelten sich auf dem Weg durch den Vorgarten. Darin Kameras, Stative, Licht, Tonausrüstung – alles was man brauchte, um Filme zu drehen. Eigentlich reichte Frank bei seiner Arbeit eine kleine Kamera und ein Mikro, denn er und sein Assistent mussten meist schnell und effizient sein. Wenn es um Leben und Tod ging, war eine große Ausrüstung mehr als hinderlich. Aber Frank sagte immer: Man weiß ja nie, was kommt und wozu man sie braucht. Natürlich war das nicht der wahre Grund, aber den wahren Grund würde ihr Mann niemals zugeben, nicht mal sich selbst gegenüber.

»Alles eingepackt. Brauchst du noch was, oder können wir los?«

Frank hatte das Auto schnell und geschickt beladen und stand nun ungeduldig neben ihr am geöffneten Seitenfenster.

»Wir können los«, murmelte sie und rutschte umständlich auf den Beifahrersitz.

Nach den vielen Jahren Ehe wusste sie, dass Frank nicht gefahren werden wollte, sondern selbst fuhr. Immer und überallhin.

»Was hast du denn heute vor?« Er sah sie kurz an und ließ seinen Blick dann zu ihrem Rock wandern.

»Wieso?« Ruckartig wandte sie ihm den Kopf zu. Ohne abzuwarten, ob er vielleicht etwas erwidern wollte, sprach sie weiter. »Nichts, bei mir ist alles wie immer. Außer dass ich mal wieder Lust hatte, einen Rock anzuziehen. Manchmal kann ich die ollen Jeans nicht mehr sehen. Zudem ist es viel zu warm für Hosen.« Ihre Stimme flatterte wie ein Vögelchen, aber er merkte nichts davon. Sie rutschte an ihn ran, so nah es in einem Auto eben möglich war, und schmiegte sich an seinen Oberarm. Das weiße Poloshirt, das sie gebügelt hatte, wie sie all seine Sachen bügelte, sogar die Unterhosen, weil er das so wollte, stand in schönem Kontrast zu seinem braun gebrannten, behaarten Arm. Sie spürte die Wärme und gab sich ein paar Sekunden dem trügerischen Gefühl der Geborgenheit hin. »Ich will, dass du mich in guter Erinnerung behältst«, raunte sie ihm ins Ohr.

Frank schaute sie belustigt an, legte seinen Arm um sie und drückte sie an sich. Wie der schiefe Turm von Pisa saß sie auf ihrem Sitz, die Mittelkonsole presste sich unsanft in ihre Rippen. Ihre Halswirbelsäule war so verdreht, dass sie schon die ersten Anzeichen von Kopfschmerzen spürte. Unbequemer ging es kaum, aber war nicht das ganze Leben mit Frank unbequem? Wie anders war das damals mit Leonhard gewesen.

Claudias Gedanken schweiften ab. Leonhard … Was hatte sie ihn angehimmelt. Über Jahre. Natürlich nur heimlich wie ein Schulmädchen. Mit ihm war alles leicht und unbeschwert gewesen. Leonhard hatte immer gute Laune gehabt, war immer anwesend und nie von oben herab gewesen. Leider war er ihr Chef. Niemals hätte sie auch nur zu träumen gewagt, dass zwischen ihnen beiden mehr werden könnte. Doch dann war diese Produktion gekommen, für die sie über Wochen hinweg unzählige Überstunden gemacht hatte. Leonhard und sie hatten täglich von morgens bis abends in den Sicht- und Schneideräumen gesessen. Eigentlich war sie als Assistentin für den Papierkram zuständig, aber bei dieser Filmproduktion hatte Leonhard sie mehr denn je gefordert. Immer häufiger hatte er sie in den Schneideraum gerufen, um ihre Meinung zu hören. Oft hatten sie bis tief in die Nacht gearbeitet, und eines Abends waren sie sich tatsächlich nähergekommen. Es war gar nicht viel passiert, ein paar Küsse, während sie darauf gewartet hatten, dass der Rechner die Daten für das geschnittene Filmmaterial speicherte.

Als seine Hände angefangen hatten, über ihren Körper zu gleiten, war sie es gewesen, die sich von ihm gelöst und keine weitere Grenzüberschreitung zugelassen hatte. Sie spürte seine Finger noch immer auf ihrer Haut – wie eingebrannt – und bedauerte im Rückblick zutiefst, dass sie so vernünftig, so moralisch, so blöd gewesen war. Denn seit diesem Tag war alles anders geworden. Er war weiterhin freundlich zu ihr, hatte sie aber kein einziges Mal mehr nach ihrer Meinung gefragt. Sie war auf ihre Assistentinnenrolle zurückgeworfen worden, und es war ihr sehr bald klar geworden, dass sich das nie wieder ändern werden würde. Doch das war nicht das Schlimmste. Die vertraute Nähe zwischen ihr und Leonhard, die ihr an jedem Tag Auftrieb gegeben hatte, hatte sich in nichts aufgelöst. Für Claudia gab es nun keinen Rettungsring mehr, der sie über Wasser gehalten hätte, und sie musste all ihre Energie aufbringen, um nicht nach und nach unterzugehen. Im Job waren der Spaß und das Vertrauen dahin, und zu Hause hatte sie wegen dieser lächerlichen Küsse ein furchtbar schlechtes Gewissen. Nun wagte sie es noch weniger, gegen Franks Machogehabe aufzubegehren.

»Komm Schatz, beweg dich, ich hab's eilig.«

Franks Worte holten sie in die Gegenwart zurück. Ohne dass sie es bemerkt hatte, waren sie am Flughafen angekommen. Geschickt stapelte ihr Ehemann die Kisten und Koffer, auf denen Dutzende Aufkleber der großen Fernsehsender Europas klebten, auf einen Gepäckwagen. Er selbst trug die Teamjacke mit dem auffälligen Senderlogo und an einem Band um den Hals seine Akkreditierung, die ihn als Reporter im Dienst auswies. Das wäre auf dem Weg zum Einsatzort gar nicht nötig gewesen, aber Frank gab gerne zu erkennen, was er beruflich machte.

Sie bekam einen schnellen Kuss, dann lief er los. Wenn er glaubte, keiner wüsste, warum er wegen des vielen und ungewöhnlichen Gepäcks jedes Mal das ganze Theater mit dem Zoll auf sich nahm, dann täuschte er sich. Claudia wusste Bescheid. Sie sah ihm hinterher, als er wie ein Model auf dem Laufsteg zum Flughafeneingang stolzierte. Wenn er mit den Kisten auf dem Gepäckwagen durch die großen Hallen des Flughafens schritt und merkte, wie die Menschen ehrfürchtig erst auf sein Equipment und dann auf ihn schielten, wuchs er regelmäßig mehrere Zentimeter. Sie kannte seine Eitelkeit nur zu gut. Eigentlich benahmen sich vor allem kleine Männer so. Doch Frank war groß und breitschultrig. Er war nicht im klassischen Sinn gut aussehend, aber er hatte etwas. Dennoch fehlte es ihm an Selbstbewusstsein, und so musste er es sich und anderen immer wieder beweisen, indem er Kopf und Kragen in irgendwelchen Krisengebieten dieser Welt riskierte.

Claudia seufzte. Was hatte sie ihn anfangs geliebt. Und bewundert. Und wie unglaublich glücklich war sie gewesen, als sie schwanger geworden war. Hatte er sie nur deswegen geheiratet? Sie wusste es nicht. Mittlerweile war es müßig, darüber nachzudenken, denn in all den Jahren waren das Glück und die Liebe immer kleiner geworden. So wie man an einer Fleischwurst Scheibe für Scheibe abschnitt und am Ende alles aufgefuttert war, so hatte Frank Stück für Stück ihrer Liebe abgesäbelt. Und nun war nichts mehr übrig – außer vielleicht einem traurigen Rest. Dieses bisschen Gefühl stopfte sie wie so vieles, was ihr in den vergangenen Jahren Kummer bereitet hatte, in einen großen, imaginären Beutel. Es war eine Art Mary-Poppins-Tasche für Gefühle. Alles, was man reinsteckte, verschwand. Egal, wie viel es war. Sehr praktisch.

Frank war zwischen den großen Automatikglastüren verschwunden, ohne sich noch einmal umzudrehen. Claudia nahm wieder auf der Fahrerseite Platz, schob den Sitz ein ganzes Stück nach vorne, schnallte sich an und gab Gas. Sie war auf einmal unglaublich nervös, deswegen fuhr sie besonders vorsichtig. Ein Unfall hätte ihr jetzt gerade noch gefehlt.

Kurz hinter dem Flughafen ging es links nach Hause, doch sie bog nach rechts ab. Sie hatte etliche Kilometer vor sich und musste unbedingt pünktlich sein, sodass sie nun bereits zum zweiten Mal an diesem Tag zu den eher unangenehmen Autofahrern gehörte, tendenziell immer ein bisschen zu schnell und zu dicht auffahrend.

Nach einer knappen Stunde hatte sie ihr Ziel erreicht, und tatsächlich ging ihr Wunsch ans Universum in Erfüllung. Direkt vor dem riesigen Gebäude fand sie einen Parkplatz, was sie als gutes Omen ansah. Schnell fischte sie ihre Tasche von der Rückbank und lief mit eiligen Schritten auf das Haus zu. Für die Schönheit der Blumenanlagen davor, den stahlblauen Himmel und den strahlenden Sonnenschein hatte sie keinen Blick. Ihre Nervosität war von Kilometer zu Kilometer gewachsen. Dafür gab es eigentlich keinen Grund, denn sie war sehr gut vorbereitet, dennoch spürte sie, wie sich die Röte auf ihrem Hals immer weiter ausbreitete. Dummerweise sah sie immer aus wie ein Rotkehlchen, wenn sie aufgeregt war.

Zwei Stunden später hatte sie es geschafft. Sie lief, nein, sie schwebte durch das prächtige Foyer des Gebäudes Richtung Ausgang. Um ihren Mund ein kleines inniges Lächeln, in ihren Augen ein Strahlen. Irgendwie sah sie anders aus als am Morgen, obwohl sie immer noch den halblangen beigen Leinenrock, das einfache weiße Shirt und Sneaker anhatte. Sie wirkte jünger. Dynamischer. Als sie an einem bodentiefen Spiegel vorbeikam, erhaschte sie einen Blick auf sich und drehte sich im Vorbeigehen nach sich selbst um. Es gefiel ihr, was sie sah.

# Dinner in white

Es gefiel ihr, was sie sah. Der große schlichte Platz mitten im Quartier war einladend geschmückt und sah im weichen Licht der schon recht tief stehenden Sonne so schön aus wie selten. Sie freute sich unbändig auf diesen Abend mit den Nachbarn. Claudia hatte sich – wie es die Kleiderordnung für das Fest verlangte – ganz in Weiß gekleidet. In der hellen, kurzärmligen Bluse mit Lochstickerei, dem Volantrock und den flachen Riemchensandalen sah sie ungewohnt weiblich aus. Die meisten kannten sie nur in praktischen Jeans, T-Shirt und Turnschuhen. Ihr dichtes dunkles Haar hatte sie ausnahmsweise nicht zu einem Pferdeschwanz zusammengebunden, sondern mühselig mit der Rundbürste in Form geföhnt. Doch sie bereute bereits, auf den Pferdeschwanz verzichtet zu haben, denn dieser Sommer gab alles, und sie spürte, wie sich die ersten Schweißtropfen im Nacken sammelten. Sie war allein, Frank war auch bei diesem Fest nicht dabei. Was nichts Neues war. Die Krisengebiete weltweit wurden leider nicht weniger, und Franks Arbeit wurde von den Sendern sehr geschätzt. Das Alleinsein tat ihrer Vorfreude keinen Abbruch. Die Vorbereitungen für das Nachbarschaftsfest hatten Wochen gedauert, sie hatte fleißig geholfen, jetzt wollte sie feiern. Schließlich hatte sie etwas zu feiern, auch wenn sie niemandem davon erzählen wollte. Noch nicht.

Sie stand am Rand des Quartierplatzes, der an allen vier Seiten von kleinen, sündhaft teuren Reihenhäusern eingerahmt wurde. Die Bewohner hatten Biertische und -bänke aufgestellt und diese mit weißen Tischdecken, Überwürfen und feinem

Geschirr so schön gedeckt, dass sie wie Tafeln in einem Luxus-restaurant wirkten. Über den Tischen schaukelten Glühbirnen, deren warmes Licht zu dieser Tageszeit nur zu erahnen war. Sie hingen in den dürren Ästen der Pappeln, die der Architekt des Q 49 hatte pflanzen lassen. Eigentlich sollten sie an heißen Sommertagen Schatten spenden, doch sie wurden seit Jahren nicht größer. Schuld hatte die Baufirma, die bei der Erstellung des Quartiers der Einfachheit halber und aus Kostengründen den gesamten Bauschutt unter dem Platz entsorgt hatte. Als das ans Licht gekommen war, hatten sich die Nachbarn anfangs furchtbar echauffiert, aber irgendwann waren sie von anderen Sorgen eingeholt worden. Ging mal wieder eine Pappel ein, wurde die Baufirma informiert. Diese ersetzte kommentarlos und schnell den Baum, und gut war es. Man hatte sich arrangiert. Der Bauschutt war das erste Übel, das in dem ökologisch vorbildlichen Quartier einfach vergraben worden war. Tatsächlich gab es mit jedem Jahr mehr Unrat, den die Bewohner gern für immer verscharren würden, wenn es denn möglich wäre.

An diesem Abend hatten sich Schleierwolken vor die Sonne geschoben. Die Strahlen, die durchschienen, ließen die Szenerie wie in Watte gepackt aussehen. In der Mitte des Platzes standen bereits die ersten Bewohner um Stehtische herum. Die Nachbarn in ihren weißen Hosen, Hemden, Blusen und Kleidern und die Tische in ihren strahlend weißen Hussen gaben ein festliches Bild ab. Kein Kind störte diese Stunden, denn entweder waren sie bereits ins Bett gebracht worden und ihr Schlaf wurde nun mittels Babyfonen überwacht, oder sie saßen in den Wohnzimmern vor den Fernsehern, wobei die Größeren auf die Kleineren aufzupassen hatten. Die älteren Teenager waren mit ihren Freunden unterwegs.

Ein feines Tirili lenkte Claudias Blick in die Baumkronen der Pappeln. Eine Meise saß auf einem Zweig und betrachtete die Kulisse von oben. Wie anmutig, dachte Claudia gerade, da hob das Tier das Schwänzchen und ließ los, was in ihm steckte. Mit einem kleinen hässlichen Schmatzen platschten die Ausscheidungen auf die Kante des darunterstehenden Tisches und liefen langsam an der Seite der frisch gestärkten Leinendecke herunter.

*Na toll, der erste hässliche Fleck noch bevor das Fest überhaupt begonnen hat. Hoffentlich ist das kein schlechtes Omen.*

Claudia blickte sich um. Ob der Vogelschiss zufällig beobachtet worden war? Dann hätte sie sich aus der Verantwortung ziehen können. Aber die anderen waren zu weit entfernt. Klar, das Scheißewegmachen bleibt wieder an mir hängen, dachte sie mit einem kleinen Seufzer und kramte ein Papiertaschentuch aus der Tasche ihres weißen Rocks. Doch mit einem Papiertuch konnte man nicht viel ausrichten. Das wusste jeder, der schon einmal mit Vogelscheiße zu tun gehabt hatte. Und so verbesserte sie die Sache nicht wirklich. Als sie merkte, dass ihr Unterfangen erfolglos blieb, plante sie kurzerhand um. In Windeseile hatte sie die weißen Teller, das polierte Besteck, die Gläser und die Servietten auf den Nachbartisch gestellt, die Decke umgedreht und das gesamte Geschirr samt Vasen, in denen kleinblütige cremefarbene Rosen steckten, wieder zurückgestellt. Von den Hinterlassenschaften der Meise war kaum noch etwas zu sehen. Zufrieden blickte Claudia auf ihr Werk, rückte noch schnell ein Messer gerade und verschob eine Vase um zwei Zentimeter. Nun hatte sie sich das erste Glas Sekt wirklich verdient.

Sie schlenderte über den Platz, ohne einen Blick auf die anderen Tische zu werfen. Nur keine weiteren Flecken entdecken, für deren Beseitigung sie sich zuständig gefühlt hätte! An den Stehtischen verteilten Maria und Rolf prickelnden Sekt in langstieligen Gläsern, die aus Marias Bestand kamen. Sie war glücklicherweise ausgestattet wie ein Partyveranstalter. Dazu wurde die Sitzordnung bekanntgegeben, das spannendste Detail des Abends. Es gab insgesamt zehn Tische mit jeweils sechs Plätzen. Wer mit wem den Abend an einem Tisch verbringen durfte oder musste, wurde erst jetzt entschieden. Per Zufallsgenerator. Darauf hatte sich das Festkomitee geeinigt.

Von Weitem beobachtete Claudia Rolf, und da hatte auch er sie entdeckt. Er schnappte sich zwei gefüllte Sektgläser und schlenderte auf sie zu. Sein Gesichtsausdruck machte sie neugierig.

»Können wir schon in den Feiermodus schalten?«, fragte sie dennoch pflichtschuldig. »Maria braucht doch bestimmt noch unsere Hilfe, oder?«

Beide drehten sich nach der Dritten des Festkomitees um. Maria verteilte gut gelaunt Alkoholisches an die ankommenden Nachbarn und erklärte mit ungebrochener Freundlichkeit zum x-ten Mal den Ablauf des Abends und wer an welchem Tisch sitzen würde.

»Ich glaub, sie kommt ohne uns zurecht.«

Claudia verfolgte Maria mit ihren Blicken. »Ich bin immer wieder beeindruckt, wie praktisch veranlagt sie ist und was sie alles an einem Tag gewuppt bekommt. Ich wünschte, ich hätte ihre Energie.« Mit einem kleinen schiefen Lächeln blickte sie zu Rolf auf.

Der große schlanke Mann, dessen Gesicht alles Markante vermissen ließ, sah sie amüsiert an. Er beugte sich ein wenig zu ihr herunter und fragte leise: »Willst du wissen, mit wem ich an einem Tisch sitze?« Es war eine vertraute Geste, die sie genoss.

Ebenso leise, aber mit einem deutlichen Lächeln in der Stimme fragte sie zurück: »So schlimm?« Er nickte. Doch sein vergnügtes Augenzwinkern sagte etwas anderes. Rolf war ihr Lieblingsnachbar. Er war überaus charmant und obendrein immer gut gekleidet. Außerdem war er Witwer, das spornte so manche Nachbarin an, exzessiv mit ihm zu flirten und sich vielleicht Hoffnung auf mehr zu machen. Es machte so manches Gerücht die Runde. Und Rolf schürte das Feuer noch, weil er über seinen aktuellen Beziehungsstatus kein Wort verlor. Nicht einmal ihr gegenüber, obwohl sie regelmäßig Zeit miteinander verbrachten, gemeinsam ins Theater oder ins Kino gingen. Er als Witwer, sie als Strohwitwe. Sie hatten eine besondere Beziehung, aber keine sexuelle, auch wenn eines der Gerüchte das Gegenteil behauptete. »Los, verrat's mir. Mit wem musst du den Abend verbringen?«

»Susanne und René.«

»Du Armer.« Sie streichelte ihm tröstend über den nackten Unterarm. Er fühlte sich warm und gut an. Das weiße Hemd und die Bermudashorts standen in einem schönen Kontrast zu seiner gebräunten Haut. Sie konnte gut verstehen, warum ihn die meisten Nachbarinnen attraktiv fanden. »Das Leben ist ungerecht. Susanne wird es wieder voll ausnutzen, dass du sie nie unterbrichst. Wenn ihre Geschichten wenigstens nicht immer so langweilig wären.«

»Jetzt bist du ungerecht.« Seine Stimme hatte nichts an Ironie verloren. »Als ich ihre Storys zum ersten Mal gehört habe, fand ich sie eigentlich recht ...«

»Na, jetzt bin ich aber gespannt.« Claudia blickte ihn herausfordernd an. Er wich ihrem Blick nicht aus, denn auch wenn sie recht damit hatte, dass er oft etwas tat, was er nicht tun wollte, nur weil er niemanden vor den Kopf stoßen konnte, so hörte seine gute Erziehung doch an dem Punkt auf, an dem er mit ihr über die lieben Nachbarn lästern konnte. Nur ein bisschen und nie wirklich böse, aber doch sehr gerne. »Also ...?«

»Am Anfang fand ich ihre Storys eigentlich recht ... interessant.«

»Meinst du, ›interessant‹«, an dieser Stelle malte sie mit

Zeige- und Mittelfinger Anführungszeichen in die Luft, »wie Alfred Biolek in seiner Kochsendung das Essen seiner Gäste interessant fand, wenn er eigentlich grauenvoll dachte?« Rolf lachte laut und herzlich. Mehr Antwort war nicht nötig. »Das nächste Mal sollten wir bestimmen, dass sich das Planungsteam die Tischnachbarn selbst aussuchen darf.« Mit diesen Worten stieß sie ihr Glas sanft gegen seins und trank nun endlich den ersten Schluck. Er war kalt und prickelnd. Sie spürte, wie sich ihre Rückenmuskulatur entspannte. Was gab es Schöneres, als an einem lauen Sommerabend ein Glas Sekt mit sympathischen Menschen zu trinken? »Du hast aber hoffentlich nicht nur Nieten gezogen?«

Sie blickte sich neugierig um, als wollte sie raten, wer wohl noch den Abend mit Rolf verbringen durfte.

»Ich hab die Hälfte unserer vier Musketiere gezogen.«

»Na, lästert ihr wieder?« Maria war unbemerkt zu ihnen gekommen.

»Wir? Lästern?«, fragte Rolf mit gespielter Überraschung. »Niemals.«

»O Gott, sieht man uns das an?« Claudia war rot geworden.

»Nein, keine Sorge«, beruhigte Maria sie. Rolf und Claudia waren schon länger miteinander befreundet, doch die wesentlich jüngere Maria hatten sie erst durch die Planungen für diesen Abend besser kennengelernt. Sie trat einen Schritt näher und senkte die Stimme. »Und, über wen habt ihr hergezogen?«

»Wir waren gerade bei den vier Musketieren.«

»Was gibt es denn über die zu lästern? Die sind doch einfach nur nett.«

»Aber es ist schon auffällig, dass sie immer nur zu viert auftauchen. Sogar in den Urlaub fahren sie gemeinsam.«

»Und man fragt sich schon, warum die bildhübsche Miriam mit diesem vogelköpfigen Christoph verheiratet ist und Robert, der aussieht wie ein Unterwäschemodel, mit dieser blassen Selma. Rein optisch passt das schon nicht.«

»Vielleicht findet ihr heute Abend ja heraus, welches Geheimnis die vier verbergen, denn Robert und Selma sitzen bei dir am Tisch, Claudia.«

Maria überbrachte die Neuigkeit mit einem strahlenden Lächeln. Claudia atmete innerlich auf. Sie hatte das Paar mit der unscheinbaren Frau zugelost bekommen.

»Und Rolf, bei dir sitzt noch unsere neue Nachbarin, Stephanie.«

Ingo stand im Vorgarten und schaute zum dritten Mal in zwei Minuten auf die Uhr. Wie immer war Nicole zu spät. Ihm war es ein Rätsel, wie sie es seit Jahrzehnten pünktlich in die Klassenzimmer schaffte, aber privat kein einziges Mal vor ihm fertig war. Da stand er nun in seinem weißen Outfit, in dem er sich ziemlich lächerlich vorkam, und hätte gerne eine Zigarette geraucht. Es ärgerte ihn, dass dieser Drang immer wieder hochkam, obwohl er schon vor Ewigkeiten aufgehört hatte zu rauchen. Die Sonne zwang ihn, die Augen zusammenzukneifen, und in diesem blassorangefarbenen Gegenlicht sah er sie. Wie ein Engel kam sie auf ihn zu. Er war sich ziemlich sicher, dass sie keine Nachbarin war, denn er hatte dieses überirdische Wesen noch nie im Quartier gesehen.

Neugierig, wie es sonst gar nicht seine Art war, blickte er ihr entgegen. Schlank, geschmeidig, blond war sie. Das konnte er erkennen. Sehr viel mehr nicht. Ich hol mir besser noch meine Sonnenbrille, dachte er. Wenn das Licht auf dem Platz auch so blendet, erkenne ich keinen Menschen. Doch er stand wie festgenagelt und starrte. Je näher sie kam, desto mehr hatte er das Gefühl, die Bewegungen schon einmal gesehen zu haben, aber er war von der Erscheinung zu gebannt, als dass sein Gehirn hätte anspringen können. Je geringer die Distanz zwischen ihnen wurde, desto mehr musste er die Augen zusammenkneifen. Details konnte er dennoch keine erkennen. Schließlich erreichte sie seinen Gartenzaun, blieb stehen und schaute ihn an.

»Guten Abend, Ingo. Wie geht's dir?«

Die Stimme holte ihn in rasender Geschwindigkeit in die Realität zurück. Es war ein harter Aufprall aus einem herrlichen Tagtraum. Mit wenigen Schritten durchquerte er den kleinen Vorgarten. Er spürte, wie die flammenden Zünglein der Wut in ihm hochkrochen. Seine Hände, die er zu Fäusten geballt hatte, bebten. Er tat sich gerade verdammt schwer, seine Gefühle unter Kontrolle zu behalten.

»Was willst du hier?«, zischte er die Frau an.

»Aber Ingo, nicht so böse. Wir sind jetzt Nachbarn und sollten uns vertragen.« Sie lächelte ihn an.

Ingo wäre ihr am liebsten an die Gurgel gegangen. Er hätte ihr gerne den schlanken Schwanenhals so lange zugedrückt, bis nicht einmal mehr ein Wimmern hätte herauströpfeln können. Abrupt drehte er sich um und eilte ins Haus. An der Tür prallte er mit Nicole zusammen.

»Was ist denn los?«, fragte sie perplex, nachdem Ingo wortlos an ihr vorbeieilen wollte.

»Nichts. Ich brauch noch meine Sonnenbrille.«

»Aha. Und wer ist die hübsche Frau an unserem Gartenzaun?«

Nicole brachte selten etwas aus der Ruhe. Nur bei fremden Frauen wurde sie sehr schnell sehr ungeschmeidig. Sie blickten beide zu dem blonden Engel, der aussah, als würde er auf sie warten.

»Unsere neue Nachbarin.« Er bemühte sich, seine Stimme freundlich klingen zu lassen.

»Aha … Ich komm auch noch mal mit rein und hol mir meine Sonnenbrille.«

Sie schlossen die Haustür und ließen Stephanie am Gartenzaun stehen.

»Das ist sie übrigens, die neue Nachbarin. Die Blonde, die da gerade kommt.« Maria wies mit dem Kinn quer über den Platz. Sie hatte sich mit Claudia und Rolf festgequatscht. Es wurde Zeit, sich zu den anderen zu gesellen, doch den neusten Klatsch und Tratsch wollte sie noch loswerden. »Sie soll Single sein.« Anzüglich stupste sie Rolf in die Seite und lachte ihn an.

»Lass mal gut sein.« Rolf winkte ab. »Das ist nicht meine Kragenweite. Zum einen hat sie einen Teenagersohn, den Stress brauch ich nicht, zum anderen ist sie eine Intelligenzbestie.«

»Wie kommst du denn darauf?«

»Sie macht irgendwas mit Biochemie. Solche Frauen machen mir Angst, weil ich davon null Komma nichts versteh.«

»Du meinst, sie sieht nicht nur hammergut aus, sondern ist auch noch superintelligent?«

Claudia trank ihr Glas in einem Zug leer. Dass die Natur so ungerecht sein konnte. Warum hatten die einen alles und die anderen so viel weniger? Und warum bitte schön mussten alle bildhübschen, erfolgreichen, intelligenten Frauen in ihrer Nachbarschaft wohnen? Maria reichte ihr als Erfolgsmodell völlig aus.

»Sie hat bestimmt auch ihre Macken.« Rolf nahm sie tröstend in den Arm und drückte sie fest an sich. »Und außerdem kommt eh keine an deine Schönheit und Warmherzigkeit ran.« Es waren Sätze wie diese, die Rolf beim weiblichen Geschlecht so beliebt machten. Denn auch wenn jede halbwegs intelligente Frau wusste, dass er es nicht so meinte, nicht so meinen konnte, kam es doch sehr glaubwürdig rüber.

»Wollt ihr wissen, mit wem *ich* den Abend verbringe?«, unterbrach Maria Rolfs Schmeichelarie. Claudia und Rolf nickten. Er aufrichtig interessiert, sie mechanisch, sie hatte noch die neue Nachbarin im Kopf. »Ich hab Glück gehabt«, sprudelte Maria los. »Bei mir und José sitzen Nicole und Ingo. Mit den beiden ist es ja immer nur nett. Und Claus und seine Frau sind auch okay. Polizisten, Lehrer, ein Apotheker und eine Anwältin – lauter Klugscheißer an einem Tisch –, das klingt doch nach einem diskussionsfreudigen Abend.«

»Du bist halt wie immer ein Glückskind.«

»Ja genau, wie immer. Das Glück liegt bei mir auf der Fußmatte und wartet dort auf mich.« In Marias Stimme lag eine hörbare Spur Sarkasmus.

»Wollen wir Stephanie den anderen vorstellen?«, lenkte Rolf das Interesse auf ein anderes Thema. »Damit sie sich gleich so wohl wie möglich fühlt?«

»Du hast recht, lasst uns den Abend beginnen, lasst uns Spaß haben und die Stunden genießen.«

Sie hoben die Gläser, in denen der letzte Schluck Sekt bereits warm geworden war.

Der schöne Abend war in eine lauschige Nacht übergegangen, die Morgendämmerung war schon greifbar. Noch lag der Platz des Quartiers aber in Dunkelheit.

Die meisten Hausbewohner schlummerten bereits in ihren weichen Betten. Der eine oder andere hatte ziemliche Schlagseite gehabt und war froh gewesen, wenn ein Partner oder eine Partnerin Unterstützung angeboten hatte. Geschirr, Tischdecken, Gläser und Essen waren eingepackt und mitgenommen worden, Tische, Bänke und die Lichterkette warteten auf Abholung am nächsten Tag. Das Feuer, das sie spät am Abend mitten auf dem Platz in einem eilig herbeigeholten Feuerkorb angezündet hatten, glühte noch. Maria, Claudia und Rolf standen drum herum. Sie hatten am Anfang des Abends ausgemacht, bis zuletzt zu bleiben.

»Liebe Lästerschwestern«, hob Rolf an. »Ich hab mich den ganzen Abend auf diesen Moment gefreut.« Umständlich öffnete er die Flasche, die er anscheinend extra für diesen Moment reserviert hatte, und ein Schwall Sekt ergoss sich auf den Boden. »Entschuldigt bitte«, er blickte zerknirscht drein, »ich bin nicht mehr ganz nüchtern. Susanne hat ununterbrochen geredet, ich konnte nichts anderes tun als zu trinken.«

Mit einem liebenswerten kleinen Grinsen schenkte er den Sekt in Gläser, wobei auch jetzt einiges danebenging.

»Hat sie wenigstens etwas Interessantes erzählt?« Claudia blickte ihn auffordernd an – bereit für jede Art von Nachbarschaftstratsch.

Rolf stützte gewollt affektiert die eine Hand in die Hüfte, wobei er den Hals der Sektflasche nicht losließ, und legte die andere Hand ans Kinn. »Hm, warte mal … Ja, da war was.«

»Was?« Sie und Maria rückten neugierig ein Stückchen näher.

»Lasst mich nachdenken … Also … Ach nee, doch nicht. Sorry, da war nichts, überhaupt nichts Interessantes.« Rolf lachte und schenkte auch sich ein.

»Du bist doof.« Claudia knuffte ihn in die Seite. »Dann kannst du uns hoffentlich wenigstens etwas von Stephanie erzählen.«

»O ja, das kann ich, aber erst mal …«, er beugte sich ihnen ein wenig entgegen, feierlich sah er sie an. »Es war mir eine Freude und Ehre, mit euch dieses Fest organisieren zu dürfen. Ich schätze mal, wir haben die Latte hochgelegt, da muss sich das nächste Festkomitee mächtig anstrengen.« Die Gläser klirrten leise, als sie auf den gelungenen Abend anstießen. Es war ein schöner, zufriedener Moment. In den Köpfen wirkte der Alkohol, die Müdigkeit brachte eine wohltuende Trägheit am Ende dieses turbulenten Abends, das heruntergebrannte Feuer verbreitete eine wohlige Atmosphäre. Einen Moment war es wie am Rande eines ruhigen, klaren Bergsees, der in völliger Harmonie dalag.

Claudia warf den ersten Stein. Sie war zu neugierig, um auf Momente der Zufriedenheit Rücksicht nehmen zu können. »Los, erzähl schon«, drängelte sie, »was hast du über Stephanie in Erfahrung gebracht?«

»Also …«, sagte Rolf gedehnt, doch als er Claudias sich verdunkelnden Blick auffing, beeilte er sich, seine Informationen schnell zu teilen. »Die ist total nett. Ich hab den Eindruck, der geht Familie über alles. Sie ist hier in der Stadt geboren und in die Schule gegangen, in der Ingo heute Direktor ist. Zuletzt hat sie mit ihrem Sohn in der Neustadt gewohnt, aber dort leben jetzt ja nur noch junge Leute, Studenten und so, und da hat sie sich nicht mehr so wohlgefühlt. Ich glaub, die sucht Kontakt, so was wie Familienersatz, außer ihrem Sohn hat sie anscheinend niemanden.«

»Aha.« Das hatte Claudia eigentlich nicht hören wollen. »Was macht sie denn beruflich?«

»Das hab ich tatsächlich nicht wirklich kapiert, schon irgendwas mit Biochemie, wie vorhin erwähnt, nur was genau …«, er zuckte mit den Achseln. »Das hat sie nicht so ausführlich erzählt, und irgendwann war ich nicht mehr in der Lage, adäquat nachzufragen.«

Er lächelte und hielt sein Glas ein Stückchen höher, damit allen klar war, wer schuld an seinem desolaten Zustand hatte.

»Wir werden sie bestimmt bald näher kennenlernen«, unterbrach Maria Rolfs Ausführungen, »und dann erfahren wir auch Details. Aber jetzt muss ich mich verabschieden. Mein Bett ruft.«

»Dem schließ ich mich bedingungslos an.«

Und als ob es Rolf plötzlich nicht schnell genug gehen könnte, hauchte er ein paar Luftküsschen in die Runde, drehte sich um und machte sich mit unsicherem Schritt auf den Weg zu seinem Haus. Maria schaute Claudia an.

»Geh nur, ich mach noch schnell eine Runde um den Platz und sehe nach, ob alles in Ordnung ist.« Marias Blick wurde spöttisch, sodass Claudia meinte, sich erklären zu müssen. »Ich kann nicht anders.« Dabei zuckte sie entschuldigend mit den Schultern.

»Kein Problem, jeder, wie er will oder muss.« Maria hob die Hand und winkte Claudia kurz zu. »Gute Nacht und träum was Schönes.«

Zielsicher verließ sie den Quartiersplatz. Selbst nach einem rauschenden Fest schien sie wie immer alles im Griff zu haben.

Claudia blieb noch einen Moment am Feuer stehen, vergewisserte sich dann, dass von ihm keine Gefahr mehr ausging, und warf einen letzten Blick auf die leeren Tische. Sie konnte einen Ort nicht verlassen, bevor sie nicht sicher war, dass alles seine Ordnung hatte, dass alles dort war, wo es hingehörte. Sie brauchte das Gefühl, alles unter Kontrolle zu haben. Auch wenn es sie zu allerlei überflüssigen Aktionen antrieb. Hatte sie Gäste zum Frühstück und den Tisch liebevoll mit feinem Porzellan, Obstschälchen, Eierbechern, verschiedenen selbst gemachten Marmeladen, Wurst- und Käsetellern, Körben voller Brötchen und Croissants, Salz- und Pfefferstreuer gedeckt, musste sie im Verlauf des Beisammensitzens mehrfach die Ordnung vom Anfang wiederherstellen. Mitten im Gespräch stellte sie den Wurst- und Käseteller in die Mitte des Tisches, die Backwaren an den Rand, die Marmeladengläser zur Butter, bis alles wieder dort stand, wo sie es zu Beginn platziert hatte. Je länger das Frühstück dauerte, desto häufiger überkam sie dieser Zwang.

Gäste, die regelmäßig zu ihr kamen, kannten das schon. Doch die Leute, die zum ersten Mal bei ihr zu Besuch waren, irritierte sie zumindest damit. Manche ließen sich nie wieder blicken.

Nachdem an diesem Abend scheinbar alles seine Ordnung hatte, konnte Claudia loslassen und nach Hause gehen. Insgesamt gab es im Quartier neunundvierzig Häuser, daher der Name Q 49. Einige Wege waren nur für Fußgänger vorgesehen, die etwas breiteren Zufahrten konnte man mit dem Auto befahren, doch da das Quartier grundsätzlich autofrei geplant war, wurde dies nicht gerne gesehen. Für die Fahrzeuge gab es eine Tiefgarage, von dort führten eine Treppe und ein Aufzug direkt auf die Piazza – so nannten manche Bewohner den Platz großspurig und angesichts der mangelnden Attraktivität überhaupt nicht angemessen.

Das Quartier war kurz nach seiner Errichtung für die außergewöhnliche Architektur ausgezeichnet worden. Doch das bedeutete nicht viel. Die Einwohner des Stadtteils liebten es oder hassten es. Dazwischen gab es nichts. Jedes Haus hatte einen winzigen Vorgarten, der zugleich auch Abstellmöglichkeit für Fahrräder und Kinderspielzeug war. Nur die obligatorischen Mülltonnen standen hier nicht. Dafür gab es ein extra Haus, in dem der Abfall des gesamten Quartiers gesammelt wurde. Natürlich streng getrennt. Das Müllhaus wäre für jeden Soziologen eine Fundgrube bezüglich der Recherche über das menschliche Verhalten gewesen. Allein die Beschreibung des Zustands, in dem die Akademikernachbarn den Raum oft hinterließen, hätte ein ganzes Kapitel gefüllt. Fiel Müll beim Ausleeren daneben – besonders häufig passierte das beim Biomüll –, fühlten sich nur wenige bemüßigt, ihn aufzukehren. Wenn an Weihnachten die Tonnen überquollen, wurden Verpackungen, Geschenkpapier, Tüten mit Essensresten und alles andere einfach danebengestellt. Die Müllwerker nannten es den Ort des Grauens. So sahen eigentlich nur Abfallablagestellen in sozialen Brennpunkten aus. Ingo hatte eine Zeit lang versucht, die Nachbarn zu erziehen, indem er Fotos des verschmutzten Ortes an alle schickte. Doch da sich nichts änderte, hatte er es irgendwann bleiben lassen.

Claudia ging zügigen Schrittes den Weg zwischen zwei Häuserreihen entlang. Flott bog sie zu ihrem Haus ab, da wäre sie fast mit Lars zusammengestoßen. Ein erschrecktes »Huch«, ein kleiner Hüpfer zur Seite und schon war Lars an ihr vorbei, ohne auch nur einen Ton von sich gegeben zu haben. Leicht verärgert sah sie ihm nach. Sie mochte Lars nicht. Er grüßte nie. Wenn er spät abends mit seinem riesigen Köter Gassi ging, eine Stirnlampe auf dem Kopf, sah das merkwürdig und beängstigend zugleich aus. Dass er auch mitten in der Nacht rausging, irritierte sie noch mehr. Wer weiß, was der im Dunkeln so treibt, wer weiß, was der überhaupt so treibt, dachte sie grimmig. Es sieht nicht so aus, als würde er arbeiten, dafür ist er viel zu oft zu Hause. Und doch musste er sein Haus irgendwie finanzieren. Warum er wohl im Quartier wohnte? Lars hatte weder Frau noch Kind. Also was machte man da in so einer familienfreundlich angelegten Siedlung? Na ja, Rolf lebte auch allein im Q 49 …

Über Lars hatte sich die Nachbarschaft bereits lang und breit das Maul zerrissen. Da er zu keinem Kontakt hatte, an keinem nachbarschaftlichen Event teilnahm und auch niemand jemanden kannte, der etwas über ihn wusste, hatte die Gerüchteküche gebrodelt. Doch irgendwann war es den Nachbarn langweilig geworden, über Lars zu reden, das Feuer des Tratsches bekam keine Nahrung, und so erlosch es. Man vergaß, dass der Mann im Quartier wohnte – es sei denn, man begegnete ihm nachts auf der Straße mit Stirnlampe und Hund. Auch Claudia vergaß ihn in wenigen Sekunden wieder und freute sich auf ihr Bett.

# Schnee

Ein gemütliches Bett, ein tiefer und traumloser Schlaf – danach sehnte sich Lars, und doch kam er keine Nacht zur Ruhe. Wenn das Kribbeln in den Beinen und das Pochen in den Schläfen zu stark wurde, ging er mit dem Hund raus. Trotz der Stirnlampe hatte er keinen Blick für seine Umgebung, und so hatte er auch die Person, die ihm begegnet war, nicht zur Kenntnis genommen. Wohl hatte er bemerkt, dass da jemand zur Seite gesprungen war, aber er hätte nicht sagen können, ob es ein Mann oder eine Frau gewesen war, ein Nachbar, eine Nachbarin. Lars kannte die Menschen, die links und rechts um ihn herum wohnten, nicht.

Er steckte den Schlüssel ins Schloss, öffnete die Haustür einen kleinen Spalt und verharrte. Er atmete schwer. Eigentlich hatte er keine Lust auf das, was jetzt kam. Aber was war die Alternative? Also drückte er die Tür ganz auf und betrat den Flur. Noch im Dunkeln löste er die Leine von Bennis Halsband, tätschelte dem braunen Rhodesian Ridgeback liebevoll den Kopf und ging in die Küche. Es müffelte nach abgestandenem Bier, ungetrunkenem Kaffee und kaltem Zigarettenrauch. Lars nahm auch das kaum zur Kenntnis. Das diffuse Licht der Straßenlaternen erhellte das Zimmer notdürftig, was ihm zur Orientierung reichte. Er griff nach einer Hundefutterdose, öffnete sie, kippte den Inhalt in eine Keramikschüssel und stellte sie auf den Boden. Benni drängelte sich schwanzwedelnd an sein Bein und machte sich über den Napf her.

Lars ging zum Kühlschrank und inspizierte den Inhalt. Drei

Flaschen Bier und eine Dose Ravioli. Das reichte für die restliche Nacht. Er schnappte sich eine Flasche, die in seiner großen Hand sehr klein aussah, und schleppte sich eine Etage höher. Außer in der Küche hätte eine Putzfrau in diesem Haus nicht viel zu tun gehabt. Kein Bild, kein Kerzenständer, kein Dekogegenstand mussten abgestaubt werden. Es stand und hing nichts rum. Die Räume waren sehr karg eingerichtet. Und sehr seelenlos. In einem Zimmer gab es immerhin einen Stuhl und einen Schreibtisch, auf dem ein Computer stand. Nichts Persönliches. So als wollte er jederzeit schnell ausziehen können, ohne Spuren zu hinterlassen. Oder als ob er an nichts erinnert werden wollte. Oder als hätte er alles, was irgendwann etwas wert gewesen war, nach und nach zu Geld gemacht. Aber eigentlich entsprach die Leere des Hauses nur seinem Inneren, und das gefiel ihm.

Lars stellte die Bierflasche auf den Schreibtisch und ließ sich langsam auf den Stuhl sacken. Während der Computer hochfuhr, trank er einen großen Schluck aus der Flasche und blickte zum Fenster raus. Endlich war der PC so weit. Er tippte mit schnellen Fingern sein Passwort ein, vertippte sich zweimal, fluchte leise, begann erneut und dann noch mal und war endlich drin. Dort, wo immer alles dunkel war, dort, wo es nie Licht gab. Nicht umsonst hieß es Darknet. Dort, wo er sich den Rest der Nacht, wie die meisten anderen Nächte, rumtreiben würde.

Er hatte sich nur kurz hinlegen wollen, war dann aber doch in einen bleiernen Schlaf gefallen, in dem er – wie so oft – das zierliche blonde Mädchen in dem viel zu großen schwarzen Hoodie vor sich sah. Die wasserblauen Augen waren so groß wie bei einer dieser Manga-Figuren aus den japanischen Comics, die Pupillen hingegen winzig. Sie hatte ihm direkt in die Augen gesehen, und selbst im Traum konnte er die Anklage darin erkennen. Als das Telefon läutete, schreckte er hoch und sprang abrupt aus dem Bett. Orientierungslos sah er sich in seinem Schlafzimmer um. Auch hier stand lediglich das Nötigste. Ein Doppelbett, bei dem nur eine Hälfte mit Bettwäsche bezogen war, ein Schrank, dessen Türen weit offen standen, ein Stuhl, auf dem sich Hosen und T-Shirts häuften. Der Geruch nach abgestandenem Schweiß hatte sich im gesamten Zimmer breit gemacht. Lars benötigte ein paar Sekunden, um zu sich zu kommen. Dann griff er nach seinem Handy, das auf der unbezogenen Seite des Bettes lag. Als er die Nummer sah, drückte er den Anrufer, ohne auch nur einen Moment zu zögern, weg.

Drei Tassen sehr schwarzen Kaffees später verließ er mit Benni das Haus. Sein Auto stand am Straßenrand – wie immer unverschlossen. Wieder war es nicht gestohlen worden. Lars lebte in der Hoffnung, dass irgendwann einmal irgendjemand seinen Wagen mitgehen ließ. Das würde ihm das Verschrotten ersparen. Aber egal, in welcher schlechten Gegend er das Auto auch stehen ließ – und er war oft in richtig miesen Gegenden unterwegs –, es wartete wie ein treuer Hund auf ihn. Seufzend bugsierte er Benni auf den Rücksitz und klemmte sich dann hinters Steuer. Tief in seinem Herzen mochte er die Karre, denn sie passte irgendwie zu ihm – sie beide hatten ihre beste Zeit hinter sich.

Er fuhr los, ohne darüber nachzudenken. Er kannte den Weg. Nur ein paar Straßen weiter parkte er das Auto, öffnete die hintere Tür und ließ Benni an die frische Luft. Der Rhodesian Ridgeback hechelte heftig und ließ die Zunge aus dem Maul hängen. Zusammen betraten sie eine Grünanlage. Der Ort war bei diesen Temperaturen ein kleines Paradies für die Einwohner der Stadt. Er und sein Hund liefen an alten Bäumen, schattigen Sitzgelegenheiten und etlichen Spielplätzen vorbei. Zielstrebig durchquerten sie die Wege und Grünflächen des Parks, bis sie an einer Skaterbahn angelangt waren. An den

Nachmittagen und Abenden tummelten sich hier die Teenager und jungen Erwachsenen – alle im Einheitslook. Übergroße Sweatshirts oder Hoodies ließen kaum erkennen, ob es sich um einen Jungen oder ein Mädchen handelte. Die Haare waren selten blond oder braun. Meistens tiefschwarz, türkis oder lila gefärbt. Jetzt am späten Vormittag war weniger los. Offenbar gingen die meisten Kids doch zur Schule, auch wenn viele nicht so aussahen.

Lars ließ sich mit seinen hundertzwanzig Kilo bedächtig auf einer Bank nieder, von der aus er einen guten Überblick über die Halfpipes und die Umgebung hatte. Er schwitzte, das Wasser lief ihm vom Nacken den Rücken hinunter. Auf seinem zerknitterten Shirt waren deutlich Schweißflecken zu erkennen, doch das störte ihn nicht, und Benni war es auch egal. Haselnusssträucher wuchsen dicht an dicht im Halbkreis um die Bank, sodass man dort gut Verstecken spielen konnte. Man konnte alles sehen, wurde aber selbst nicht sofort entdeckt. Der Hund machte brav vor der Bank Platz. Er hechelte immer noch. Lars wartete. Er wusste, er brauchte Geduld. Irgendwann würde schon einer von ihnen kommen und sein Geld gegen ein Tütchen eintauschen wollen. So lief das immer. Er hatte es oft genug beobachtet, und nun wurde es Zeit, dass auch er in das Geschäft einstieg.

Als die kleine Kirche am Ende der Grünanlage mit dem Zwölf-Uhr-Läuten begann, erhob er sich. Vielleicht war es an diesem Vormittag zu heiß für Tauschgeschäfte. Er würde wiederkommen. Er hatte Zeit und jede Menge Geduld. Er ging mit Benni in einem großen Bogen zum Auto zurück. Unterwegs kaufte er an einem mobilen Hotdog-Stand fünf Hotdogs, ein Wasser und eine Dose Bier. Das Wasser und die Hälfte des Imbisses waren für den Vierbeiner, der Rest für ihn. Noch bevor sie das Auto erreicht hatten, war das Mittagessen achtlos verschlungen. Wieder quetschten sich Mensch und Tier in das Gefährt, in dem nun eine Temperatur wie in der Vorhölle herrschte. Benni winselte.

»Ist ja gut mein Alter, es dauert nicht lange.«

Es tat ihm leid, dass er Benni das antun musste, aber es ging nicht anders. Er kurbelte alle Fenster herunter und gab Gas. Der Fahrtwind gefiel dem Vierbeiner, er streckte seinen großen Kopf nach draußen und hörte auf zu jammern.

Wieder war es eine kurze Fahrt, und wieder hatte Lars Glück. Er fand einen Parkplatz direkt vor seinem Ziel. Er parkte ein, schaltete den Motor aus und starrte zur Windschutzscheibe hinaus. Direkt vor seiner Kühlerhaube erhob sich ein Maschendrahtzaun, dahinter erstreckte sich die ganze Tristesse eines Schulhofes. Nicht mal der strahlende Sonnenschein, der unbarmherzig den Asphalt aufheizte, konnte dieser Kulisse etwas Freundliches verleihen. Ein Kind überquerte den baumlosen Platz. Er atmete schwer aus und schloss die Augen, öffnete sie aber sofort wieder, weil ein helles Ding-Dong-Ding erklang. Es veränderte die Szenerie in Sekunden. Aus allen Gebäudeteilen wälzten sich Massen junger Menschen. Alle in bunten T-Shirts und Röcken oder kurzen Hosen. Viele mit einer Baseball-Cap auf dem Kopf. Eine Kakophonie von Lachen und lauten Sprüchen ergoss sich farben- und lebensfroh über den gerade noch so grauen Hof. Er stieg aus, drängte Benni, der dachte, er dürfte mit an die frische Luft, ins Auto zurück und ließ ihn bei halb geöffneter Scheibe auf dem Rücksitz. Am Rande des Schulgeländes stand ein Kiosk. Zu dem schlenderte er, die Hände in den Hosentaschen.

»Wie immer«, sagte er in das kleine Fenster des schummrigen Häuschens hinein.

Ein alter Mann mit schmutzigen grauen Haaren, die auf den ehemals weißen Hemdkragen stießen, reichte ihm wortlos eine

Dose Bier und nahm das Geld entgegen. Mit einem Zisch öffnete Lars die Dose, nahm einen großen Schluck und stellte sich unter den ausgeblichenen Sonnenschirm, der vor dem Kiosk kläglich Schatten spendete.

Eine Gruppe Jungen wälzte sich grölend und rempelnd auf das kleine Holzgebäude zu – ohne Rücksicht auf Verluste. Lars trat einen Schritt zur Seite, weil er nicht in die Einflugschneise dieser Halbstarken geraten wollte.

Einige Meter weiter entdeckte er drei Mädchen, höchstens sechzehn Jahre jung, die Röcke so kurz, dass breite Gürtel mehr abgedeckt hätten als die schmalen Stofffetzen. Sie standen da wie bestellt und nicht abgeholt. Immer wieder flatterten ihre Blicke suchend über den Parkplatz.

*Ich weiß, worauf ihr wartet. Ich warte auch. Schon viel länger.*

Lars fixierte sie und fand schnell Vertrautes. Der stumpfe Blick, die dünnen Körper, die brüchigen Haare verrieten ihm alles. Unglaublich, was chemische Drogen in kürzester Zeit aus aufblühenden jungen Mädchen machen konnten. Doch er hatte kein Mitleid. Er musste an die drei rankommen, wusste aber nicht genau, wie er das anstellen sollte. Er war noch zu neu im Geschäft.

Plötzlich regte sich etwas in der Gruppe. Eins der Mädchen hatte mit einer kurzen Bewegung ihres Kinns zum anderen Ende des Parkplatzes gedeutet. Die drei liefen wie auf Kommando los. Lars brauchte eine Sekunde, um zu begreifen. Er scannte den Platz und sah den roten Sportwagen. Das musste der Kerl sein, auf den er seit Monaten wartete. Der, der schon dick im Geschäft war und hier an der Schule das große Geld verdiente. Lars setzte seinen schweren Körper in Bewegung, schmiss im Vorbeigehen die Bierdose in einen Mülleimer und versuchte unauffällig zu bleiben. Die Mädchen hatten es ganz offensichtlich eilig, sodass Lars Mühe hatte, ihnen zu folgen. Er beschleunigte seinen Schritt. Das war die Chance, auf die er so lange gehofft hatte, jetzt durfte er den Typen nicht entwischen lassen. Lars sah ihn im Auto sitzen, lässig den Ellenbogen aus dem geöffneten Fenster hängen lassend, eine Pilotenbrille auf der Nase und darunter einen kleinen Angeberschnauzbart.

Reflexartig ballte er eine Hand zur Faust. Gleich hatte er ihn. Das Warten, die Sucherei, die langen Nächte im Internet – endlich wurde er dafür belohnt. In diesem Moment bog eine Polizeistreife auf den Parkplatz. Lars sah sie als Erster und fing an zu laufen. Die durften ihm das jetzt nicht vermasseln. Die Entfernung zu den Mädchen verringerte sich. Sie hatten den Wagen in ihren Rücken noch nicht wahrnehmen können. Fast war er an ihnen dran, da ließ der Kerl seinen Flitzer an und fuhr mit einer geschmeidigen Linkskurve vom Parkplatz. Offenbar hatte er die Beamten gesehen und zog es vor zu verschwinden, bevor ihm jemand unangenehme Fragen stellen konnte. Die Mädchen liefen dem Wagen brüllend hinterher.

Lars blieb schwer atmend stehen. Er musste sich mit seinen Händen auf den Oberschenkeln abstützen. In seinen Ohren rauschte es. Er sah nur gleißendes Licht.

»Alles okay mit Ihnen?«

Lars hob den Kopf. Der Streifenwagen war vor ihm zum Stehen gekommen. Ein Beamter hatte das Seitenfenster heruntergelassen und taxierte ihn.

»Ja, alles okay«, erwiderte er schnaufend.

»Sicher?« Der Beamte gab keine Ruhe.

»So was von sicher. Es ist wie immer. Wenn man euch nicht braucht, seid ihr da. Aber wehe, man braucht euch mal.«

»Wie war das?« Schlagartig hatte der Polizist Metall in der Stimme.

»Ach, nichts.«

Lars winkte ab, drehte sich um und ging. Er hatte genug

Ärger am Hals. Eigentlich war er in Gefahrensituationen der Kämpfertyp, der sich zu seiner ganzen Körpergröße aufbaute und darauf wartete, den ersten Schlag machen zu können. Doch diesmal dachte er nur an Flucht. Er wollte weg – so schnell und so weit weg wie möglich. In den vergangenen Monaten war er zu oft an der Schule gewesen. Immer am richtigen Ort, immer zur falschen Zeit. Jetzt war er so dicht dran gewesen, und dann versauten diese uniformierten Clowns alles. Er war fassungslos und müde. Sterbensmüde.

Wenigstens Benni begrüßte ihn überschwänglich, als er zum Auto zurückkam. Ächzend ließ er sich auf den Fahrersitz fallen. Der Schweiß rann von seiner Stirn in den ungepflegten Bart und aus den Haaren über den feisten Nacken den Rücken hinunter. Er hätte gern gewinselt und gehechelt wie Benni auf der Rückbank. Doch auch diesmal gestattete er sich keinen Hauch von Selbstmitleid. Stattdessen verdrängte er alle Gedanken und ließ konzentriert das Auto an. Ein Crash hätte ihm in seiner Situation an diesem Tag gerade noch gefehlt.

Erleichtert kam er am dritten Ziel des Tages an. Es war nichts passiert, er hatte kein Auto angefahren und keine rote Ampel übersehen. Er parkte den Wagen im Schatten einer alten Ulme. Der Parkplatz war leer, an solch heißen Tagen gab es meist nur wenige Besucher. Benni durfte wieder mit, musste aber an die Leine. Lars ließ den Wagen mit geöffneten Fenstern unabgeschlossen stehen. Hier wurde häufiger in Fahrzeuge eingebrochen. Warum sollte nicht mal einer statt Wertsachen ein ganzes Auto stehlen?

*Wenn es heute geklaut wird, ist das bestimmt ein Zeichen. Dann werde ich mein Leben ändern. Ganz bestimmt.*

Während er den Weg entlangging, schaute er zum Himmel hinauf, als ob er dort jemandem schwören könnte, dass er ein solches Zeichen bestimmt verstehen würde. Doch da war niemand, nicht einmal ein Wölkchen ließ sich blicken. Trotzdem drehte er sich um und sah zum Parkplatz zurück. Hatte er wirklich gehofft, der Wagen wäre ihm in den vergangenen zwei Minuten quasi unter seinem Hintern weggestohlen worden? Er drehte sich erneut um und schüttelte über sich selbst den Kopf. Er war wirklich in keinem guten Zustand. Früher wäre ihm so was nicht passiert.

Aber früher war auch alles anders gewesen. Da war er athletisch, rasiert und immer gut gelaunt gewesen. Er hatte eine Familie und ein Zuhause gehabt. Ihm schien es, als wäre das in einem anderen Leben gewesen. Dabei war es gerade mal ein Jahr her.

Als hätte Benni seine Schwäche gespürt, übernahm er die Führung. Der Hund kannte den Weg, er lief zielstrebig erst nach links, ein Stückchen den Berg hoch, dann den zweiten Pfad rechts und blieb nach wenigen Metern stehen. Leise wimmernd machte er Platz und legte die Schnauze auf die kühle Steinumrandung. Auch Lars setzte sich. Im Schneidersitz. Mitten auf den Weg. Die Kieselsteine knirschten leise unter seinem Gewicht. Er stierte auf die Marmorstele, auf der ein paar wenige Buchstaben und Zahlen eingraviert waren. Ein kleiner goldener Rahmen zeigte das Foto eines jungen Mädchens mit blonden Haaren und großen blauen Augen.

Die Sonne war merklich gesunken. Sie blitzte nur noch verlegen durch die hohen Tannen. Schritte auf dem Kiesweg ließen Lars aufblicken. Er sah einen schlanken Mann auf sich zukommen. Es war Guido, sein Arbeitskollege, Vorgesetzter und Freund.

»Ich wusste, dass ich dich hier finde.«

Ohne weitere Worte setzte sich Guido ebenfalls mitten auf den Weg. Lange schwiegen sie.

»Ich hab dich heute Morgen angerufen. Warum bist du nicht rangegangen?«

»Heute ist es ein Jahr her.«

»Ich weiß.«

»Ich hab immer noch keine Antwort darauf, warum gerade mein Kind. Warum gerade meine Lena? War ich zu streng? Hab ich ihr zu wenig erlaubt? Oder hab ich ihr zu viel erlaubt? Sag es mir. Bitte.«

Er schaute Guido flehentlich an, als ob dieser Antworten von irgendwoher zaubern könnte. Lars brauchte dringend Antworten. Denn solange die ihm fehlten, konnte er nicht abschließen. Genauso erging es Menschen, die mit dem plötzlichen Verschwinden eines geliebten Angehörigen fertigwerden mussten. Solange sie nicht wussten, was passiert war, ob derjenige noch lebte oder nicht, konnten sie keine Trauerarbeit leisten. Eine Folter, die erst endete, wenn man Gewissheit hatte.

Sein Freund schaute verlegen zu Boden, griff nach ein paar Kieseln und ließ sie gedankenverloren durch die Finger rieseln. »Manchmal gibt es einfach keine Antworten, außer dass das Schicksal ein Arschloch ist.«

»Sie war gerade mal fünfzehn.«

»Ich weiß.«

»Wieso kann so ein Typ bis heute ungehindert Drogen auf dem Schulhof verticken? Wieso können wir dieses Arschloch nicht an seinen Eiern packen und aufhängen?«

»Es geht nicht um den einen, es geht um die Hintermänner. Und wir kriegen sie. Deine Arbeit ist nicht umsonst, wir müssen nur noch ein bisschen durchhalten. Die Kollegen von Interpol verfolgen eine heiße Spur.«

»Das macht meine Lena auch nicht wieder lebendig.«

»Aber wir beschützen damit andere junge Mädchen vor dem gleichen Schicksal.«

Lars lachte kurz und hart auf. Er hatte diese Mädchen gerade noch gesehen. Er hätte sie am liebsten geschüttelt, sie angeschrien und hergeschleppt, um ihnen zu zeigen, wo auch sie ganz schnell enden konnten, wenn sie von dem Scheißzeug ein bisschen zu viel konsumierten. Aber er konnte sie nicht warnen, er brauchte sie. Über sie wollte er an den Typen rankommen. Für Guido die Hintermänner, für ihn das Arschloch in dem roten Sportwagen.

»Ich glaub, es war ein Fehler, dass du nach Lenas Tod ins Drogendezernat gewechselt bist. Die Fälle im Bereich Wirtschaftskriminalität waren doch genau dein Ding. Du solltest dir überlegen zurückzugehen. Ich hab dich lieber in Anzug und Hemd gesehen als in diesem Aufzug. Siehst langsam selbst aus wie ein Dealer.«

Guido boxte ihm kameradschaftlich in die Seite. Er hatte einen Witz machen wollen, aber das war gründlich schiefgegangen.

Lars schüttelte den Kopf, obwohl Guido bestimmt recht hatte. Das vergangene Jahr hatte ihn so viel Kraft gekostet, er wusste nicht, woher er die Power für weitere Jahre der Recherche nehmen sollte. Aber aufgeben und die Drecksäcke davonkommen lassen? Auf keinen Fall.

»Hast du was von Sarah gehört?« Guido versuchte das Thema zu wechseln.

»Nein. Seit der Trennung nicht mehr. Sie hat ja immer mir die Schuld gegeben. Vermutlich ist es wirklich besser, dass wir keinen Kontakt mehr haben. Wir konnten uns damals nicht gegenseitig trösten, daran hätte sich bis heute bestimmt nichts geändert.«

»Aber du sprichst mit einem Therapeuten? Da gehst du doch immer noch hin, oder?«

Lars warf Guido einen schnellen Blick zu. Die Psychologin

des polizeilichen Dienstes hatte direkt nachdem seine Tochter gestorben war, das Gespräch mit ihm gesucht. Aber er hatte abgeblockt. So wie er alle folgenden Versuche, ihn für ein therapeutisches Gespräch zu gewinnen, abgewehrt hatte. Keine verdammten Worte konnten ihm sein Kind wiederbringen. Oder seine Frau. Oder sein altes Leben. Also wozu sollte das gut sein?

»Ja klar, gehe jede Woche zu so 'nem Seelenklempner. Muss ich ja, sonst suspendieren die mich vom Dienst. Das weißt du doch.«

Hoffentlich kaufte ihm Guido diese Lüge weiterhin ab. Sein skeptischer Blick sprach allerdings Bände. Warum ist es für dich so unmöglich, Hilfe anzunehmen?, hatte sein Kumpel ihn immer wieder gefragt. Du könntest dir so viel ersparen. Er wusste es nicht.

Schwer ließ Guido eine Hand auf seine Schulter fallen und stand auf.

»Willst du heute mit zu mir kommen? Wir hauen ein Steak auf den Grill und öffnen ein paar Bierflaschen. Was meinst du?«

»Das ist nett, aber ich hab noch wahnsinnig viel zu tun.«

Lars erhob sich ebenfalls. Ein wenig zu mühsam für sein Alter. Er sah, dass Guidos Hand zuckte, als ob er sie ihm reichen wollte, um ihm hochzuhelfen.

Nach einer kurzen Verabschiedung gingen sie in verschiedenen Richtungen davon. Benni trottete ihm unaufgefordert hinterher.

Auf dem Parkplatz des Friedhofs wartete sein Wagen. Lars stieß hörbar die Luft aus. Es gab also wieder kein Zeichen von oben. Nicht dass er wirklich damit gerechnet hatte, aber nach diesem beschissenen Jahr wäre ihm ein Zeichen, dass dieses Leben irgendwann einmal auch wieder besser werden würde, sehr willkommen.

Zum wiederholten Mal an diesem Tag stiegen Benni und er

ins Auto und fuhren nach Hause. Im Quartier angekommen, wunderte er sich wieder einmal, was ihn nach dem Tod seiner Tochter geritten hatte, hier ein Haus zu kaufen. Warum war er nicht einfach in diese verdammte Hochhaussiedlung am Rande der Stadt gezogen? Er hatte keine Antwort darauf. Vielleicht hatte er unbewusst nach einem Ort gesucht, an dem es so etwas wie ein heiles Familienleben gab.

Im Briefkasten lag Post. Werbung und drei mit der Hand adressierte Umschläge, die er ungeöffnet in den Papiermüll schmiss. Nach Lenas Tod hatten ihm unzählige Menschen kondoliert. Er hatte sich bei keinem bedankt, umso erstaunlicher, dass ihm nun, zum Jahrestag, einige erneut schrieben.

*Im nächsten Jahr wird sich keiner mehr melden und keiner mehr dran denken – außer mir.*

Lars griff nach einer Dose Hundefutter, öffnete sie und ließ den Inhalt in eine Schüssel gleiten. Benni freute sich. Mit einem weiteren Handgriff holte er eine Flasche Bier aus dem Kühlschrank und ging die Treppe hoch in sein Arbeitszimmer. Er ließ den Computer hochfahren und zeitgleich das kalte Bier in sich hineinfließen. Benni war ihm gefolgt und hatte sich dicht neben seinem Stuhl niedergelassen. Lars tätschelte den Hals des Tieres.

»Das wird wieder eine lange Nacht, Benni, aber da draußen laufen so viele Wichser rum, denen müssen wir endlich das Handwerk legen.«

Müde stützte er die Ellbogen auf den Tisch und legte seinen Kopf in die Hände. Er hätte gerne geweint, aber die Tränen kamen nicht. Nicht ein einziges Mal waren sie bisher gekommen. Ein leises Bling ertönte, das Zeichen, dass sein Computer einsatzbereit war. Lars hob den Kopf und gab schlafwandlerisch Nummerncodes ein. Unzählige Male hatte er sich bereits auf den dunkelsten Seiten des World Wide Web eingewählt.

*Jetzt nicht aufgeben, wir kriegen euch. Es ist nur noch eine Frage der Zeit.*

Er wollte keine Rache, er wollte Gerechtigkeit. Obwohl Rache ein guter Antreiber war, immer weiter nach den Hintermännern zu suchen, hätte sie aus seiner Seele ein noch schwärzeres Loch gemacht. Gerechtigkeit war definitiv die bessere Motivation. Allerdings gab es eine Ausnahme. Wenn er diesen Kerl in dem roten Sportwagen einmal allein erwischen würde ...

Bevor er für die nächsten Stunden ins Darknet eintauchte, erhob er sich noch einmal und schloss das Fenster. Die Kinder des Quartiers lärmten und lachten an diesem lauen Sommerabend in den Gärten der Häuser. Geräusche, die er seit einem Jahr nicht mehr ertrug.

# Familienbande

Im Quartier gab es viele Kinder. Maria und José waren einst mit der Hoffnung auf gemeinsamen Nachwuchs hergezogen. Doch egal, was sie angestellt hatten, es hatte nicht sollen sein. Irgendwann hatten sie angefangen, miteinander zu schlafen, nicht weil sie Lust aufeinander gehabt hatten, sondern weil sie ihren Eisprung hatte. Danach hatte sie minutenlang auf dem Kopf gestanden, weil sie irgendwo gelesen hatte, dass die Spermien dann leichter zu ihrem Ei vordringen konnten. Nach einer langen Zeit des Müssens statt Wollens hatten sie bemerkt, dass Sex auf Bestellung etwas mit ihrer Beziehung gemacht hatte. Jedes Mal, wenn es nicht geklappt hatte, war ein bisschen Hoffnung verloren gegangen, Traurigkeit und Neid auf glückliche Eltern hatten sich breit gemacht. Irgendwann hatten sie beschlossen, ihr Ziel loszulassen.

Es war vor allem Maria schwergefallen, denn anders als José hatte sie noch keine Kinder. Er hatte zwei Jungs aus erster Ehe, die zumindest in den Anfangsjahren nach dem Einzug ins Quartier regelmäßig an den Wochenenden zu Besuch gekommen waren. Hier hatten sie unter den Nachbarkindern Freunde gefunden, über die Kinderfreundschaften hatten auch sie beide enge Bindungen zu den Nachbarn knüpfen können. So waren sie sozial gut verankert. Nachdem der Kinderwunsch zwangsweise aus Haus Nummer 30 ausgezogen war, hatten sie und José sich andere Beschäftigungen gesucht. Sie waren unheimlich erfolgreich in ihren Jobs, brachten Höchstleistungen auf den Rennrädern und waren die großzügigsten und coolsten Gastgeber, die das Quartier zu bieten hatte. Und sie wurden Paten und gern gesehene Babysitter. Es war ein geliehenes Familienglück, aber besser als keins. Erfolgreich redeten sie sich ein, dass es eigentlich gar nicht so übel war, dass sie die lieben Kleinen abends den Eltern zurückbringen konnten und so die Nächte für sich allein hatten. Nur wenn Maria hörte, dass es Nachbarn gab, die ungewollt Nachwuchs bekommen hatten, musste sie schlucken. Das Schicksal konnte so ungerecht sein.

Im Quartier trafen sie alle aufeinander. Die vom Glück zu kurz Gekommenen und die vom Glück Weglaufenden. Es gab nur wenige, die das Glück willkommen heißen konnten, wenn es zufällig an ihre Tür klopfte.

Stephanie stand am Fenster im ersten Stock ihres gerade bezogenen Hauses und blickte auf den Platz. Die spielenden Kinder schrien mit hellen Stimmen laut durcheinander. Ihr Lachen und Kreischen drang über die Wege, durch Büsche und Hecken bis in jedes Haus. Es war ein unglaublicher Lärm, aber genau deswegen war sie hergezogen. Lange genug hatte es gedauert, bis ein Haus zum Verkauf stand, nun wollte sie ihrem Sohn Stephan ein Familienleben ermöglichen. Hier konnte er Freunde finden und vielleicht so etwas wie einen Vaterersatz. Sie selbst sehnte sich ebenfalls nach einer heilen Kleinfamilie – Vater, Mutter, Kind. Mehr wollte sie nicht. Vielleicht ein weiteres Kind, denn noch war sie nicht zu alt für Nachwuchs. Stephanie atmete hörbar aus. Es war ein langer Weg bis hierher gewesen. Gut, er hatte viele Jahre zuvor vielversprechender angefangen, als er weitergegangen war, aber alles in allem hatte sie die letzten fünfzehn Jahre doch ganz gut geschaukelt bekommen. Sie hatte das Gefühl, endlich angekommen zu sein. Sie und Stephan. Und der schwarze Kater, der sich schnurrend an ihre

Beine schmiegte. Sie nahm das Tier auf den Arm und steckte ihre Nase liebevoll in sein weiches Fell.

*Katerchen, hier werden wir Wurzeln schlagen und all das nachholen, was wir die letzten Jahre versäumt haben. Ich hätte Omas Erbschaft wirklich nicht besser einsetzen können als für dieses Haus.*

Sie sah es live und in Farbe vor sich, wie sie mit den Nachbarn zu Spieleabenden zusammenkamen, mit ihnen grillten und alle bei ihnen ein und aus gingen. Ein offenes Haus, das wollte sie bereits ihr ganzes Leben lang. Jetzt konnte sie den Wunsch endlich umsetzen.

*Und wenn die Nachbarn etwas brauchen, dann können sie immer zu mir kommen.*

Sie lächelte versonnen vor sich hin. Wie lange träumte sie schon davon? Nacht für Nacht, Woche für Woche, Monat für Monat und schließlich Jahr für Jahr hatte sie es sich ganz genau ausgemalt, wie ihre Zukunft aussehen sollte. Wenn sie erst mal das richtige Haus gefunden hätte. Und nun war es so weit. Das perfekte Haus im perfekten Quartier mit perfekten Nachbarn.

»O Mann, hör auf zu träumen und bügel lieber mein Hemd.«

Stephan riss sie unsanft aus ihren Träumen. Genervt warf er ihr ein Kleidungsstück zu, das sie am Zipfel erwischte, dann mit beiden Händen ausschüttelte. Sie seufzte. Der Junge war in einem schwierigen Alter. Leider war er das schon seit fünfzehn Jahren. Doch sie konnte ihm nicht böse sein. Egal, in welchem Ton er mit ihr sprach, sie wies ihn nie in seine Grenzen, egal, was er von ihr forderte, sie tat es. Und so holte sie auch jetzt das Bügelbrett aus dem Schrank, um das Hemd ihres Sohnes faltenfrei zu zaubern.

*Er wird sich ganz bestimmt ändern, wenn erst mal ein Mann im Haus ist. Dann wird alles gut.*

Wieder blickte sie verträumt Richtung Fenster, hinter dem die Sonne zu einem letzten Winken angesetzt hatte. Sie war noch immer beseelt von dem schönen Nachbarschaftsfest. Wie nett sie von den neuen Menschen aufgenommen worden war – wenn man einmal von Ingo absah, aber der war streng genommen auch kein neuer Mensch in ihrem Leben. Wie sehr sich alle anderen bemühten, ihr das Eingewöhnen leicht zu machen, und wie vertraulich sie von den Frauen gleich in alle Nachbarschaftsgeheimnisse eingeweiht worden war. Vor allem von Susanne, mit der sie den Abend an einem Tisch verbracht hatte. Sie hatte ihr zu jedem Nachbarn ein paar nette Anekdoten erzählt.

Es klingelte. Und noch einmal.

Stephan rief in mürrischem Tonfall durchs Haus: »Mom, es hat geklingelt. Bist du taub?«

Sie eilte die Treppe hinunter und öffnete die Tür. Davor standen Susanne und Rolf. Susanne schien sich über etwas wahnsinnig zu freuen, auf jeden Fall grinste sie über das ganze Gesicht. Rolf stand verlegen hinter ihr und machte den Eindruck, als wäre er am liebsten gar nicht da.

Mit einer einladenden Geste bat Stephanie die neuen Nachbarn ins Haus, noch bevor sie überhaupt wusste, was sie wollten.

»Mögt ihr einen Kaffee?«

Die Einladung zu Kaffee oder Wein kam bei ihr immer zuerst – das gehörte für sie zu einem offenen Haus dazu. Susanne nickte prompt, Rolf schüttelte mit einem verlegenen Lächeln den Kopf.

»Dann setzt euch doch schon mal in den Garten, ich komm gleich.«

Sie eilte in die Küche. Es ging genauso los, wie sie es sich erträumt hatte. Die Nachbarn kamen unangemeldet auf ein Tässchen vorbei. Wie herrlich. Als sie mit einem Tablett in den Garten kam, standen Susanne und Rolf am Ende des kleinen Grundstücks und betrachteten eine der Pflanzen.

»Du hast hier übles Ungeziefer, dagegen musst du dringend

was tun«, rief ihr Susanne zu. »Aber genau deswegen sind wir hier.«

Mit wenigen energischen Schritten kam Susanne zum Tisch, setzte sich und schenkte sich ein. »Ihr auch?« Freundlich lächelnd hob sie die Kaffeekanne.

Rolf schüttelte erneut den Kopf, Stephanie schob ihr ein wenig verdutzt eine Tasse hin.

»Also, du weißt ja, dass wir hier ein organisch-biologisch vorzeigbares Quartier sind. Sprich, keiner von uns benutzt die chemische Keule, um dieses Scheißungeziefer loszuwerden. Das muss alles ganz ökologisch passieren. Leider haben sich die Vorbesitzer deines Hauses einen Dreck darum geschert, trotzdem haben die Pflanzen so viele Blattläuse. Aber egal. Du wirst jetzt so was wie eine biologische Grundsanierung machen müssen. Der ganze chemische Dreck muss weg.«

Strahlend sah sie Stephanie an. Sie schien Freude daran zu haben, anderen schlechte Nachrichten zu überbringen.

Stephanie strich sich unsicher eine Haarsträhne hinters Ohr. »Was genau meinst du damit? Ich versteh nicht ganz.«

»Na, alles, was hier blüht, ist verseucht. Das muss so schnell wie möglich weg. Und dann kannst du ganz von vorne anfangen, deinen Garten so anlegen, wie du möchtest. Das hat doch auch etwas.« Wieder strahlte sie. Sie fühlte sich anscheinend so wohl wie ein Wildschwein in einem Erdloch nach drei Tagen Regen.

»Also, ganz so schlimm wird es nicht werden.«

Rolfs beruhigende Stimme tropfte wie Honigtau auf Stephanies verunsicherte Seele. Dankbar sah sie ihn an. Für eine kurze Sekunde begegneten sich ihre Blicke und vereinigten sich in dem gemeinsamen Gefühl des Ausgeliefertseins.

»Ach, genau«, schon mischte sich Susanne wieder ein, »deswegen ist ja Rolf da. Er kennt sich bestens damit aus, wie man organisch-biologisch gärtnert, also alles ganz ohne chemischen Dünger zum Blühen bringt. Stimmt's, Rolf?« Sie boxte ihrem gemeinsamen Nachbarn spielerisch in die Seite und sah ihn mit einem verschwörerischen Grinsen an. Rolf schien das nicht lustig zu finden, er trat einen Schritt zur Seite und rieb sich die Rippen. Er war wohl mehr Opfer als Komplize. Im nächsten Moment sprang ihre Nachbarin auf. »Ich muss mich um meine Kinder kümmern, da geht einfach nichts ohne mich.« Sie leerte ihre Tasse im Stehen und drehte sich hektisch um ihre eigene Achse. »Das wird schon, Stephanie, du hast ja jetzt uns.« Damit klopfte sie ihr gönnerhaft auf die Schulter und verschwand.

Rolf sah Stephanie freundlich-zurückhaltend an. Glücklicherweise kann er meine Gedanken nicht lesen, dachte sie.

»Ich hau …« Stephan kam in den Garten gestürmt. Als er sie und Rolf sah, schluckte er seine Worte hinunter. Seine Lippen verzogen sich zu einem schiefen Grinsen, er kniff die Augen zusammen. »Stör ich?« Seine Stimme hatte einen süffisanten Unterton.

»Quatsch.«

Stephanie ging auf Stephan zu und hatte ihre Arme bereits für eine liebevolle Umarmung geöffnet, doch der Junge war schneller.

»Ich bin weg«, murmelte er.

Blitzschnell hatte er den Garten verlassen. Stephanie ließ er mit geöffneten Armen stehen. Sie spürte, dass Rolf sie beobachtete. So umarmte sie sich selbst, strich mit den Händen über ihre nackten Oberarme, als ob ihr kalt wäre.

»Ist ja gut, dass er Kontakte hat und nicht wie so viele andere in seinem Alter den ganzen Tag nur im Bett rumliegt.« Sie drehte sich zu Rolf zurück und lächelte ihn vorsichtig an. Er nickte wortlos. »Stephan musste schon sehr früh den Mann im

Haus ersetzen. Deswegen ist er so selbstständig und erwachsen für sein Alter.« Sie blickte in den Garten und sprach dann leise weiter. »Irgendwie wiederholt sich Geschichte anscheinend. Ich hatte mir immer gewünscht, dass meine Kinder es mal besser haben als ich. Ich hab meinen Vater nie kennengelernt und musste als Älteste früh lernen, Verantwortung zu übernehmen.« Sie verstummte. Einen Moment war sie in einer ganz anderen Welt – einer Welt, die sie schon lange verlassen hatte. Es dauerte nur wenige Sekunden, dann schlüpfte sie ohne Übergang in die Rolle zurück, die sie viele Jahre zuvor für sich geschrieben hatte. »Aber hat es mir geschadet?«, fuhr sie fort. »Im Gegenteil! Keiner meiner Geschwister war so zielstrebig und ehrgeizig wie ich. Für mich stand schon ganz früh fest, dass ich einmal studieren werde. Medizin oder Biochemie. Mir war klar, dass ich die Welt einmal ein bisschen besser machen würde.« Sie hob ihre fein geschwungene Nase. Es hätte arrogant wirken können, doch sie konnte nicht verhindern, dass die heruntergezogenen Mundwinkel etwas anderes sagten. »Mein Biolehrer in der Oberstufe hat mein Potenzial gesehen. Er hat mich gefordert und gefördert. Aber dass ich im Abi Bio mit 1,0 abschließe, damit hat wohl selbst er nicht gerechnet.« Die Mundwinkel hoben sich zaghaft zu einem stolzen Lächeln.

Rolf tippelte von einem Fuß auf den anderen, als ob er gehen wollte. Schon bereute sie, dass sie so viel von sich preisgegeben hatte, und spürte fast so etwas wie Erleichterung, als er sich mit einer fadenscheinigen Ausrede verabschiedete.

Ein weiterer herrlicher Sommerabend brach im Quartier an. Familien saßen im Garten. Aßen, tranken, lachten und plauderten. Nur sie verbrachte ihn allein auf ihrer Terrasse und dachte darüber nach, was aus all ihren Träumen geworden war. Ein Schritt in die falsche Richtung, einmal zu früh oder zu spät abgebogen, und das Leben entfaltete sich völlig anders als gedacht.

Kurz bevor sich die erste Träne ihren Weg über ihre Wange bahnen konnte, setzte sie sich aufrecht hin, drückte den Rücken durch und hob das Kinn.

Nun war sie hier, bereit, den Weg zu begradigen. Links und rechts am Wegesrand wollte sie die richtigen Samen setzen, um kleine Paradiese zu erschaffen. Das war ihr Ziel, und sie würde es erreichen. Kostete es, was es wollte.

Am nächsten Tag verließ sie früh das Haus – nach einer unruhigen Nacht, weil Stephan erst im Morgengrauen nach Hause gekommen war. Wo immer er sich herumgetrieben hatte, sie wusste es nicht. Sie traute sich auch nicht nachzuforschen, denn Stephans Reaktionen auf ihre Fragen fielen immer viel zu laut und heftig aus. So drückte sie an den Wochenenden beide Augen fest zu – zumindest solange er regelmäßig die Schule besuchte. Das Quartier lag ruhig und verschlafen da. Sie kannte sich in diesem Stadtteil noch nicht so gut aus, aber es reichte, um den Weg zum Wald zu finden. Hier war sie früher häufiger joggen gewesen. Sie trabte los und hatte die Laufstrecke in wenigen Minuten erreicht. Die Sonne drang nur zaghaft durch das dichte Grün. Es war wohltuend kühl. Beim Laufen konnte sie ihre Gedanken wie auf einem zweigleisigen Schienenstrang neben sich herlaufen lassen. Sie waren da, belästigten sie aber nicht. Ein angenehmer Zustand. In gleichmäßigem Tempo lief sie Meter um Meter wie ein Uhrwerk.

Der Zehn-Kilometer-Strecke zu folgen war problemlos, denn sie war sehr gut ausgeschildert. Zu dieser frühen Stunde war sie fast allein im Wald. Fast. Schon von Weitem sah sie ihn – den groß gewachsenen, schlanken Mann, der ihr entgegenlief.

*Läuft er diese Strecke tatsächlich immer noch andersherum? Und immer noch zu dieser Uhrzeit?*

Manche Gewohnheiten änderten sich offenbar auch in Jahrzehnten nicht. Der Jogger war nun fast auf ihrer Höhe, noch hatte er keine Notiz von ihr genommen, lief offenbar gedankenversunken seines Weges. Sie blieb stehen und blickte ihm entgegen.

»Hallo, Ingo, du läufst hier also immer noch in aller Herrgottsfrühe deine Runden.« Freundlich lächelte sie ihn an.

Er blieb so abrupt stehen, dass – wären Läufer hinter ihm gewesen – diese auf ihn draufgelaufen wären. Schwer atmend starrte er sie an.

»Was, verdammt noch mal, suchst du hier?« Es war ihm anzumerken, dass er seinen Zorn nur schwer bändigen konnte.

»Was bist du denn so aufgebracht?«, fragte sie immer noch freundlich lächelnd. »Ich will doch nur das, was du auch hast.« Und als er keine Anzeichen machte nachzufragen, was das denn sein könnte, sondern nur schnaubend und dadurch äußerst unattraktiv vor ihr stand, schob sie nach: »Eine nette Familie und eine tolle Karriere.«

Ihr Lächeln wurde versonnen. Viele Männer fanden sie bezaubernd mit ihrem blonden Haar, den hellen Augen, der guten Figur, das wusste sie. Doch auf ihr Gegenüber schien ihre Erscheinung keinerlei Eindruck zu machen. Im Gegenteil.

Ingo ging ein paar Schritte auf sie zu und zischte: »Lass mich in Ruhe, lass meine Familie in Ruhe. Ich warne dich, komm uns nicht zu nahe, sonst wirst du mich kennenlernen.«

Damit drehte er sich um und stürmte mit großen Schritten davon.

Sie schaute ihm nach.

*Wie soll ich dir nicht zu nahekommen, jetzt, da wir Nachbarn sind? Dein Benehmen könnte aber wirklich freundlicher sein. Schon beim Nachbarschaftsfest warst du abweisend. So stoffelig warst du doch früher nicht.*

Sie setzte sich langsam wieder in Bewegung. Diesmal liefen

die Gedanken allerdings nicht angenehm nebenher, sondern saßen ihr wie ein Geschwür im Genick. Ingo hatte alles, was sie
sich wünschte. Eine tolle Partnerschaft, zwei wohlerzogene Kinder, die ein bisschen jünger als ihr Stephan waren, und eine Karriere vom Biolehrer zum Direktor des städtischen Gymnasiums.
Das alles hätte sie auch haben können, wenn sich Ingo damals
nicht wie ein Schwein benommen hätte. War es wirklich zu viel
verlangt, wenn sie ein kleines Stückchen seines Glücks abhaben
wollte? Ein bisschen Wiedergutmachung – mehr verlangte sie
doch gar nicht.

Als sie im Quartier ankam, hatten auch die Nachbarn ihren
Tag begonnen. Aus den gekippten Badezimmerfenstern hörte
sie Wasserrauschen, Toilettenspülungen und Gurgelgeräu-
sche. Der Morgen hatte sich noch nicht voll entfaltet, die Luft
war immer noch frisch, die Farbe des Himmels pastellig. Man
konnte aber bereits spüren, dass die Sonne nur darauf wartete,
die kühlende Decke der Nacht zu durchdringen. In den Medien
sprachen sie bereits vom Jahrhundertsommer. Stephanie fragte
sich, wie viele Jahrhundertsommer sie in den ersten Jahrzehnten
des neuen Jahrtausends wohl haben würden, denn bereits am
Anfang des Jahrtausends hatte es einen angeblich einzigartigen
Jahrhundertsommer gegeben.

Sie lief durch ihren Vorgarten, in den sie sich bei der Haus-
besichtigung sofort verliebt hatte. Liebevoll hatte der Vorbesitzer ein kleines Stück Südfrankreich daraus gemacht mit wilden
Zwergastern, Steppensalbei und jeder Menge Lavendel. Dank
der Nutzung von ausreichend Chemie blühten die Pflanzen aufs
Schönste. Sie hatte nicht vor, irgendetwas zu verändern oder gar
zu entfernen. Aber das musste sie ihren ökologisch-korrekten
Nachbarn ja nicht auf die Nase binden.

Vor ihrer Haustür stand etwas. Sie stutzte, kam neugierig
näher, bückte sich und hob es auf. Es war eine Glasflasche, da-

ran klebte ein Post-it, auf das mit einer ausgesprochen schönen Männerhandschrift drei Zeilen geschrieben worden waren: *Wenn du diesen Inhalt in eine Sprühflasche umfüllst und täglich deine Rosen damit »segnest«, bist du schon einen guten Schritt weiter in Sachen ökologischer Kriegsführung.*

Darunter ein schwungvolles R und ein Smiley. Über Stephanies Gesicht breitete sich ein kleines Lächeln aus. Ihr wurde warm ums Herz. Es kümmerte sich jemand um sie. Sie war nicht allein. Nicht mit dem Ungeziefer und auch sonst würde sich sicherlich alles finden. Leise summend schloss sie die Haustür auf und ging direkt in die Küche.

Am späten Nachmittag stand sie vor Rolfs Tür und wartete darauf, dass er öffnete. Sie hatte bereits zweimal geklingelt und fragte sich, ob er vielleicht gar nicht zu Hause war. Aber sein Auto stand in der Tiefgarage, das hatte sie extra vorher gecheckt. Das autofreie Quartier hatte den Nachteil, dass man viel schleppen musste. Einkäufe und Besorgungen vom Auto zum Haus, Müll vom Haus zum Sammelplatz, Gartenabfälle zum gemeinsamen Kompost. Die meisten Nachbarn hatten sich schnell eine Sackkarre oder einen Bollerwagen angeschafft. So war ständig irgendeiner damit beschäftigt, irgendetwas durchs Quartier zu ziehen oder zu schieben.

Interessiert sah sie sich in Rolfs Vorgarten um. Der hätte bei jedem Wettbewerb den ersten Preis gewonnen. Es war ein japanischer Garten *en miniature*, ein kleines fernöstliches Paradies. In der Mitte stand ein Ahornbäumchen, das allein durch seine außergewöhnliche Form alle Blicke auf sich ziehen musste. Zebragras mit den typischen gelben Punkten und Schmuckfarn in verschiedenen Lilatönen war zwischen leuchtend grüne Andenpolster gebettet worden. Das Pflanzenensemble war perfekt aufeinander abgestimmt und strahlte so viel Ruhe aus, dass Stephanie fast vergessen hätte, warum sie geklingelt hatte, als Rolf endlich öffnete. Er schien aus der Puste zu sein und wirkte, als wäre er mit den Gedanken ganz woanders.

»Entschuldige, dass ich dich hab warten lassen«, er fuhr sich mit der Hand durch sein dunkelblondes Haar und versuchte Ordnung auf seinem Kopf herzustellen. Vielleicht wollte er auf diese Weise auch für Ordnung in seinem Kopf sorgen.

Fragend sah er sie an, es entstand eine peinliche Pause. Endlich besann sich Stephanie und hielt Rolf schnell eine Schüssel mit Muffins hin. Er guckte ratlos auf die Küchlein und dann zu ihr.

»Ein kleines Dankeschön.«

»Aha.«

Seine Höflichkeit machte zusammen mit seinem Talent für Small Talk offenbar gerade ein Nickerchen, sodass erneut eine Pause entstand.

Weil er ihre Gedanken nicht hören konnte oder sie nicht hören wollte, setzte sie hinterher: »Für das Mittel gegen Ungeziefer.«

Mit einem Schlag klärte sich sein Gesichtsausdruck, die Fragezeichen in den Augen verschwanden und ein schüchternes Lächeln erschien.

»Ach das, das war doch nichts, eine kleine Aufmerksamkeit.«

»Die Muffins sind auch nur eine kleine Aufmerksamkeit.« Sie lächelte ihn unverwandt an und machte keinerlei Anstalten, ihm die Schüssel in die Hand zu drücken und zu gehen. Nun mach schon, dachte sie. Glücklicherweise erwachte seine Wohlerzogenheit endlich. Er öffnete die Haustür weit, bat sie herein. Sie betrat sein Haus und folgte ihm dicht durch Flur und Wohnzimmer. Schnell und unauffällig versuchte sie, so viel wie möglich aufzunehmen. Das, was sie sah, gefiel ihr. Es gefiel ihr sogar sehr. Als sie im Garten angekommen waren, war auch Rolf wieder ganz bei sich. Als zuvorkommender und höflicher Gastgeber bot er ihr einen Stuhl an, machte ihr Komplimente, wie hervorragend ihr kornblumenblaues Kleid mit ihren graublauen Augen harmonierte, und beeilte sich, Kaffee zu servieren.

»Schön hast du's hier«, begann sie die Unterhaltung. »Hast du eine besondere Verbindung zu Asien, weil alles so fernöstlich eingerichtet ist?«

»Ich hatte mal einen Bekannten, der Kois gezüchtet hat. Als er starb, hat er mir die Tiere vermacht, das war der Anfang. Jetzt hab ich einen japanischen Garten, ein asiatisches Wohnzimmer und meditiere jeden Tag.« Er verzog seinen Mund zu einem Lächeln, aber er sah eher verzagt aus.

»Und deine Frau?«

»Meine Frau?«

»Hat ihr der Stil auch gefallen?«

Stephanie konnte sich einfach nicht zurückhalten. Sie wusste, dass Rolf verwitwet war, das war so ziemlich das Erste, was ihr die Nachbarinnen erzählt hatten, aber sie wollte unbedingt Details erfahren.

»Meine Frau ist schon sehr lange tot«, sagte er leise und blickte auf seine Hände, die er auf seine Oberschenkel gelegt hatte. »Früher sah es hier ganz anders aus.«

»Und seitdem gibt es keine neue Frau, die gern mit dir zusammen die Kois füttern würde?« Stephanie versuchte, die Frage möglichst beiläufig klingen zu lassen.

Rolf schloss für einen fast unmerklichen Moment die Augen. Als er sie wieder öffnete, lächelte er sie an und griff nach der Schüssel mit den Muffins.

»Möchtest du auch einen?«, fragte er sie liebenswürdig.

Am Abend stand Stephanie wieder in der Küche und backte. Sie hatte aus Rolf nicht so viel herausbekommen, wie sie es sich gewünscht hätte. Dennoch war die Stunde in seinem Garten eine wunderbare Abwechslung gewesen. Sie hatte das Gefühl, sie und er hatten einiges gemeinsam. Leise summte sie vor sich hin und freute sich auf den Besuch am folgenden Nachmittag.

Der nächste Tag war so heiß wie der vorherige. Und wie der davor und der davor. Dieser Sommer war eine einzige Aneinanderreihung heißer Tage. Stephanie trug eine weiße Bluse ohne Arm und eine helle Bermudahose. Sie sah sportlicher aus als am Vortag. Im Arm hielt sie wieder eine Schüssel mit Muffins, und wieder klingelte sie und wartete. Diesmal ging die Tür ziemlich schnell auf, sie hatte nicht einmal Zeit, den Vorgarten näher zu betrachten. Was vielleicht auch ganz gut war, denn hier wuchs alles wild durcheinander. Vor allem Unkräuter, von den Besitzern liebevoll Beikräuter genannt, hatten hier ihr Biotop gefunden.

»Ja?«, kam es gedehnt und fragend von der Frau, die sie offenbar gerade bei irgendetwas gestört hatte.

Stephanie streckte ihre Hand aus, die die andere überrascht nahm und schüttelte. Gleichzeitig plapperte sie fröhlich drauflos.

»Ich bin Stephanie, deine neue Nachbarin, wir sind uns beim Nachbarschaftsfest schon kurz begegnet. Ich wollte mich mal richtig vorstellen und dachte, dabei könnten Muffins nicht schaden.«

Sie hielt die Schüssel ein wenig höher und schwenkte sie vorsichtig hin und her. Ihr Herz pochte heftig. Aus Unsicherheit, aber auch aus der Angst heraus, dass Ingo vielleicht doch zu Hause war, obwohl sie ihn ein paar Minuten zuvor hatte weggehen sehen. Ihre neue Nachbarin merkte von ihren Gefühlen offenbar nichts, denn sie bat sie freundlich herein.

»Nicole. Ich wasch mir nur rasch die Hände, war gerade im Garten. Nimm ruhig schon mal Platz, du kennst dich hier ja aus.«

Stephanie blieb verdutzt stehen. »Warum sollte ich mich hier auskennen?«

»Na, in unseren Häusern sieht es doch genau gleich aus, oder nicht?« Sie lachte sie mit so viel Sonne in den Augen an, dass man sie eigentlich auf Anhieb ins Herz hätte schließen müssen. Bei Stephanie setzte das allerdings ganz andere Gefühle frei, die sie aber schnell verdrängte. Sie sah sich aufmerksam im Wohnzimmer um. Das Blümchensofa hatte schon bessere Tage gesehen, in der Weichholzschrankvitrine war ein heilloses Durcheinander, und auch auf dem runden Kieferntisch lagen Papiere, Zeitschriften und anderes Zeug kreuz und quer durcheinander, mittendrin eine Vase mit fast verblühten Rosen. Das abgestandene Wasser der Blumen stand als Basisduftnote im Raum. Sie war enttäuscht. So hatte sie sich Ingos Zuhause nicht vorgestellt. Nicole kam ins Zimmer gewirbelt. »Setz dich, wenn du einen freien Platz findest, sonst schmeiß einfach was auf den Boden.«

»Dein Mann ist nicht da?«

»Nee, der ist gerade weg. Echt schade.«

Stephanie sah sich unschlüssig um. Ihr Blick blieb an einem Regalbrett voller Fotos hängen. Da war das ganze Glück der Familie im Silberrahmen präsentiert. Zu viert vor dem Grand Canyon. Zu viert bei einem Familienfest. Zu viert unter Palmen. Zu viert auf Skiern vor einer Berghütte. Ihr wurde ein wenig übel. Sie hätte sich wirklich gern gesetzt, aber sie zwang sich, stehen zu bleiben und die Bilder genauer zu betrachten.

»Wie alt sind deine Kinder denn?«

»Jule ist dreizehn und Finn elf. Hast du auch Kinder?«

»Ja, Stephan ist schon fünfzehn.«

»Stephan? Echt? Du hast deinen Sohn nach dir benannt? Das ist ja lustig.«

»Nein, nein«, beeilte sie sich zu beteuern, »Stephan ist nach seinem Vater benannt. Sein Vater heißt Stephan.«

»Ach, schau an«, sie angelte sich einen Muffin aus der Schüssel, biss ein Stück ab und sprach mit vollem Mund weiter. »Ingo heißt mit zweitem Vornamen auch Stephan.«

Stephanie nickte. Als ob sie das nicht gewusst hätte.

»Mmh, sehr lecker, so was kannst du ruhig öfter machen. Ich kann nämlich nicht backen. Was Ingo sehr bedauert, denn er liebt nichts so sehr wie selbst gemachte Kuchen.«

»Na, dann komm ich doch gern bei Gelegenheit wieder. Ich könnte jeden Tag backen, wenn es meine Zeit zuließe. Zurzeit hab ich noch Urlaub, aber nächste Woche muss ich auch wieder ran.«

Sie lächelte Nicole an und bekam ein so herzliches Strahlen zurück, dass es ihr nun doch ein wenig warm ums Herz wurde.

Beschwingt ging Stephanie durchs Quartier nach Hause. Das lief doch alles wie gewünscht. Sie hatte eine neue Freundin gefunden, auch wenn sie sich um freundschaftliche Gefühle Nicole gegenüber bemühen musste. Aber zu diesem Opfer war sie bereit. Bald würde Stephan einen Vater haben. Seinen Vater. Sie öffnete die Haustür, lief durch den Flur ins Wohnzimmer und blickte sich erfreut um. Wie schön es bei ihr war. Alles war blitzeblank, die Kissen auf dem Sofa standen in Reih und Glied, auf der antiken Kommode stand eine geschmackvolle weiße Vase, allerdings ohne Blumen, und auf dem modernen Esstisch aus Glas lag weder Krimskrams noch ein Staubkörnchen. Doch irgendetwas störte sie, und zwar gewaltig. Es war der Geruch.

Sie hob den Kopf und schnupperte. Diesen Geruch kannte

sie. Im nächsten Moment sah sie Stephan im Garten, er fläzte sich auf der Liege. In der einen Hand sein Handy, in der anderen einen Joint.

Sie stürmte aus dem Wohnzimmer, und noch bevor sie bei ihm angekommen war, zischte sie: »Tickst du noch ganz richtig? Du kannst hier draußen nicht kiffen. Unser Nachbar ist bei der Polizei, der kann das doch riechen.«

»Chill mal deine *base*, Mom. Der Cop ist total nett, der tut mir bestimmt nix. Aber vielleicht seine Frau.« Er grinste sie an und zog demonstrativ an der Haschzigarette.

»Wieso? Was weißt du über seine Frau?«

»Er ist nur Polizeikommissar, sie ist Polizeioberkommissarin. Musst dir trotzdem keine Sorgen machen. Auch die Choi ist ziemlich cool.«

»Choi? Was ist das denn für ein Name?«

»Sie kommt aus Korea. Oder war es Vietnam? Ich hab's vergessen.«

Er schaute auf sein Handy und begann mit einem Daumen eine Nachricht zu tippen. Im selben Augenblick schien er sie vergessen zu haben.

Stephanie stand ratlos neben ihm, blickte besorgt zum Nachbargarten und wusste nicht, wie sie reagieren sollte. Da klingelte es an der Haustür.

Mit schnellen Schritten lief sie ins Haus und hoffte, dass es nicht die Nachbarn von nebenan waren. Ihre Hoffnung ging in Erfüllung, vor der Tür stand Ingo.

»Ich hatte dich gewarnt«, blaffte er sofort los, noch bevor sie die Tür richtig geöffnet hatte. »Halte dich von meiner Familie fern. Dein Besuch heute wird dir noch leidtun.«

Erschrocken drehte sie sich um, in Sorge darüber, dass ihr Sohn diese bösen Worte gehört hatte. Doch von ihm war nichts zu sehen.

Sie wandte sich wieder Ingo zu, doch dieser war bereits mit langen Schritten durch ihren Vorgarten gestürmt, ohne dessen Schönheit mit einem Blick zu würdigen, und um die Ecke verschwunden.

Zwei Tage später stand Stephanie an ihrem Gartentor und plauderte mit Susanne. Also eigentlich plapperte Susanne ohne Punkt und Komma. Sie erzählte langatmig von ihrem Beruf als Buchhalterin. Stephanie hörte ihr geduldig zu und nickte immer wieder bestätigend. Endlich machte Susanne eine Atempause.

Stephanie hielt schnell ihren Schlüsselbund hoch. »Eigentlich wollte ich nur nach der Post sehen.« Sie öffnete den Briefkasten und sprang im selben Moment überrascht einen Schritt zurück. »O nein, wie eklig!«

Susanne warf einen neugierigen Blick an ihr vorbei in die sperrangelweit geöffnete Metallbox. »Wer macht denn so was?«, fragte sie ungläubig. »Das ist ja eine Schweinerei!«

Im Briefkasten lagen glücklicherweise keine Briefe, aber zwei rohe zersprungene Eier. Die Schalen schwammen in einer zähen Eiersuppe. Stephanie schluckte, sie musste mit den Tränen kämpfen.

Sogar Susanne hatte bei ihrem Anblick Mitleid. »Das tut mir so leid, das war bestimmt nur ein dummer Jungenstreich. Das hat nichts mit dir zu tun.« Ganz entgegen ihren Gewohnheiten versuchte sie zu deeskalieren. Stephanie nickte schweigend und drängte die Tränen zurück. »Aber nichtsdestotrotz müssen die Eltern wissen, was die Kids hier so treiben. Ich werde eine Mail an alle schreiben.« Da war sie wieder – die Politessen-Susanne, die im Quartier für Ordnung sorgte.

»O nein, bitte nicht.« Stephanie sah sie mit waidwundem Blick an. »Du hast bestimmt recht, das war nur ein Streich. Das ist nicht weiter schlimm. Das mache ich schnell sauber und gut ist's. Ich war nur so … überrascht.« Sie ergriff Susannes Hände. »Bitte, erzähl es nicht weiter. Ich will nicht, dass das die Runde macht und am Ende vielleicht noch ein Kind dafür bestraft wird.«

»Na gut, wie du willst.«

Susanne zuckte mit den Achseln und verabschiedete sich schnell. Stephanie sah ihr hinterher. Sie war sich ziemlich sicher, dass allein ihre Bitte, niemandem etwas zu sagen, dazu führte, dass ein Großteil der Nachbarn bis zum Abend von dem Eiervorfall wusste. Manche Menschen waren glücklicherweise durch und durch berechenbar.

# Yoga ins Verderben

Christoph saß im Garten und hatte einen der ganz seltenen Momente der Muße. Der Tag dümpelte seinem Ende entgegen, der Anfang des Abends wartete bereits ums Eck, sein Sohn schlief nach einem wilden Nachmittag im Freibad ausnahmsweise schon, und Miriam hatte sich zu ihrer Yogastunde verabschiedet. Jeden Donnerstag ging sie zum Yoga und danach mit den anderen Teilnehmerinnen noch ein Gläschen trinken. Was zwar nicht im Sinne eines eingefleischten Yogis war, aber das war den Frauen egal. Im Gegenteil. Sie fanden, sie hatten sich nach einer Stunde Taube, Delfin und Kamel ein Glas Wein verdient.

Wie viele erfolgreiche Menschen, die daran gewöhnt waren, von früh bis spät aktiv zu sein, konnte auch er diesem freien Abend nicht viel abgewinnen. Eigentlich arbeitete Christoph an den Donnerstagabenden von zu Hause aus, aber an diesem Donnerstag musste er gezwungenermaßen eine Pause einlegen. Sein Computer machte ein Update, und das konnte noch ewig dauern. Was sollte er mit diesen unnützen Stunden anstellen? Er dachte über Abwechslung nach.

*Ich hol einfach Miriam vom Yoga ab und geh mit ihr und den Frauen zusammen was trinken. Hätte nichts dagegen, mal wieder Hahn im Korb zu sein. Diese Yogafrauen sind zwar nicht mein Fall, aber was soll's. In der Not frisst der Teufel Fliegen.*

Er grinste vor sich hin und freute sich, den Rest des Abends nicht allein verbringen zu müssen. Um seinen Pflichten als Vater Genüge zu tun, verband er das Babyfon mit seinem Handy. Wachte Freddie auf, schlüge sein Mobiltelefon Alarm, und er könnte Selma oder Robert telefonisch bitten, mal schnell nach dem Rechten zu sehen. Genau für solche Fälle hatten sie schon vor Jahren die Hausschlüssel bei den Freunden deponiert. Selbstverständlich hatten sie auch den Schlüssel von Selma und Robert.

Christoph schlenderte durchs Quartier, ohne einem Nachbarn zu begegnen. Er hatte es nicht weit. Die Yogastunden wurden in Räumlichkeiten abgehalten, die im Zentrum des Stadtteils lagen, auf der Hauptstraße. Die wurde links und rechts von zweigeschossigen Backsteinhäusern aus den Dreißigerjahren des vergangenen Jahrhunderts gesäumt. In den meisten Häusern waren im Erdgeschoss kleine Geschäfte – Bäckereien, Apotheken, eine Buchhandlung, Modeläden, Cafés und Restaurants. Die Bewohner hatten hier alles für den täglichen Bedarf und darüber hinaus, in die Innenstadt mussten sie nur für größere Besorgungen. Auch deswegen war der Stadtteil so beliebt.

Christoph blieb vor dem Haus stehen, in dem sich das Yogastudio eingemietet hatte. Ein Schild an der Wand wies auf den ersten Stock hin. Er legte den Kopf in den Nacken und blickte an der Fassade hoch. Alle Fenster waren weit geöffnet, zu hören war nichts. Die Frauen waren wahrscheinlich in der Schlussentspannung. Yoga war ihm so fern, wie Sandalen zu tragen, aber Miriam berichtete immer wieder begeistert davon.

Unter dem Yogastudio hatte vor Kurzem ein Geschäft für Mobiltelefone Eröffnung gefeiert. Leidlich interessiert schaute er sich die Kartons im Schaufenster an. Ob in den Pappschachteln wirklich Handys lagen? Dann würde sich ein Einbruch lohnen.

Noch bevor er ernsthaft darüber nachdenken konnte, kamen endlich die ersten Frauen aus dem Gebäude. Er grinste sie freundlich an, schließlich wollte er den Abend mit ihnen verbringen. Da war es klug, nicht gleich mit einem arroganten Von-oben-herab-Sieger-Lächeln einzusteigen.

Die Frauen lächelten mehr oder weniger freundlich zurück. Einige gingen zielstrebig mit ihrer Yogamatte unter dem Arm ihres Weges, andere blieben noch eine Weile in kleinen Grüppchen stehen und zogen dann weiter. Nur Miriam kam nicht. Und kam nicht. Er fing an, wie ein Tiger auf und ab zu laufen.

*Das kann doch nicht sein! Wo bleibt sie denn, verdammt? Bestimmt plaudert sie da oben ganz entspannt, während ich hier wie bestellt und nicht abgeholt auf sie warte.*

Er verdrängte die Tatsache, dass ihn niemand bestellt hatte und er deswegen auch von niemandem abgeholt werden konnte. Immer häufiger wanderte sein Blick in den ersten Stock. Und zurück. Und wieder rauf. Nach gefühlt endlosen Minuten kam endlich noch eine Frau aus dem Haus. Sie hatte keine Yogamatte dabei, aber ihre Kleidung – eine halblange senfgelbe Pluderhose und ein bordeauxrotes Rippenhemd ohne Arm – signalisierte sogar Christoph, dass sie die Leiterin des Yogakurses war. Sie zerrte einen Schlüsselbund aus ihrer riesigen Stofftasche und schloss die Haustür ab. Das bedeutete wohl, dass sich niemand Weiteres im Inneren des Hauses befand. Irritiert sprach Christoph die Frau an.

»Tschuldigung, ist Miriam heute schon früher gegangen?«

»Miriam?«

»Ja, Miriam …«, sagte er gedehnt. Und fügte dann verunsichert hinzu: »Meine Frau.« Als ob dieser Zusatz irgendetwas zur weiteren Klärung beigetragen hätte.

Die Yogalehrerin taxierte ihn von oben bis unten. War das ein abschätzender Blick, oder bildete er sich das ein?

»Miriam!«, schien sie sich dann doch zu erinnern. »Stimmt. Die war schon ewig nicht mehr hier.«

Sie zog den Schlüssel aus dem Schloss, warf den Bund zurück in die Tasche, nickte ihm noch einmal kurz zu und ging.

Christoph schaute ihr regungs- und wortlos nach. Er war der Situation kein bisschen gewachsen, was wirklich sehr selten vorkam. Hatte er das eben richtig verstanden? Sie war schon ewig nicht mehr beim Yoga gewesen?

*Das kann ja nur ein Irrtum sein. Hat sie vielleicht das Studio gewechselt, und ich hab es mir nicht gemerkt, weil sie das wieder mal so nebenbei an mich rangeplappert hat, während ich mit was anderem beschäftigt war?*

Er blieb einen weiteren Moment mitten auf dem Gehweg stehen und schaute auf den grauen Asphalt, nahm nichts wahr. Weder die vielen Kaugummiflecken, die den Weg übersäten, noch die Kippen, die vereinzelt herumlagen.

Ohne sich darüber bewusst zu sein, nahm er den Weg zurück ins Quartier. Wenige Minuten später erreichte er sein Haus, betrat es aber nicht, sondern blieb verloren davor stehen. Die Fragezeichen in seinem Kopf fuhren immer noch Achterbahn. Er hätte jetzt gern mit jemandem geredet, um seine Gedanken zu ordnen. Was grundsätzlich eine gute Idee war, denn nichts sortierte einen schneller als das laute Formulieren dessen, was als Kuddelmuddel im Kopf steckte. Oft reichte der kurze Weg vom Hirn zum Mund – und der Nachhall dessen –, um Klarheit zu gewinnen. Doch mit wem sollte er sprechen? Christoph guckte nach links. Drei Häuser weiter wohnte sein Freund Robert. Das war genau der, den er jetzt brauchte. Denn niemand kannte ihn und Miriam so gut wie er.

»Ist was passiert?« Selma hatte die Haustür noch nicht ganz geöffnet, doch sobald sie ihn erblickt hatte, war sie eine Spur blasser geworden.

»Wie kommst du denn darauf?« Christoph war maximal alarmiert. Wusste sie etwas, das er noch nicht wusste?

»Na, du kommst nie allein hierher. Wenn Miriam beim Yoga

ist und dein Kleiner im Bett, arbeitest du doch für gewöhnlich im Homeoffice, oder nicht?«

Er musste lächeln und entspannte sich dabei ein bisschen. Sie wusste offenbar nichts. »Keine Sorge, alles gut. Ist Robert da?«

»Nö, er ist donnerstags doch immer beim Basketball.«

Christoph schlug sich vor die Stirn. »Klar, hatte ich vergessen. Dann hab noch einen schönen Abend.« Mit einem fahrigen Lächeln verabschiedete er sich, drehte sich aber noch einmal um. »Basketball ist in der Sporthalle in der Neustadt, oder?«

Selma nickte. Er hob die Hand zu einem kurzen Winken, drehte sich um und ging wortlos. Vielleicht ist sie ja schon zu Hause, weil die Yogastunde, wo immer sie stattgefunden hat, längst zu Ende ist, dachte er hoffnungsfroh. Dann klärt sich gleich alles auf. Doch als er die Tür seines Hauses aufschloss, sah er gleich, dass sie noch nicht da war. Ihre Hausschuhe standen im Flur, und die Terrassentür, die vom Wohnzimmer in den Garten führte, war verschlossen. Wäre sie zwischenzeitlich heimgekommen, hätte sie als Erstes alle Fenster aufgerissen, so wie sie es immer tat.

Unschlüssig stand er eine Weile in der Diele und lauschte in den ersten Stock. Kein Pieps war zu hören. Kurz entschlossen schnappte er sich seinen Autoschlüssel, der auf der weißen Kommode im Flur lag. Keine zwanzig Minuten später stand er vor der Sporthalle in der Neustadt. Diesmal wartete er nicht vor der Tür, sondern ging zielstrebig in das alte Gebäude. Es war Jahrzehnte her, dass er selbst hier Basketball gespielt hatte, doch irgendwann hatte er bemerkt, dass ihm Teamsport nicht lag. Da konnte er nur so gut sein, wie es das schwächste Glied der Gruppe war. Er war mehr der Einzelkämpfer, der seine Siege allein einfuhr. So hatte er zu Tennis gewechselt und war in seiner Jugend ein ziemlich erfolgreicher Spieler gewesen.

Im Gebäude angekommen, musste er nur den dumpfen Geräuschen und Rufen folgen und stand schnell in der Halle, in der die Luft zum Schneiden dick war. Ein Dutzend Männer, alle groß, sportlich und gut trainiert, jagten einen Ball durch die Halle. Eine Weile ließ er sich vom Geschehen ablenken, dann besann er sich, warum er hier war. Er nahm jeden einzelnen Spieler kurz ins Visier, dann noch einmal, und stellte verdutzt fest, dass Robert nicht dabei war. Als ein Spieler dicht vor ihm zum Stehen kam und auf den Ball wartete, nutzte er die Gelegenheit und sprach ihn an.

»Sag mal, ist Robert heute nicht da?«

»Robert?« Christoph musste heftig einatmen.

*Bin ich hier bei* Täglich grüßt das Murmeltier *oder was?*

»Der war schon lange nicht mehr da. Schon ewig nicht mehr.«

Der Ball flog in ihre Richtung, der Typ vor ihm fing ihn geschickt auf und lief los. Christoph trottete aus der Halle, setzte sich in sein Auto, das sich trotz der abendlichen Stunde gehörig aufgeheizt hatte. Er verstand überhaupt nichts mehr. Miriam war schon ewig nicht mehr beim Yoga gewesen und Robert nicht beim Basketball. Was hatte das zu bedeuten?

Es klopfte. Christoph schreckte aus seinen Gedanken auf. Er saß in seinem Auto, die Hände lagen auf dem Lenkrad. Irritiert sah er zur Windschutzscheibe hinaus, um herauszufinden, wo er war. Wie er in die Tiefgarage des Quartiers gekommen war, hätte er nicht sagen können. Es klopfte erneut. Er drehte den Kopf und sah Ingo, der fragend die Hände hob. Christoph gab ihm ein Zeichen, dass er kurz warten sollte, und atmete tief ein. Die Watte in seinem Kopf wurde dadurch nicht durchlässiger. Dennoch stieg er mit vorgetäuschtem Elan aus.

»Alles okay bei dir?«

»Ja klar.«

Er verschloss seinen tiefschwarzmetallicfarbenen Porsche Panamera, der sich blinkend verabschiedete.

»Ist schon ein geiler Wagen.« Ingo hatte glänzende Augen.

»Yep.«

Christoph lief los, während Ingo noch bewundernd die stromlinienförmige Karosserie bewunderte. Es war mit Abstand das schönste Auto in der ganzen Garage. Und das schnellste. Und das teuerste. Kein Wunder, dass er der stolzeste Autobesitzer im Quartier war. Bedauerlicherweise auch der unbeliebteste.

Ingo beeilte sich, um ihn einzuholen. »Wie viel PS hat er eigentlich? Wollte ich dich immer schon mal fragen.«

»Dreihundertdreißig.«

Sein Nachbar pfiff anerkennend. Der Porsche gefiel ihm, das wusste Christoph. Er hätte sich so einen Wagen nie leisten können, aber angeblich auch nicht wollen. Er sei mit seinem alten Kombi völlig zufrieden, betonte Ingo immer mal wieder, und fahre aus Überzeugung mit dem Fahrrad zur Schule. Christoph glaubte ihm kein Wort.

»Bist du sicher, dass alles okay ist? Du hast gerade so gedankenverloren in deinem Wagen gesessen und dabei ganz grün im Gesicht ausgesehen. Aber das kann auch die Garagenbeleuchtung gewesen sein.«

Sein Nachbar blickte ihn aufmerksam an. Er versuchte, offen und freundlich zurückzuschauen, wusste aber, dass er durch seine eng zusammenstehenden Augen oft sehr abweisend wirkte.

»Was würdest du machen, wenn dich Nicole mit deinem besten Freund betrügen würde?« Ingos Mimik zauberte eine bunte Mischung aus Bestürzung, Staunen und Ungläubigkeit hervor. »Nein, nicht, was du denkst.« Christoph verfluchte seine Frage bereits und versuchte, Ingo auf eine andere Fährte zu lenken. »Ein Arbeitskollege hat mir gerade davon erzählt.«

»Ach so, ich hab schon befürchtet ...« Den Rest des Satzes ließ Ingo in der Luft hängen. Sie waren an Christophs Haus angelangt und blieben stehen. »Keine Ahnung, was ich täte. Was tätest du denn?«

»Ich? Wieso denn ich?«

Im gleichen Atemzug ärgerte er sich über seine heftige Reaktion. Dadurch musste Ingo ja hellhörig werden und glauben, es wäre doch mehr im Busch.

»Hat dich das dein Arbeitskollege nicht gefragt?«

»Ach so, ja klar.« Er schlug sich mit der Handfläche vor die Stirn. Was war nur los mit ihm? So begriffsstutzig kannte er sich gar nicht. »Ich weiß es auch nicht. Hab ich mir noch nie Gedanken drüber gemacht. Ich glaub aber auch nicht, dass mich Miriam betrügen würde.«

Sehr gerne hätte er in diesem Moment auf Ingo herabgeblickt, das war aber unmöglich, denn der war mehr als einen Kopf größer als er. Also setzte er sein arrogantes Siegerlächeln auf. Es kompensierte, wie er hoffte, das körperliche Ungleichgewicht.

In dieser Minute kam sie angelaufen – ihre Yogamatte unter dem Arm. Mit strahlenden Augen, einem entrückten Lächeln auf den Lippen und leicht verschwitzt. Als sie ihn vor ihrem Haus auf dem Weg stehen sah, erlosch das Leuchten. Sie beschleunigte ihren Schritt.

»Ist was passiert?«, fragte sie alarmiert, noch bevor sie Ingo und ihn erreicht hatte.

Christoph spürte, wie sich sein Magen entspannte. Er war unendlich erleichtert.

»Da bist du ja, Schatz. Nein, es ist alles gut. Wie kommst du darauf, dass was passiert sein soll?«

Er nahm sie fest in den Arm und gab ihr einen intensiven Kuss. Vor Publikum waren seine Küsse immer eine Spur leidenschaftlicher. Er konnte nicht anders, als immer wieder zu beweisen, was er für ein toller Kerl war.

Sie drückte ihn sanft von sich. Es war ihr peinlich, vor Ingo so abgeknutscht zu werden.

»Warum steht ihr dann vor dem Haus? Das hast du noch nie gemacht.«

»Wir haben uns zufällig in der Garage getroffen. Aber ich muss jetzt auch. Nicole wartet mit dem Essen auf mich. Euch noch einen schönen Abend.« Ingo lachte sie an, hob die Hand zum Gruß und ging.

Miriam blickte ihn an. Sie suchte augenscheinlich nach Anzeichen, nach irgendetwas, das ihr verriet, warum er hier draußen vor dem Haus stand.

»Also, was ist los?«, fragte sie, nahm ihn an die Hand und zog ihn ins Haus.

Er ließ sich bereitwillig mitziehen. »Wie war's beim Yoga?«, fragte er beiläufig zurück, während er ihr seine Hand entwand, um an ihrer Wirbelsäule entlangzustreichen. Bevor er an ihrem Hintern angekommen war, entwand sie sich ihm.

»Ich war nicht dort.«

»Was?« Nun war er wieder hellwach. »Warum denn nicht?« Er musste aufpassen, dass seine Stimme nicht lauernd klang.

»Ich war schon auf dem Weg«, plapperte sie scheinbar unbeschwert, während sie ihre Turnschuhe auszog, im Wohnzimmer alle Fenster aufriss und Freddies Spielsachen in die dafür vorgesehenen Kisten warf, »da rief mich Bettina an. Sie war total aufgelöst, weil sie Stress im Job hat. Und dann bin ich eben schnell zu ihr. *That's what friends are for.*« Sie zuckte lächelnd mit den Schultern. Er ging auf sie zu mit einem Blick, den sie gut kannte. »Nicht, Chris«, flüsterte sie, »ich bin total verschwitzt, ich will erst duschen.«

Doch das interessierte ihn nicht. Was er wollte, das bekam

er. Geschäftlich sowieso, aber auch privat. Er fing sie ein, ließ sie nicht aus seinen Fängen, und sie gab den Widerstand bald auf. Er gab sich alle Mühe, doch sie blieb völlig passiv. Das machte aus seinem Ego einen durchlöcherten Emmentaler. Es war kein schönes Gefühl, dennoch hörte er nicht auf. Aufgeben war für ihn keine Option. Niemals.

# Heimlichkeiten

Mit einer schnellen Bewegung streute sie den Käse über das Omelett, doch es war nicht mit Liebe zubereitet. Im Gegenteil. Eine riesige Portion Ärger steckte in der wabbligen gelbweißen Masse.

*Da ist der große Starreporter also wieder zu Hause, und ich verfalle sofort in die Rolle der Statistin. Ach was, Statistin. Bedienstete. Ich bin seine kleine Haus- und Putzfrau. Fehlt nur noch, dass ich ihm den Hintern abwische.*

Claudia war sauer. In den Tagen ohne Frank fühlte sie sich frei und stark, malte sich aus, wie sie allen beweisen wollte, was wirklich in ihr steckte, aber kaum stand sie Frank gegenüber, kam sie sich unscheinbar, unwichtig, uninteressant vor. Wie eine graue Maus neben einem mächtigen Leoparden. Und natürlich setzte sie sich sofort auf die alten, gut geschmierten Gleise zurück. Frank vorne und Frank hinten, klar, mein Schatz, mach ich, tu ich, kein Problem.

*Oh doch, es ist ein Problem, denn so will ich nicht weitermachen.*

Sie hielt kurz inne und atmete ein paarmal ein und aus. »Mann, was für ein Scheiß!«, fluchte sie halblaut vor sich hin. Sie wusste ganz genau, dass sie nicht auf Frank sauer sein sollte, sondern vor allem auf sich selbst. Was die Sache nicht besser machte. Denn so konnte sie nicht mal jemand anderem die Schuld geben. Nur sie allein war verantwortlich für das, was gerade passierte. Und dieses Wissen schürte ihren Zorn. »Wenn du was ändern willst, musst du bei dir selbst anfangen, du dumme

Kuh«, beschimpfte sie sich mangels Alternativen selbst. Mit wütendem Blick stierte sie die verrührten Eier in der Pfanne an, als ob die etwas dafürkönnten. Langsam wich der Zorn, und sie merkte, wie sich Resignation in ihrem Inneren breit machte. »Warum fällt's mir so leicht, anderen zu helfen, nur wenn's um mich selbst geht, versage ich total?«

»Sag mal, mit wem redest du da eigentlich?« Plötzlich stand Frank hinter ihr und nahm sie in den Arm. »Ich lass dich zu oft allein, du sprichst ja schon mit dir selbst«, flüsterte er einschmeichelnd in ihr Ohr, während er ihren Hals mit kleinen Küssen bedeckte.

Seine Hände wanderten von ihrer Hüfte über ihren Bauch zu ihren Brüsten. Wenn sie etwas hasste, dann genau diese Situation. Sie war mit etwas beschäftigt, doch wenn er scharf war, musste sie alles stehen und liegen lassen und ebenfalls Lust haben.

Mit den Daumen fuhr er sanft über ihre Brustwarzen, was unmöglich nicht zu spüren war. Seufzend schob sie die Pfanne von der heißen Platte und wendete sich ihrem Mann zu. Der nahm dies als Aufforderung und Einladung, umschlang sie mit beiden Armen und trug sie ein paar Meter aus der Küche ins Wohnzimmer. Dort war es wie immer. Sie war schnell ausgezogen, lag schnell auf der Couch, und noch bevor sie feststellte, dass die Wohnzimmerdecke mal wieder geweißelt werden müsste, war er fertig. Frank kam ihr wie ein Heckenschütze vor, mit dem man in Krisengebieten, in denen er sich so viel Zeit im Jahr rumtrieb, immerzu rechnen musste. Während sie noch darüber nachdachte, warum das Liebesspiel mit ihm mehr einem Überfall glich, war er schon einen Schritt weiter. Er gab ihr erst einen Kuss auf die gebräunte nackte Schulter und dann einen Klaps auf den weißen Po.

»Machst du mir meine Eier fertig? Ich hab einen Bärenhunger.«

Der Tag war an ihr vorbeigestreift wie so viele andere Tage und Wochen in den vergangenen Jahren. Emil war nach der Ganztagsschule nicht nach Hause gekommen, sondern direkt zum Sport gegangen – wie an den meisten Nachmittagen. Ihn bekam sie während der Woche kaum noch zu Gesicht. Und irgendwann hatte sich auch Frank mit den Worten »Ich muss fit bleiben für die Herausforderungen da draußen« zum Training verabschiedet. Wie lächerlich Claudia solche Äußerungen mittlerweile fand. Andere Männer gingen einfach zum Sport, aber Frank machte immer gleich einen mittleren Staatsakt aus seinen Handlungen. Sie saß im Keller auf dem Bett im sogenannten Gästezimmer, das schon länger kein Gästezimmer mehr war. Hier hatte sie in den vergangenen Jahren unendlich viele Stunden verbracht. Jede Minute, die sie von Frank und Emil nicht gebraucht worden war, hatte sie in dem kleinen Raum mit dem noch kleineren Fenster gesessen und gepaukt. Das Gästebett war immer mehr zu einer Ablage für all die Notizen und Bücher geworden.

Mit jedem Jahr hatte sich der Raum stärker verändert. Erst hatte sie den alten Ohrensessel, der irgendwann im Gästezimmer zwischengeparkt worden war, rausgeworfen. In einer Ecke stand jetzt ein kleiner Schreibtisch. Nichts Besonderes: eine Holzplatte auf zwei Malerböcken. Darunter ihre Nähmaschine – die war ihr Alibi. Wann immer sie im Keller saß, nähte sie. Glaubte Frank. Dass nie, wirklich kein einziges Mal, auch nur ein winziges Stück Stoff das Zimmer verlassen hatte, war ihm bisher noch nicht aufgefallen. Sie hatte die Poster, die in silbernen Rahmen an den Wänden gehangen hatten, gegen Regalbretter ausgetauscht, auf denen bis vor Kurzem Bücher und ein kleiner Drucker gestanden hatten. Die Angst, Frank könnte einmal an ihrem Rückzugsort auftauchen, war von Jahr zu Jahr kleiner geworden. In der Tat war er nie in den Keller gekommen, genauso wenig Emil. Die beiden männlichen Familienmitglieder drehten sich bevorzugt um sich selbst. Und so hatte das Zimmer für sie, und anfangs auch für Kerstin, zu einer Zentrale der Heimlichkeiten werden können, zu einem *safe house*, in dem sie ohne Angst vor Entdeckung für ihre Zukunft gebüffelt, Ideen geschmiedet und Pläne vorangetrieben hatten.

Claudia fühlte sich müde. Die Hitze, die Eintönigkeit ihres Alltags, der Egoismus ihres Mannes und die Lieblosigkeit ihres Sohnes laugten sie schon seit Längerem aus, aber mit jedem Tag, der verstrich, hatte sie das Gefühl, es nicht eine Sekunde länger aushalten zu können. Und dann stand sie doch am nächsten Morgen auf und machte alles genau so wie an all den verlorenen Tagen davor.

*Wie gut, dass Kerstin das nicht mehr mitkriegt, sie könnte ihre Enttäuschung über mein Verhalten bestimmt nicht verbergen.*

Als ihre Tochter noch zu Hause gewohnt hatte, hatten sie viele wilde Diskussionen miteinander ausgefochten. Irgendwann war Kerstin in das Alter gekommen, in dem sie gespürt hatte, wie es zwischen ihr und Frank lief. Mit dem Ungestüm ihrer jungen Jahre hatte sie darauf gepocht, dass sie sich wehren sollte. Sie hatte nicht begreifen können, dass sie sich vor Frank immer so kleinmachte. Sie konnte Kerstins Zorn gut verstehen. Was war sie auch für ein Vorbild? Keins. Sie benahm sich wie eine Frau aus dem vorletzten Jahrhundert, die von Emanzipation noch nie etwas gehört hatte, und schaffte es nicht, etwas zu verändern. Die Rolle des Hausmütterchens klebte wie Pattex an ihr.

Claudia seufzte, sie spürte, wie sich in ihrem Magen alles zusammenzog und langsam, aber sicher eine heiße Spur in ihrem Inneren nach oben kroch. Doch sie wollte jetzt nicht weinen. Sie brauchte einen klaren Kopf, um sich endlich, endlich darüber klar zu werden, wie sie ihre Reise in ein neues Leben beginnen konnte.

*Was hast du alles über das Erreichen von Zielen gelernt? Jetzt wende es doch auch mal für deine Ziele an.*

Schwerfällig erhob sie sich und ging die wenigen Schritte zu dem schmalen Schrank, in dem sie nach den Prüfungen alle Bücher und Unterlagen verstaut hatte. Frank sollte nicht noch im Nachhinein durch irgendeinen blöden Zufall von ihrem Geheimnis erfahren. Sie suchte ein Taschenbuch, klein, aber mit einem auffälligen Cover in Rot und Gelb, in dem es ausschließlich um das Thema »Ziele erreichen« ging. Gerade als sie es ganz unten unter einem Stapel gewichtiger, langweiliger Lehrbücher erspäht hatte, klingelte ihr Handy. Es war Kerstin.

»Hallo, mein Schatz, wie schön, dass du dich meldest. Wie geht's dir?«

Sie ließ sich erneut aufs Bett plumpsen, doch irgendetwas unter der Zudecke verhinderte ein angenehmes Sitzen. Sie griff darunter und zog ein rosafarbenes Plüschschweinchen hervor. Kerstin hatte es ihr bei ihrem Auszug mit den Worten »Du brauchst mehr Schwein als ich« geschenkt. Dann hatte sie sie lange umarmt und war in die Welt hinausgezogen. Seitdem meldete sie sich zwar regelmäßig telefonisch, aber tatsächlich kam sie nur sehr selten nach Hause. In den ersten Jahren war sie in Australien und Neuseeland unterwegs gewesen. Da hatte Claudia verstanden, warum sie nicht gekommen war. Aber nun lebte sie bereits einige Jahre in London, und trotzdem ließ sie sich kaum bei ihren Eltern blicken. Sie glaubte zu wissen, dass es an ihr lag. Kerstin wollte bestimmt nicht mit eigenen Augen sehen, wie wenig sie sich in all der Zeit weiterentwickelt hatte. Impulsiv drückte sie das rosa Schweinchen an sich.

»Mami, was ist los?« Kerstins Stimme nahm einen strengen

Unterton an. Sie spürte immer sofort, wenn es ihrer Mutter nicht gut ging.

»Nichts, mein Schatz, alles okay. Ich bin gerade im Keller und musste daran denken, wie viele Stunden wir gemeinsam hier unten verbracht haben, um deinen Australienaufenthalt vorzubereiten. Erinnerst du dich noch?«

»Ob ich mich noch daran erinnere?« Jetzt schwang in ihrer Stimme Empörung mit. In Sachen »zornig werden innerhalb einer halben Sekunde« stand sie ihrer Mutter in nichts nach. Obwohl sie sich beide sehr bemühten, ihren Jähzorn unter Kontrolle zu halten. »Natürlich erinnere ich mich daran. Das war echt lustig, wie wir Vater ausgetrickst haben.«

Sie lachte – es klang hell, frisch, jung. Damals hatte sie Frank noch »Papi« genannt, doch diese liebevolle Anrede war irgendwann von ihr gegen das distanziertere »Vater« ersetzt worden.

»Na ja, so ganz okay war das eigentlich nicht«, dämpfte Claudia ihren Frohsinn.

*Doch, war es. Er hatte es nicht anders verdient. Sonst wäre Kerstin nie nach Australien gegangen. Es war mehr als okay.*

Wie so oft waren Claudias Worte das eine, ihre Gedanken ganz andere.

»Aber es war super. Allein sein Blick, als ich es ihm erzählt hab. Unbezahlbar!« Kerstin lachte wieder unbeschwert und steckte sie damit an.

»Das stimmt allerdings. Seinen Gesichtsausdruck hätte man fotografieren müssen.«

»Genau, als hätte jemand zu ihm gesagt: Schau mal ein bisschen blöd.«

»Reicht jetzt«, glucksten sie beide gleichzeitig.

Wie schön, dass wir jetzt darüber lachen können, dabei sind die Heimlichkeiten damals eigentlich alles andere als lustig gewesen, dachte Claudia mit einem Hauch Wehmut. Wie sehr vermisste sie die Zeit, in der sie mit Kerstin so innig verbunden gewesen war.

Es war ihr, als wäre es erst gestern gewesen.

»Mami, Mami, stell dir vor, was ich heute erfahren habe.« Kerstin stand mit roten Wangen und glänzenden Augen vor ihr. »In Australien suchen sie junge Leute zum Arbeiten. Da kann man jobben und das Land kennenlernen. *Work & Travel* nennen sie das. Das möchte ich machen, gleich nach dem Abi.« Stürmisch umarmte ihre Tochter sie, Claudia konnte nur lachend die Arme in die Luft reißen, damit es keine Kollision mit Topflappen und Kochlöffel gab, die sie in den Händen hielt. Ihre Achtzehnjährige drückte sie so fest, dass sie kaum noch Luft bekam, zappelte aber dabei wie ein Kleinkind. Sie blickte sie mit einem Hundewelpenblick an, der ihr das Herz brach. »Hörst du, Mami, *unbedingt*.«

Claudia spürte einen großen Kloß im Hals und musste schwer schlucken. Ihre Tochter war flügge geworden, und sie musste sie bald loslassen. Das wurde ihr schlagartig bewusst. Und noch eins war ihr in diesem Moment klar: Frank würde dieses Unterfangen torpedieren – auf hinterhältige Weise. Er würde erst zustimmen und dann so viele zersetzende Fragen stellen, dass man schon ein sehr gesundes Selbstbewusstsein bräuchte, um sich nach seinen inquisitorischen Aufforderungen nach Antworten noch irgendetwas zuzutrauen. Frank war groß darin, andere kleinzumachen und kleinzuhalten. Das hatte bei ihr funktioniert, das würde auch bei Kerstin funktionieren. Da war sie sich sicher.

An diesem Tag hatten die Heimlichkeiten angefangen. Denn wie hätte sie als Mutter, wenn sie schon kein blendendes Vorbild in Sachen Emanzipation gewesen war, ihrer Tochter diesen Wunsch abschlagen können?

Abend für Abend hatten sie gemeinsam im Keller gesessen

und im Internet gesurft. Damals war es noch ein Gäste- und Abstellzimmer gewesen, das den Vorteil gehabt hatte, weit genug von neugierigen Bruderohren entfernt zu sein. Sie hatten nach Programmen für junge Menschen gesucht, die ins Ausland wollten, und recherchiert, wo man sich anmelden musste und welche Papiere man benötigte, um ein Visum zu bekommen. Kerstins Neugier und Vorfreude waren auf Claudia übergesprungen, denn sie hatte als junge Frau nie die Möglichkeit bekommen, ins Ausland zu gehen. Nach vielen Wochen war klar gewesen, dass Kerstins Reise bei einem Schafzüchter in Queensland beginnen sollte. Von dort wollte sie nach zwei Monaten Arbeit an die wahnsinnig lange Küste im Nordosten Australiens fahren, das Great Barrier Reef erkunden, tauchen, schnorcheln und sich von dort den nächsten Job suchen. Während all der Monate, die sie ausgekundschaftet, geplant, verworfen und neu geplant hatten, hatten sie sich nicht ein einziges Mal vor Frank verplappert. Das Verhältnis zwischen ihr und ihrer Tochter war noch enger geworden, wenn das überhaupt möglich gewesen war.

Eines Abends hatten sie mal wieder die Köpfe über dem Laptop zusammengesteckt und versucht herauszufinden, welche Zusatzversicherungen Kerstin benötigte. Da hatte sich ihre Tochter impulsiv an sie geschmiegt und sie fest gedrückt – kleine emotionale Explosionen wie diese kamen bei ihr häufiger vor. Sie müsse mitkommen mit ihr, sie könne sie schließlich nicht mit den beiden Männern allein lassen, sie müsse auch etwas in ihrem Leben verändern. Fordernd und zugleich unendlich traurig war sie Claudia vorgekommen, und am Ende hatte sie ihr versprochen, ebenfalls für Neues, Schönes, Erfüllendes zu sorgen. Sie hatte ihr Kind fest in den Arm genommen und ihm beruhigend ins Ohr geflüstert: »Mach dir keine Sorgen, meine Süße, genieß du dein Leben, und ich versprech dir, ich werde es auch tun.« Dann hatte sie sie ein wenig von sich weggeschoben, sie todernst angeschaut, die rechte Hand gehoben, den Daumen, den Zeige- und Mittelfinger ausgestreckt und einen jungen türkischen Youtuber nachahmend gesagt: »*Isch schwör, ey.*«

Nachdem die Reise wasserfest geplant, der Flug gebucht und dank Kerstins Sparkonto bezahlt war, fehlte nur noch ein Punkt: Frank musste informiert werden – bislang hatte es keine gute Gelegenheit dafür gegeben. Als die angehende Weltenbummlerin ihr Abitur bestanden hatte, war die ganze Familie zur Feier des Tages zum Italiener essen gegangen. Frank hatte bereits ein Glas Rotwein getrunken, die Stimmung war gelöst und harmonisch gewesen. Kerstin hatte die Gunst der Stunde genutzt und freudestrahlend von ihren Australienplänen erzählt. Ihr Vater hatte sie aufmerksam angeschaut, allerdings mit diesem leicht überheblichen Zug um die Lippen. Claudia hätte ihm am liebsten ins Gesicht geschlagen, denn sie hatte genau gewusst, was jetzt kommen würde. Jede Menge Fragen, die in seinen Augen einzig sein Interesse an allem deutlich machen sollten, aber in Wirklichkeit nur einen Zweck hatten: seinem Gegenüber vor Augen zu führen, wie unausgereift die Pläne doch waren.

Wie erstaunt er gewesen war, dass Kerstin auf alles eine Antwort gehabt hatte. Claudia musste immer noch grinsen, wenn sie an sein verdutztes Gesicht dachte. Und an seine Hilflosigkeit, die sich breitgemacht hatte. Plötzlich hatte er, der tolle, selbstbewusste, großartige Kriegsberichterstatter, seiner gerade volljährig gewordenen Tochter nichts mehr entgegenzusetzen gehabt. Claudia hatte sich an diesem Anblick geradezu geweidet. Allerdings war sie dafür in den darauffolgenden Wochen bestraft worden. Denn nachdem Frank seine Verblüffung in den Griff bekommen hatte, hatte er das getan, was seine Mutter immer mit ihm und seinen Geschwistern getan und was er zeit seines Lebens gehasst hatte. Er hatte mit ihr und Kerstin kein

Wort mehr geredet. An diesem Abend nach dem Restaurantbesuch nicht, am nächsten Tag und auch am übernächsten nicht. Und obwohl Frank Claudia in den Anfangsjahren ihrer Ehe immer wieder mit viel Wut und Frust im Herzen erzählt hatte, wie schlimm es für ihn gewesen war, dass seine Mutter bei ihm auf die Weise für ein schlechtes Gewissen gesorgt hatte, hatte er die gleiche Taktik angewandt.

Erstaunlich, dass so viele Menschen das, was sie als Kind am meisten ablehnen, als Erwachsene exakt genauso machen. Sie hatte während ihres Studiums genug darüber gelesen. Aus geprügelten Kindern wurden prügelnde Eltern. Kinder, deren Eltern ein Alkoholproblem hatten, wurden selbst Alkoholiker. Miese Verhaltensweisen vererbten sich offenbar wie große Nasen oder Kurzsichtigkeit. Und auch sie und Frank hatten es bisher nicht geschafft, dem bösen Spiel der Generationen zu entkommen, obwohl sie mittlerweile so viel darüber wusste.

Doch nun war sie so weit, um aus diesem Unglück bringenden Karussell auszusteigen.

»Mami, bist du noch da?« Kerstin holte Claudia aus ihrer Gedankenblase.

»Ja, natürlich, mein Schatz. Ich hab nur gerade über etwas nachgedacht.«

»Über was denn?«

»Weißt du noch, was ich dir versprochen habe, bevor du abgereist bist?«

»Dass du mich immer liebhaben wirst?«

»Ja, aber das meine ich nicht.«

»Dass ich zu jeder Tages- und Nachtzeit anrufen kann, wenn es mir nicht gut geht?«

Claudia musste schmunzeln. Nun war ihr Kind schon erwachsen, aber zeigte immer noch so liebenswerte kindliche Züge.

»Ja, aber das meine ich auch nicht.«

»Dass du dein Leben leben und genießen wirst?«

Das hatte sich nicht mehr munter plappernd wie die anderen Fragen angehört, sondern zögerlich und eine Spur traurig.

Claudias Herz wurde noch ein bisschen schwerer. Da war sie wieder, die Tochter, die sich um die Mutter sorgte. In anderen Familien wuchsen der Mutter graue Haare vor lauter Sorgen, die die Tochter bereitete. Bei ihnen war es andersrum. Na ja, graue Haare hatte Kerstin ihretwegen hoffentlich noch nicht bekommen.

»Genau das, mein Schatz«, versuchte nun Claudia betont munter Kerstins Stimmung aufzuhellen. »Ich hatte dir versprochen, dass du dir keine Sorgen machen musst, stimmt's?«

»Hm«, kam es unbestimmt vom anderen Ende. »Und?«

»Ich hab gute Neuigkeiten. Sehr gute sogar. Die würde ich dir aber gerne persönlich erzählen. Was hältst du davon, wenn ich dich an einem der nächsten Wochenenden in London besuche? Oder du kommst in den Sommerferien her. Emil ist die ersten zwei Wochen hier, dann will er für vier Wochen in irgendein Sportcamp.«

»Das wäre wunderbar, Mumschi, aber du willst mich jetzt nicht bis dahin auf die Folter spannen?«

Claudia musste schmunzeln. Kerstin war schon immer ein sehr aufgewecktes Kind gewesen, das an allem Interesse gehabt hatte. Ganz anders als ihr phlegmatischer Bruder, der immer so wirkte, als hätte er Schlaftabletten genommen. Natürlich liebte sie beide Kinder sehr, niemals würde sie zugeben, dass sie ein Kind ein bisschen lieber hatte.

»Doch, mein Schatz, diesmal musst du dich gedulden. Ich muss mir nämlich selbst noch über einiges im Klaren werden. Du weißt ja, dass ich immer Druck brauche, um in die Pötte zu kommen, also lass uns einen Termin ausmachen. Bis dahin werd ich meine Sachen eingetütet haben, und dann kannst du aufhören, dir meinetwegen Sorgen zu machen.«

Ihre Tochter maulte noch ein wenig, gab sich aber irgendwann geschlagen. Sie einigten sich auf ein Wochenende, tauschten noch ein paar weniger wichtige Neuigkeiten aus und beendeten schließlich das Gespräch.

Claudia spürte die Müdigkeit, die sie in letzter Zeit so oft überfiel. Sie ließ sich auf den Rücken fallen, das rosa Schweinchen fest im Arm. Sie spürte, wie sich heimlich, still und leise eine Träne in ihr Auge schlich und noch eine und noch eine. Ein kleines feuchtes Rinnsal lief ihr übers Gesicht und versickerte im Kissen. Sie wäre ihrer Tochter so gern ein richtiges Vorbild an weiblicher Selbstbestimmung gewesen, aber sie selbst hatte auch nie eines gehabt. Ihre Mutter hatte ihr ganzes Leben vor dem cholerischen Vater gekuscht und ihre Freude im Backen, Stricken und Nähen gesucht und gefunden. Was hatte sie, Claudia, kämpfen müssen, um aufs Gymnasium gehen zu dürfen. Von der Grundschule hatte sie eine Gymnasialempfehlung bekommen, doch ihr Vater hatte gemeint, ein Realschulabschluss sei für ein Mädchen völlig ausreichend. Unterstützung hatte sie damals von einer Lehrerin bekommen, die ihren Vater angerufen hatte. Ihre Mutter hatte keine Stellung bezogen, sich stattdessen wie immer in ihrer Hausarbeit vergraben.

Damals hatte sie sich geschworen, später einmal alles anders, alles besser zu machen. Doch sie hatte versagt. Auch sie kuschte vor Frank, weil sie seiner Willensstärke nichts entgegenzusetzen hatte.

*Wie gut, dass ich wenigstens dafür gesorgt habe, dass sie dieses Jahr in Australien verwirklichen konnte.*

Nachdem Kerstin weggegangen war, hatte ihr Versprechen, sich selbst glücklich zu machen, wie alter Frittengeruch in jeder Ritze des kleinen Zimmers gehangen. Lange hatte sie gegrübelt, wie sie es halten könnte, aber ihr hatten Ideen gefehlt. Und Mut war auch nicht ausreichend vorhanden gewesen. Bis sie eines Abends zu einer Lesung in die Buchhandlung ums Eck gegangen war. Da hatte die Autorin, die Systemische Coachin war, von Persönlichkeitsentwicklung und Selbstreflexion erzählt. »Irgendwann sind wir zu alt, um alles, was im eigenen Leben schiefläuft, auf die Eltern zu schieben. Irgendwann müssen wir selbst die Verantwortung übernehmen. Und tatsächlich können wir auch viel ändern, allerdings nur an uns selbst. Versucht nicht, euren Partner oder eure Kollegen zu ändern. Da habt ihr keine Handlungsmacht. Wenn ihr etwas verändern wollt, dann beginnt bei euch.«

Claudia war wie elektrisiert gewesen. Unverhofft hatte sie ein Thema gehabt, das sie hatte erstrahlen lassen wie Weihnachtsbeleuchtung die Fußgängerzonen. Dutzende Bücher hatte sie verschlungen. Mit jeder Seite war ihr klarer geworden, dass sie eine Coachingausbildung machen wollte – nein, machen musste. Zeitlich wäre das kein Problem gewesen, aber sie hatte sich an drei Fingern abzählen können, was Frank dazu gesagt hätte. Außerdem war eine solche Ausbildung teuer. Sehr teuer. Und so waren wieder Heimlichkeiten nötig gewesen.

Achttausend Euro konnte sie nicht einfach so von ihrem und Franks gemeinsamem Konto nehmen. Er hätte das sofort gemerkt. Nach langen Überlegungen war ihr nur eine Person eingefallen, die so viel Geld problemlos hatte verleihen können und zu der sie ausreichend Vertrauen gehabt hatte: Leonhard. Was hatte es sie Überwindung gekostet, den Mann, der sie nach dieser aufgeladenen Nacht im Schneiderraum kaum noch wahrnahm, zu fragen. Wie unerträglich waren die Minuten gewesen, bis er endlich genickt und ihr den Kredit gewährt hatte. Die Raten zog er Monat für Monat von ihrem Gehalt ab. Ihre Anstrengungen hatten sich bezahlt gemacht, denn die Coachingausbildung hatte alles geändert. Wirklich alles, auch wenn man das von außen nicht wahrnehmen konnte. Sie lebte immer noch mit demselben Mann im selben Haus und ging zur selben Arbeit. Aber in ihrem Inneren war etwas anders geworden. Ihr waren Türen in neue Welten geöffnet worden – als stünde sie vor einem außergewöhnlichen Adventskalender, der ganz viele besondere Überraschungen bereithielt.

Und das war erst der Anfang gewesen. Das Thema hatte sie so infiziert, dass sie nach der Coachingausbildung ein Psychologie-Fernstudium begonnen hatte. Das Studium hatte sie gefordert wie nichts zuvor in ihrem Leben. Sie hatte alles an Energie, Willen und Leidenschaft zusammenkratzen müssen, um nicht zu scheitern. Manchmal hatte sie nachts heulend im Gästezimmer gesessen und den ganzen Kram nur noch hinschmeißen wollen. Aber der Gedanke an Kerstin hatte ihr immer wieder die nötige Kraft gegeben. Sie hatte sogar ihre Arbeitszeit in der Produktionsfirma aufgestockt, um das Studium bezahlen zu können. Es war einer dieser glücklichen Zufälle gewesen – Leonhard hatte zu der Zeit mehr Aufträge gehabt, als das Team leisten konnte, und sie hatte nur Ja sagen müssen. Vermutlich hatte er gedacht, sie würde mit dem Mehrverdienst den Kredit schneller zurückzahlen, doch da hatte er sich getäuscht. Das zusätzliche Einkommen hatte genau für die monatlichen Studiengebühren gereicht. Den Kredit für die Coachingausbildung hatte sie dennoch zwischenzeitlich abbezahlt.

Es waren harte Jahre gewesen, aber wenige Wochen zuvor hatte sie das Fernstudium abgeschlossen. Sogar mit *cum laude*. Es war ein verdammt gutes Gefühl. Und trotzdem hatte sie bis jetzt keinem Menschen etwas davon erzählt.

*Und, Frau Psychologin, was machst du daraus?* Claudia starrte zur Decke. *Du hast so viel Energie für das Studium aufgebracht, und nun geht dir bei der Umsetzung die Luft aus.*

Sie wollte es nicht wahrhaben, aber allein der Gedanke, ihre theoretischen Kenntnisse in die Tat umzusetzen, sie nachhaltig mit Leben zu füllen und damit tiefgreifende Veränderungen herbeizuführen, machte sie unglaublich schlapp. Sie war zu müde zum Kämpfen. Sie schloss die Augen, und gerade als der Schlaf auf ganz leisen Sohlen angetrippelt kam, schlug die Kirchturmuhr. Erschrocken blickte sie auf die Uhr. Es war schon sechs. Schnell sprang sie auf, eigentlich stand um diese Zeit immer schon das Abendessen auf dem Tisch. Sie eilte die Treppe hoch. Das Büchlein zum Thema »Ziele erreichen« war vergessen, es lag weiterhin im Schrank unter den schwergewichtigen grauen Wälzern.

# Schlaflos im Quartier

»Findest du schon wieder keine Ruhe?« José legte von hinten seine warmen Hände auf ihre fast nackten Schultern und gab ihr einen Kuss auf den Scheitel. Ohne den Blick von Maria zu wenden, setzte er sich in den Designergartenstuhl neben sie und nahm ihre Hände in die seinen. Schmale weiße Finger verschlungen mit schmalen, immer braun gebrannten. »Du hast die ganze Woche kaum geschlafen.« In seinen Augen war die Sorge um sie, trotz der Dunkelheit, gut zu erkennen.

Es war mitten in der Nacht, ein schwarzblauer Himmel mit Millionen von Lichtern überspannte das Quartier, dessen Bewohner längst zur Ruhe gekommen waren. Nur Maria nicht.

»Es ist zu heiß«, flüsterte sie.

»Bist du sicher, dass es nur die Hitze ist?«

Maria antwortete nicht, sie lehnte sich zurück und blickte in den nächtlichen Sommerhimmel, als ob sie dort oben in den Sternen eine Antwort finden könnte.

»Würdest du gerne mal ins Weltall fliegen, wenn du könntest?«

»Nein.«

»Nein? Warum nicht?«

»Ich hätte Angst, dass ich nicht zurückkomme.«

»Glaubst du, dass all die Menschen, die wir im Leben verlieren, dort oben sind?«

»Nein.«

»Nein?«

»Nein, denn dann wäre es dort oben so verdammt voll, dass

kein Durchkommen wäre. Aber falls doch, dann hätte ich schon gar keine Lust, dort hochzufliegen.«

»Würdest du deine Eltern oder Großeltern nicht gerne noch mal sehen?«

José lehnte sich ebenfalls zurück und blickte nach oben. Zögerlich antwortete er. »Ich weiß es nicht. Ich hab meinen Frieden mit ihnen gemacht und ehrlich gesagt keine Lust, alte Wunden wieder aufzureißen.« Er blickte sie von der Seite an. Ihre dunklen Locken zeigten sich widerspenstig, eine kleine Falte, die er bislang noch nicht kannte, hatte sich zwischen Mundwinkel und Kinn eingeschlichen. In wenigen Wochen wurde sie vierzig. Bislang hatte man ihr das Alter noch nicht angesehen, aber diese Falte war ein erster Hinweis. »Würdest du gern da hochfliegen, um deinen Vater noch einmal zu sehen?«

Sie wandte ihren Blick vom samtschwarzen Himmel ab und schaute ihn erstaunt an. »Nein, auf keinen Fall. Auf gar keinen Fall.«

Sie schüttelte heftig den Kopf, um ganz deutlich zu machen, dass das das Letzte war, was sie sich in ihrem Leben wünschte. Ihr Blick ging wieder in den Himmel. José sah ihr an, woran sie dachte, denn die Falte zwischen Mundwinkel und Kinn vertiefte sich, sie sah mit einem Mal verbittert aus. Es schmerzte ihn bis in die letzte Ecke seines Herzens. Müde stand er auf und zog sie an der Hand hoch.

»Komm, Schatz, lass uns ins Bett zurückgehen, du brauchst deinen Schlaf.«

Sie lehnte sich an ihn, ihr Kopf lag an seiner Brust. Er war ihr sicherer Hafen, wann immer der Wind draußen kalt und unangenehm wurde. Dafür war sie unendlich dankbar.

»Geh ruhig, ich bleib noch ein bisschen im Garten. Hier

schlaf ich vielleicht sogar eher ein als in dem stickigen Schlafzimmer.«

Sie lächelte ihn an, um seine Sorgen zu zerstreuen, doch sein besorgter Blick blieb. Entschlossen löste sie sich von ihm, gab ihm einen liebevollen Klaps auf den Hintern, der in einer hellgrauen Boxershorts steckte, und wedelte ihn ins Wohnzimmer. Sie wartete, bis sie seine nackten Füße nicht mehr auf dem Parkettboden hörte, und ließ sich dann wieder auf den Gartenstuhl fallen. Ihr Blick wanderte erneut Richtung Himmel.

*Nein, ich möchte dich nicht wiedersehen, denn ich hab mit dir abgeschlossen. Schon lange übrigens.*

Ihr Kopf dachte das eine, ihr Bauch gab ein anderes Signal von sich. Doch dieses Gefühl, das da aufploppte, drängte sie sofort zurück. Dem wollte sie lieber nicht begegnen. Sie wusste allerdings, dass es wiederkommen würde, und sie fragte sich, wie lange es sich noch vertreiben ließ.


Ihr MINI Countryman Hybrid mit Vierradantrieb in *british racing green* stand an der Ampel, weit und breit war kein anderes Auto zu sehen. Kein Wunder, die Sonne blinzelte noch ganz verschlafen vom Himmel. Trotz der frühen Stunde lief die Klimaanlage auf vollen Touren, genauso das Radio. Wilde Heavy-Metal-Musik ließ die Karosserie des kleinen Autos beben. Maria hatte dennoch Mühe, die Augen offen zu halten. Sie war so müde, dass man sie zu Ryan Gosling ins Bett hätte stecken können, sie hätte ihm nichts getan. Eigentlich wollte sie nur schlafen, aber immer wenn sie nach unendlich langen Tagen endlich im Bett lag, zeigte ihr der Schlaf beide Mittelfinger und hüpfte heimtückisch davon.

Sie gähnte die rote Ampel an und versuchte, sich auf die bevorstehenden Verhandlungen zu konzentrieren. Bei dem Deal gab es eine Million Details zu beachten, und jedes einzelne konnte kriegsentscheidend sein. Eigentlich kein Wunder, dass sie Nacht für Nacht wach lag und im Geiste Paragrafen und Schriftsätze durchging, dennoch war es ungewöhnlich für sie. Es war nicht ihre erste große Vertragsverhandlung, also warum raubte diese ihr den Schlaf? Sie schob es aufs Alter. Mit vierzig steckte man Anstrengungen offenbar nicht mehr so gut weg.

Die Ampel sprang auf Grün, sie gab Gas, fast gleichzeitig endete die Hörsturzmusik mit einem Jingle. Eine angenehme Männerwerbestimme erklang. »Anders Amen. Christliche Gedanken zum Alltag.« Das warme Timbre hätte sie beinahe in einen Sekundenschlaf fallen lassen, doch glücklicherweise wechselten die Sprecher. Eine Frau mit leichtem S-Fehler fuhr in salbungsvollem Ton fort: »*Wenn dich jemand auf deine rechte Backe schlägt, dem biete die andere auch dar. So steht es bei Mat-thäus 5,39 geschrieben.«*

Maria verdrehte die Augen. Genau das fehlte ihr im Moment noch. Ein Sermon, in dem sie aufgefordert wurde, großzügig zu sein und zu verzeihen.

*Bla, bla, bla, die haben doch keine Ahnung, die haben bestimmt noch nie etwas erlebt, das man einfach nie verzeihen kann.*

Seit dem nächtlichen Gespräch mit José musste sie wieder häufiger an ihren Vater denken. Die Worte aus dem Radio nah-men kein Ende und – was noch schlimmer war – zeigten Wir-kung. Sie drängten in ihre Gedanken, und ihre Gedanken hat-ten Auswirkungen auf ihre Taten. In ihrem Körper wurde der Fluchtinstinkt aktiviert. Unbewusst gab sie Gas und beschleu-nigte in einer Affengeschwindigkeit. Wenn ein Körper in aku-ten Belastungssituationen ist, schüttet er jede Menge Cortisol aus, und so war sie schlagartig hellwach und hochkonzentriert und fühlte sich mit jedem Millimeter, den die Tachonadel nach rechts wanderte, ein Stückchen unbesiegbarer. Mit hundert Sa-chen und finsteren Gedanken raste sie durch die Innenstadt, bis sie ein jäh aufleuchtender Blitz aus ihrem Gedankenkarussell herauskatapultierte und zurück ins Hier und Jetzt schleuderte. Erschrocken drückte sie auf die Bremse, blickte zeitgleich in den Rückspiegel und konnte die graue Radarfalle am Straßenrand gerade noch erkennen.

*Scheiße, scheiße, scheiße. Das wird teuer.*

Sie schaute schnell auf den Tacho, doch der hatte sich längst wieder bei sechzig Stundenkilometern eingepegelt. Das konnte auch Führerscheinentzug bedeuten. Was für ein Mist. Ärgerlich schlug sie mit der flachen Hand auf das Radio, das schließlich an allem schuld war. Dabei waren die salbungsvollen Worte längst wieder in Headbanging-Musik übergegangen. Im gemäßigten Tempo fuhr sie die letzten Kilometer in die Kanzlei.

*Na, wenigstens bin ich jetzt wach. So wach war ich seit Wochen nicht mehr.*

Sie war gerade in ihrem Büro angekommen, hatte noch nicht einmal den Computer hochgefahren, da klopfte es, und Tamara kam herein. Mit zwei Kaffeebechern in der Hand – wie meistens.

»Na, wie hast du heute geschlafen?«, fragte sie mit einem besorgten Blick.

»O Mann, gibt es kein anderes Thema mehr als meinen Schlaf? Es kann ja wohl nicht sein, dass du mich seit Wochen jeden Tag das Gleiche fragst, oder? Hast du keine anderen Sorgen?«

Kampfeslustig sah sie ihre Kollegin an. Sie wusste genau, dass sie gerade die wichtigste Regel für gute Beziehungen missachtete: Lass den Zorn dort, wo du ihn dir geholt hast. Aber das war ihr im Moment egal.

Tamara stellte vorsichtig die Becher auf den Schreibtisch, drehte sich zu ihr um und öffnete wortlos die Arme. Maria ließ sich ohne zu zögern hineinfallen. Wie gut, dass ihre Kollegin nicht nachtragend war.

»Was ist los, hm?«

»Ich bin so schrecklich erschöpft, und dann bin ich gerade auch noch geblitzt worden. Ein echter Scheißtag, dabei hat er gerade erst angefangen«, flüsterte sie, als sie merkte, dass die Müdigkeit nach der kurzen Wachphase, die das Rotlicht des Blitzers ausgelöst hatte, zurückgekehrt war.

Ihre Arme, ihre Beine, ihr ganzer Körper waren tonnenschwer. Und dann kamen auch noch Tränen gekrochen. Wo kamen die denn auf einmal her?

Tamara streichelte sanft ihren Rücken. Es fühlte sich gut an – so beruhigend und geborgen. Doch die Ruhe währte leider nicht lange.

»Hör mir mal kurz zu. Nur eine Minute.« Die Kollegin schob sie auf Armlänge von sich. »Weißt du, dass dauerhafter Schlafmangel echt gefährlich werden kann? Du kannst Bluthochdruck bekommen und Probleme mit dem Herzen. Und deine Psyche kann auch darunter leiden, Depressionen sind bei Menschen mit Schlafstörungen keine Seltenheit. Willst du nicht mal anfangen, was dagegen zu tun?«

»Woher weißt'n du das alles?«

»Hab ich gegoogelt.«

»Ah … Du weißt aber auch, dass Dr. Google immer schrecklich übertreibt. Du musst dir keine Sorgen machen.« Sanft löste sie sich von Tamara. »Es liegt nur an der Hitze, glaub mir. Wenn dieser blöde heiße Sommer vorbei ist, dann kommt der Schlaf von ganz allein wieder. Bestimmt.« Sie wollte dieses Thema jetzt schnell beenden und lächelte Tamara an, um ihr zu beweisen, dass ihre Sorgen unbegründet waren. »Komm, lass uns zum Tagesgeschäft übergehen. Ich trink heute einfach mehr Kaffee, und dann krieg ich den Tag schon rum.«

Doch Tamara wollte sie nicht so schnell von der Angel lassen. »Du willst also nichts unternehmen?«

Maria verdrehte innerlich die Augen, ihre Freundin war aber auch hartnäckig. »Was meinst du denn, was ich tun könnte?«

»Zu einer Therapeutin gehen.«

»Jetzt nicht dein Ernst, oder? Wegen so ein paar schlaflosen Nächten eine Therapie machen? Nun übertreibst du aber.« Damit war für sie alles gesagt. Sie reichte Tamara einen der Kaffeebecher, prostete ihr mit dem anderen zu, trank schnell einen Schluck und verfiel dann in operative Hektik. Sie ordnete einen Stapel Papier von der einen Seite des Schreibtisches zur anderen, ging zum Fenster und ließ die Stoffrollläden herunter, um die Sonne auszusperren. Doch Tamara machte keinerlei Anstalten, ihr Büro zu verlassen. So musste sie notgedrungen ein kleines Zeichen der Einsicht zeigen. »Ich kann José ja mal fragen, ob er mir irgendwas aus der Apotheke mitbringen kann. Dann schlafe ich wieder, und du hörst auf, dich zu sorgen. Okay?«

Tamara zog die Augenbrauen hoch und seufzte. »Wie du willst. Sag mir Bescheid, wenn du so weit bist, dass du Hilfe annehmen kannst. Vorher macht ja alles keinen Sinn.«

Sie klang resigniert. Mit ihrem Kaffeebecher in der Hand verließ sie ihr Büro. Maria atmete erleichtert auf. Sie gab ungern Schwächen von sich preis und wenn es dann doch mal geschah, bereute sie es sehr schnell.

Sie begann, den Jahrhundertsommer mit dem ständig blauen Himmel zu hassen. Ein Tag war heißer als der andere, eine Nacht wärmer als die vorhergehende. Die obere Etage des Hauses wurde gar nicht mehr kühl, egal was sie unternahmen. Sie öffneten nachts alle Fenster und hängten feuchte Tücher auf, wie die Menschen in südlichen Ländern. Doch wo kein Lüftchen wehte, konnte auch kein Durchzug Abkühlung bringen. Und als ob es mit einem Mal keine anderen Themen als Schlaf und Schlafstörungen gäbe, sah und hörte Maria nur noch das.

Im Fernsehen ging es um superleichte, atmungsaktive Sommerdecken, in den Zeitungen wurde über Schlafhygiene geschrieben und gerade eben im Radio mit einem Arzt aus einer Schlafklinik diskutiert. Die Moderatorin schien sich auf das Thema gut vorbereitet zu haben.

»Schlaflosigkeit kann viele Ursachen haben. Ärger mit dem Partner, Probleme im Büro, Stress mit der besten Freundin. Man kann aber auch um den Schlaf gebracht werden, wenn man ein tolles Projekt umsetzen möchte und nachts in Gedanken ein Buch schreibt, ein Haus einrichtet oder eine Reise in ein fremdes Land plant. Es gibt tausend Möglichkeiten, die das Hirn nonstop auf Hochtouren laufen lassen und damit den Schlaf vertreiben. Wie wichtig ist denn guter Schlaf?«

Der Schlafarzt antwortete mit freundlicher, aber ernster Stimme: »Mal eine Nacht nicht schlafen zu können, ist kein Problem. Auch zwei oder drei schlaflose Nächte schafft der menschliche Körper. Aber danach wird es schon kritisch. Nicht umsonst ist Schlafentzug eine Foltermethode. Man sollte schlechten Schlaf nicht auf die leichte Schulter nehmen.«

Maria schaltete entnervt ab. Sie wollte sich mit dem Thema nicht beschäftigen, wurde aber dann doch gezwungen. Denn der Schlaf kam – anders als erwartet – nicht von allein wieder. Nachdem sie sich zwei Wochen lang jede Nacht stundenlang von der einen Seite ihres Bettes auf die andere geworfen hatte, ging sie dazu über, auf einer Matratze im Wohnzimmer im Erdgeschoss zu übernachten. Dort war es deutlich kühler. Als dennoch die ersehnte Nachtruhe ausblieb, zog sie in den Garten. Doch auch dort fand sie keine Ruhe, denn – sie hätte es niemals zugegeben, weil sie es selbst lächerlich fand – sie fürchtete sich in der Dunkelheit vor allem, was da kreuchte und fleuchte. Sie wusste, dass die Tiere ihr nichts Ernsthaftes antun konnten, dennoch versuchte sie, sich vor ihnen zu schützen. Vom kleinen

Zeh bis zur Nasenspitze wickelte sie sich in die Bettdecke ein – peinlich darauf bedacht, den unerwünschten Besuchern keine Angriffsfläche zu bieten. Gut eingepackt war sie vor Schnecken, Tausendfüßlern und Spinnen gut geschützt, aber sie schwitzte schlimmer als im warmen Schlafzimmer. So war es egal, wo sie ihr müdes Haupt bettete, sie wälzte sich hin und her, fiel dann in einen unruhigen Schlaf und wachte mit dem ersten Vogelzwitschern völlig gerädert wieder auf. Die Lebensfreude schlich sich davon – mit jeder miesen Nacht ein Stückchen mehr.

Wieder einmal saß sie mit dunklen Ringen unter den Augen am Frühstückstisch und versuchte, die Mails zu verstehen, die sie las. Aber ihr Gehirn schaltete immer wieder auf Stand-by und kam einfach nicht auf Touren. José setzte sich ihr gegenüber und überflog auf die Schnelle die Tageszeitung, wie er es jeden Morgen tat. Sie hatte ihm irgendwann verboten, sie zu fragen, wie sie geschlafen hatte. Und da er sie einfach nur glücklich machen wollte, hörte er auf zu fragen und machte sich im Stillen weiter Sorgen.

Sie blinzelte ihn an und hoffte, er würde hören, was sie dachte. Aber es kam keine Reaktion von ihm.

»Schaaaahatz«, fragte sie gedehnt. Sofort hatte sie seine ganze Aufmerksamkeit. »Meinst du, du könntest mir aus deiner Apotheke etwas zum Schlafen mitbringen?«

José tippte sich mit der flachen Hand an die Stirn. »Natürlich, Liebling, dass ich da nicht längst selbst draufgekommen bin, wie blöd von mir.« Sie musste schmunzeln. Sie kannte genügend Apotheker, Ärzte und Therapeuten, die alle so damit beschäftigt waren, anderen zu helfen, dass sie für die Not im eigenen Haus blind waren. So hatte sie es sich im Laufe der Jahre angewöhnt, medizinische Versorgung lautstark einzufordern. Dann wurde sie aber auch prompt beliefert. »Gleich heute Abend bring ich dir Lavendeltropfen mit. Und wir haben was ganz Neues, kleine

Drops, die sehen aus wie Gummibärchen und schmecken auch fast so. Die helfen ebenfalls bei Schlaflosigkeit.«

Noch während er sprach, griff José zu seinem Handy, um in der Einkaufsapp, die beide nutzten, eine entsprechende Notiz zu machen.

»Kannst du mir nicht was Härteres mitbringen? Irgendwas, das mich für acht Stunden ausknockt, egal wie warm es ist?«

Sie sah ihn mit diesem Blick an, ein haselnussbrauner Augenaufschlag unter dunklen Locken, der sein Herz immer für einen winzig kleinen Moment aus dem Takt brachte. Dem konnte er normalerweise nichts abschlagen.

»Hm, solche Tabletten machen ganz schnell abhängig, da muss man wahnsinnig vorsichtig sein. Nicht umsonst sind die verschreibungspflichtig.«

»Ich will ja nur mal eine nehmen. Von einer wird man doch nicht abhängig, oder?«

»Nein, natürlich nicht.«

»Na also. Du wirst sehen, wenn ich erst eine Nacht wieder schlafe, dann schlafe ich danach auch ohne Tabletten.«

Sie legte ihre Hand auf seine und schenkte ihm einen weiteren herzschlagaussetzenden Blick, sodass José nicht anders konnte, als ergeben zu nicken. Sie ahnte, dass irgendwo in seinem Kopf ein kleines Glöckchen schrill Alarm klingelte. Doch sie setzte sich egoistisch darüber hinweg. Sie konnte nicht anders, denn sie war mit ihrer Schlaflosigkeit bereits in einem unguten Stadium. Ihr Körper war todmüde, doch ihr Kopf hellwach. Der Schlaf hatte keine Chance gegen diese rasend schnellen, ständig die Richtung wechselnden Gedanken. Dennoch glaubte Maria immer noch fest daran, dass die Nachtruhe von allein zurückkehren würde. Sie war von allein gegangen, sie würde ja wohl von allein wiederkommen.

# Enttäuschungen

Das Leben begann früh im Quartier, denn es war die einzige Zeit, in der man, ohne einen Hitzschlag zu erleiden, im Garten arbeiten oder Sport treiben konnte. Doch keiner ging deswegen früh ins Bett. Im Gegenteil. Die Abende waren warm und lauschig, sodass die Nachbarn, die nicht im Urlaub waren oder diesen noch vor sich hatten, bis weit in die Nacht in ihren Gärten saßen, untereinander und übereinander quatschten und zu viel Rosé tranken. Es war ein Sommer, von denen die Alten immer erzählt hatten. Mit Hitzerekorden, körbeweise süßen Beeren, verbotenen Liebschaften und zu wenig Schlaf. Die Tage tropften wie dickflüssiger Honigtau vor sich hin.

Nur Stephanie war unzufrieden. Nun war sie bereits etliche Wochen im Quartier zu Hause, hatte sich bei einem Großteil der Nachbarn unangemeldet mit Muffins vorgestellt, doch so richtig dazu gehörte sie nicht. Sie bekam bei weit geöffneten Schlafzimmerfenstern sehr wohl mit, welche Nachbarn abends in welchen Gärten saßen. An den Wochenenden waren das Lachen, die Gesprächsfetzen, das Gläserklirren und der Grillgeruch bis in die frühen Morgenstunden zu hören und zu riechen. Nur sie wurde nie eingeladen. Nicht von Susanne – na gut, darauf legte sie keinen größeren Wert –, nicht von Rolf – der ständig bei einem anderen Nachbar rumsaß, aber offenbar nie selbst jemanden zu sich einlud – und natürlich nicht von Ingo.

Überhaupt Ingo. Er ging ihr aus dem Weg. Das war nicht zu leugnen. Liefen sie sich innerhalb des Quartiers über den Weg, machte er in dem Moment, in dem er sie von Weitem erkannte, brüsk kehrt. Und auch Nicole war nach dem ersten netten Treffen merklich abgekühlt. Wann immer Stephanie ihr »zufällig« begegnete, musste sie »ganz, ganz dringend« weiter. Stephanie war jedes Mal wie vor den Kopf geschlagen. Mit Unhöflichkeit und Zurückweisung war sie noch nie gut zurechtgekommen. Ingo musste Nicole etwas aus der gemeinsamen Vergangenheit erzählt haben, anders konnte sie sich diese Verhaltensänderung nicht erklären. Irgendwie gingen die Samen, die sie gesät hatte, nicht wie erwünscht auf. Deswegen beschloss sie, ein wenig Dünger auszustreuen, um das Keimen zu beschleunigen.

*Lieber Rolf, ich würde mich sehr freuen, wenn Du am Freitagabend um 19 Uhr zu einem kleinen sommerlichen Abendessen zu mir in den Garten kämst. Stephanie. PS: Außer guter Laune und Hunger musst Du nichts mitbringen.*

Solch ein Kärtchen fand nicht nur Rolf am nächsten Tag in seinem Briefkasten, auch Nicole und Ingo und Susanne und ihr Mann René waren handschriftlich auf Büttenpapier eingeladen worden.

Stephanie summte leise vor sich hin, während sie den Tisch im Garten deckte. Stephan war die ersten drei Wochen der Ferien in Frankreich. Die Eltern seines besten Kumpels hatten ihn in ihr Ferienhaus eingeladen. Sie vermisste ihn bereits, war aber dennoch froh, den Launen des Teenagers eine Zeit lang nicht ausgeliefert zu sein. Sie freute sich auf den Abend, denn sie liebte es, für Gäste zu kochen und alles aufzufahren, was ihr Heim zu bieten hatte. Ihr erstes Essen für die neuen Nachbarn musste herausragend werden, dafür hatte sie sich mächtig ins Zeug gelegt und bereits seit Tagen vorbereitet, eingelegt und gekocht.

Mit kritischem Blick trat sie einen Schritt zurück und betrachtete die Tafel. Es sah sehr einladend und edel aus mit der türkisfarbenen Tischdecke, den farblich passenden Leinenservietten, dem weißen Geschirr, den Kristallgläsern, dem Silberbesteck und den kleinen Muscheln, die sie überall auf dem Tisch verteilt hatte. Das Arrangement erinnerte an einen Urlaub am Meer.

Es klingelte, und sie tänzelte zur Tür. Es war Rolf. Im weißen Hemd mit beiger, eng anliegender Bermudashorts stand er mit Blümchen in der Hand vor der Tür. Etwas verlegen, was ihn noch attraktiver machte. Stephanie registrierte das sehr wohl. Blitzschnell überlegte sie, ob sie ihre Ziele für den Abend ändern sollte. Aber nein, sie war ihren Wünschen so nah gekommen, jetzt wollte sie auch dafür sorgen, dass sie erfüllt würden.

»Komm doch gleich mit in den Garten!« Sie strahlte ihn an.

»Wow, das sieht wunderschön aus.« Rolf blickte anerkennend über die Szenerie. Über dem blau-grün dekorierten Tisch hing eine stimmungsvolle Lichterkette, überall standen Kerzen in großen und kleinen Gläsern, und von irgendwoher kamen Klänge der Beachboys. »Das kann ja nur ein perfektes Sommeressen werden.« Ein Satz, der Stephanie runterging wie italienisches Olivenöl. »Und wie ich sehe, werden wir nicht allein sein.«

Er schielte zu den vier Tellern auf dem Tisch. Was hatte er gedacht? Dass Stephanie ein Tête-à-Tête geplant hatte? Er hatte wirklich keine Ahnung.

»Genau, Ingo und Nicole werden noch kommen. Susanne und René hatte ich auch eingeladen, aber die können leider nicht.«

Rolf wunderte sich ein wenig über die Zusammensetzung der Gäste. Diese Paare waren nicht gerade dicke Freunde, aber vermutlich wusste Stephanie das noch nicht. Man brauchte eine Weile, um herauszufinden, wer im Quartier wirklich miteinander befreundet war und wer nur so tat. Und selbst für langjährige Quartiersbewohner gab es immer wieder Überraschungen, wenn eine heimliche Querverbindung ans Tageslicht kam. Rolf war heilfroh, dass er nicht alles von allen wusste und dass nicht alle alles von ihm wussten.

»Ein Gläschen Prosecco?«

Stephanie strahlte ihn an und auf sein »Sehr gerne!« lief sie in die Küche. Dort musste alles bereitgestanden haben, denn sie war praktisch im selben Moment zurück. Ein feiner Klang ertönte, als sie die Gläser aneinanderstießen. Dann herrschte Stille. Es war eines dieser peinlichen Schweigen, bei dem alle Beteiligten angespannt nach einem ersten Gesprächsthema suchten. Stephanie blickte sekündlich Richtung Tür, als könnte sie durch diese hindurchschauen und so das Eintreffen der anderen Gäste von Weitem sehen oder gar beschleunigen. Und er schielte häufig auf die Uhr und ärgerte sich insgeheim, dass Pünktlichkeit heutzutage ganz offensichtlich keine Zier mehr war. Nach dem ersten Glas Sekt tauten sie ein wenig auf, doch von einem angeregten Gespräch konnte keine Rede sein. Mühsam hangelten sie sich von einem dünnen Ast des Small Talks zum nächsten.

Als gute Gastgeberin schenkte sie die Gläser noch einmal voll und leerte ihres – was weniger für ihre Gastgeberqualitäten sprach – in einem Zug. Sie spürte Enttäuschung und Wut in sich aufsteigen und hoffte, beides mit dem Alkohol wegspülen zu können. Doch der Alkohol tat das, was er immer tat: Er verstärkte die Gefühle.

»Lass uns anfangen zu essen. Wer weiß, was Ingo und Nicole dazwischengekommen ist.«

Sie bat ihn zu Tisch. Noch hatte sie sich unter Kontrolle. Denn noch hatte sie die Hoffnung, dass die Gäste, für die sie

den ganzen Aufwand betrieben hatte, endlich mit einem Lachen und einer Entschuldigung hereingeschneit kämen. So
setzte sie sich vorsichtig auf die vordere Kante ihres Stuhls, um
sofort beim Erklingen der Türglocke aufspringen zu können.
Doch es klingelte nicht, und es kam auch niemand. Sie gaben
sich große Mühe, die gesponnenen Fäden ihres Gesprächs wieder aufzunehmen. Aber immer häufiger entstanden Pausen, die
sie entsetzlich peinlich fand. Rolf flüchtete sich in Wiederho-
lungen. Der Vorbesitzer hätte den Garten zwar ökologisch völlig inkorrekt, aber doch wunderschön angelegt. Wie oft wollte
er das noch sagen?

Irgendwann servierte sie die völlig verkochte Hauptspeise,
aß davon nichts, trank dafür aber ein Glas Wein nach dem anderen. Irgendwann musste sie sich mit beiden Armen auf dem
Tisch abstützen, um im Gleichgewicht zu bleiben. Und irgendwann an diesem Abend, der so romantisch mit einer wunderbaren Familienzusammenführung hätte enden sollen, bröckelte
ihre Fassade. Erst ein bisschen und dann immer mehr, bis nichts
mehr übrig war. Rolf bekam anstelle eines Desserts ihre ganze
Leidensgeschichte der letzten sechzehn Jahre in schwer verdau-
baren riesigen Brocken serviert. Mit Sturzbächen von Tränen,
sie konnte es nicht verhindern.

»Nicht nur, dass er mich, seine Schülerin, verführt hat, er
hat mir damit meine ganze Zukunft gestohlen. Denn statt in
der Biochemie zu forschen, bin ich jetzt eine bessere Sekretä-
rin, weil ich wegen der Schwangerschaft nicht studieren konnte.
Und dann hat er Stephan nie als seinen Sohn anerkannt«, fasste
sie nach einem endlosen Monolog die Ereignisse mit schwerer
Zunge zusammen. »Ich hab ihn all die Jahre in Ruhe gelassen
und bin mit dem Kleinen allein durch dick und dünn, da ist es
doch nicht zu viel verlangt, wenn er seinen Pflichten als Vater
jetzt endlich nachkommt.« Rolf sah sie mit einem Blick an, den

sie nicht deuten konnte. Egal, sie war noch nicht fertig mit ihrer Geschichte. »Und nun droht er mir auch noch«, fuhr sie fort. »Ich soll mich fernhalten von seiner Familie, sonst würde ich es bereuen. Stell dir das mal vor.« Langsam wurde ihre Stimme schrill. »Ich soll mich fernhalten, dabei will ich doch nichts anderes als einen Vater für meinen Sohn.«

Mit einem Schluchzen legte sie den Kopf in die Hände, die Ellbogen auf dem Tisch abgestützt. Ihr ganzer Körper zuckte.

Rolf wünschte sich schon seit geraumer Zeit in sein Bett oder sonst wohin, auf jeden Fall weg von Stephanie. Er litt. Ein bisschen mit ihr, aber vor allem, weil er nicht wusste, wie er sich verhalten sollte. Sollte er sie in den Arm nehmen und trösten? Glücklicherweise saß er nicht neben ihr, sondern ihr gegenüber. Mit einem Finger strich er besänftigend über ihren Unterarm, zu mehr Körperkontakt konnte er sich nicht überwinden. Dabei machte er Geräusche, von denen er hoffte, dass sie sie beruhigten. Was er von Stephanie erfahren hatte, erschreckte ihn. Ingo hatte ihr gedroht. Und das, nachdem er sie schwanger im Stich gelassen hatte. Man sah den Menschen wirklich nicht an, wozu sie fähig waren. Er hatte Ingo bislang ganz anders eingeschätzt. Aber gut, so konnte man sich täuschen.

Der Druck auf seine Blase wurde immer größer, doch Stephanie wollte nicht aufhören zu weinen. Wie beendete man so eine angespannte Situation mit Anstand? Er sah keinen Ausweg.

»Weißt du was? Ich bring dich eine Etage höher«, das Wort »Bett« wollte er in dieser heiklen Situation lieber nicht in den Mund nehmen, »und dann schläfst du. Morgen sieht die Welt wieder ganz anders aus.«

Zu seiner Überraschung leistete sie keinerlei Widerstand.

Nachdem er sie – so wie sie war – ins Bett gebracht und zugedeckt hatte, ging er in ihren Garten und betrachtete die unwirkliche Szene. Die Lampen und Kerzen zauberten die schönste Stimmung, doch die unangetastete halbe Seite des Tisches, das kaum angerührte Essen und die leere, umgefallene Weinflasche erzählten eine andere Geschichte. Seufzend pustete er die Kerzen aus und begann, den Tisch abzuräumen, das schmutzige Geschirr in den Spüler und das Essen in den Kühlschrank zu räumen. Am Ende hatte er fast alle Spuren dieses unrühmlichen Abends beseitigt. Leise schloss er die Haustür hinter sich, heilfroh, dass er Stephanie nicht noch einmal begegnet war. Sie schien tief und fest zu schlafen.

Auf dem Nachhauseweg kam er bei Ingo und Nicole vorbei. Dort brannte Licht in der Küche.

*Sie sind also doch da. Wie unhöflich, dass sie nicht mal abgesagt haben. Aber wenn das alles stimmt mit Ingo ...*

Rolf schüttelte ungläubig den Kopf. Es wäre ihm lieber gewesen, er hätte von alldem nie etwas erfahren. Er beschleunigte den Schritt, um in sein geliebtes Heim zu kommen, dessen Geheimnisse er niemals preisgeben würde – egal, wie viel Alkohol er auch getrunken hätte. Als er die Haustür erreicht hatte, hörte er aus der Ferne einen Donner. Er blickte zum Himmel. Kein Stern war zu sehen, aber es sah leider auch absolut nicht nach einem reinigenden Gewitter aus.

Wenige Tage später, er lief gerade durchs Quartier zur Tiefgarage, war mit einem Mal Stephanie an seiner Seite. Vertraulich hakte sie sich bei ihm ein. Sein Versuch, sie auf Abstand zu halten, scheiterte.

Sie schob sich dicht an ihn ran und murmelte sehr leise, sodass er es kaum verstehen konnte: »Ich hoffe, du nimmst mir meinen Auftritt von letztens nicht übel. Ich hatte viel zu viel getrunken.« Sie blickte ihn mit einem so klaren, reinen Lady-Di-Blick an, dass er ihr nicht mehr böse sein konnte. Diese

Augen können nicht lügen, dachte er, diesen Augen muss man verzeihen. Vor allem wenn man wie er Konflikte scheute wie eine Katze das Wasser. Weil er nicht wusste, was er sagen sollte, nickte er nur gottergeben. »Du bist ein feiner Kerl, Rolf, ich bin sehr froh, dass ich dich kennenlernen durfte.« Ein weiterer Lady-Di-Blick aus himmelblaugrauen Augen und sein Mitgefühl wuchs prompt noch ein wenig.

»Wohin willst du eigentlich?«, fragte er, um vom Thema abzulenken.

»Ich muss das Auto auspacken, hab den Wocheneinkauf gemacht.«

Rolf sah sich um. »Und warum hast du kein Wägelchen dabei, willst du das alles schleppen?«

Stephanie lachte bezaubernd auf. »Ich bin so dumm, ich hab einen Teil vom Einkauf schon ins Haus getragen und wollte mit dem Bollerwagen zurückkommen. Na ja, laufe ich halt noch mal. Was man nicht im Kopf hat, muss man in den Beinen haben.«

Er seufzte innerlich und verfluchte zum wiederholten Male, dass er so wahnsinnig gut erzogen worden war. Er wollte nicht, aber er musste fragen.

»Soll ich dir helfen?«

»Du bist wirklich ein Schatz.«

Stephanie strahlte ihn an, ohne auch nur einen Millimeter von seiner Seite zu weichen. Er begleitete sie zu ihrem Auto, plauderte so nett mit ihr, wie er konnte, schüttelte sie aber bei erster Gelegenheit von seinem Arm und sorgte in der Tiefgarage dafür, dass ausreichend Sicherheitsabstand zwischen ihnen blieb.

»Wie angenehm kühl es hier ist.«

»Und so schön leer. Hier könnte man Fußball spielen oder joggen, ohne zu schwitzen.«

»Warum haben eigentlich die meisten Familien im Quartier nur ein Auto?« Sie schaute ihn interessiert an. Es war nicht nur ein Versuch, Small Talk zu machen, es interessierte sie anscheinend wirklich. »Das kann doch nicht am Finanziellen liegen, oder?«

»Nein, daran liegt es garantiert nicht. Die meisten haben statt eines Zweitwagens so ein skandinavisches Lastenrad. Das kostet in der E-Bike-Version fast so viel wie ein kleiner Gebrauchtwagen. Ich denke, es sind … Was ist denn los?«

Stephanie war stehen geblieben. Ihre Augen waren weit aufgerissen, eine Hand hielt sie zitternd vor den Mund. Sie sah aus, als würde sie gleich in Tränen ausbrechen.

»Wer … wer tut denn so was?«, stammelte sie entsetzt.

Rolf drehte sich irritiert im Kreis. Außer ihrem Auto konnte er nichts entdecken. Fragend blickte er sie an. »Was genau meinst du?«

Stephanie umkreiste ihr Auto von allen Seiten und schrie mit überschnappender Stimme: »Wer tut so was? Guck dir das doch nur an, Rolf. Wer tut so was?«

Nun sah er es auch. Der Lack des dunkelbraunen Volvos war über und über mit kleinen Kratzern übersät. Als hätte jemand dort eine Morsenachricht hinterlassen. Stephanie stützte sich mit beiden Händen auf dem Kühler ab. Tränen liefen ihr die Wangen hinunter. Er näherte sich ihr vorsichtig. Eigentlich wollte er sie trösten, aber auch um jeden Preis vermeiden, dass sie sich wieder an ihn klammerte.

»Hey, das ist doch nicht so schlimm, das regelt bestimmt deine Versicherung.« Auf Armeslänge entfernt streichelte er ihre Schulter.

»Es … es geht nicht ums Geld«, kam es wimmernd zurück.

Er brauchte zwei Sekunden, bis er die Worte zwischen den Schluchzern verstanden hatte.

»Wenn es nicht ums Geld geht, warum weinst du dann?« Er würde Frauen nie verstehen.

Stephanie wandte sich ihm zu und war ihm ruckzuck nun doch wieder ganz nah. Sie hielt ihm ihr verweintes Gesicht entgegen und flüsterte: »Verstehst du nicht? Er hat gesagt, ich würde es bereuen, wenn ich mich seiner Familie nähere. Und jetzt hab ich sie zu mir eingeladen, und er macht seine Drohung wahr.« Damit zeigte sie auf das verkratzte Auto.

Rolf trat einen Schritt zurück. Diesmal nicht, um Abstand von Stephanie zu gewinnen, sondern weil er Raum brauchte, um diese Ungeheuerlichkeit fassen zu können. Das Licht in der Garage war längst ausgegangen, nur das grünliche Notlicht gab spärlich Helligkeit von sich.

»Du … du meinst …«, diesmal war er es, der stammelte, »… Ingo hat das getan?«

»Wer sollte es sonst sein? Oder glaubst du, es wäre wieder ein Dummejungenstreich?«

Rolf nickte bedächtig. »Du meinst die Geschichte mit den Eiern in deinem Briefkasten? Glaubst du, das war auch Ingo?«

Stephanies Blick wurde einen Wimpernschlag lang eisig. Verdammt, das hätte er bestimmt nicht verraten dürfen. Wobei, Stephanie schien es gar nicht unangenehm zu sein, dass er davon wusste. Irgendwie passte hier nichts zusammen.

»Ich weiß es nicht«, sie schluchzte erneut auf, »aber ist es nicht merkwürdig? Erst droht er mir, und dann geschehen lauter schreckliche Sachen.«

In diesem Moment ging das Hauptlicht an, sie hörten Schritte vom Eingang am anderen Ende der Garage. Stephanie wischte sich schnell die Tränen aus dem Gesicht.

»Bitte, bitte versprich mir, dass du keinem davon erzählst.«

Rolf konnte nur nicken. »Keine Sorge, Stephanie, ich erzähl schon nichts.« Schweigend gingen sie ein paar Meter. »Wir wollten doch noch deine Einkäufe aus dem Auto holen«, erinnerte er sie.

Sie winkte müde ab. »Das mach ich später, ich will mich jetzt nur noch hinlegen.«

»Dann gib mir den Schlüssel, ich bring sie dir.«

Lächelnd hielt er die Hand auf, um den Autoschlüssel in Empfang zu nehmen. Doch statt einer freundlichen Erwiderung fauchte sie ihn an.

»Was an ›Das mach ich später‹ hast du nicht verstanden?«

Mit schnellen Schritten entfernte sie sich. Er sah ihr verwirrt nach. Irgendetwas passte hier überhaupt nicht zusammen.

»Hast du mal ein paar Minuten für mich? Ich brauch deinen Rat als Polizist.«

Claus bat Rolf ohne zu zögern mit einer einladenden Geste ins Haus. »Geh einfach durch in den Garten, ich hol uns ein Bier.«

Er ging in die Küche, Rolf folgte ihm.

»Es wär mir lieber, wir könnten das im Haus besprechen.«

Claus zog die Augenbrauen hoch, sagte aber kein Wort. In seinem Job begegnete er täglich Wahnsinnigen, er wunderte sich bestimmt nur noch über wenig. Wortlos öffnete er den Kühlschrank, holte zwei Flaschen heraus, reichte eine an ihn und ließ seine aufploppen.

»Schieß los«, forderte Claus ihn auf, wohl weil er nur dastand und sich scheinbar an seiner Bierflasche festhielt.

»Mal angenommen«, begann er bedächtig, »ein Mann hat ein Kind von einer alten Liebschaft, das er nie anerkannt hat, und nun zieht diese Frau in die Nachbarschaft des Mannes, und der Mann droht ihr, sie solle sich von seiner Familie fernhalten, und weil das die Frau nicht macht, fängt er an, sie zu terrorisieren. Wäre das ein Fall für die Polizei?«

»Definier mal ›terrorisieren‹.«

»Na ja, er macht ihr das Leben schwer, wirft ihr Eier in den Briefkasten und zerkratzt ihr Auto.«

»Du meinst jetzt aber nicht Stephanie, oder? Ihr Auto ist ziemlich zerkratzt. Hab ich gesehen, als ich gestern vom Spätdienst kam.«

Rolf dachte eine Sekunde darüber nach, ob Leugnen sinnvoll war, beschloss dann aber, dass es nichts brachte. »Doch, ich meine Stephanie, aber bitte, das muss unter uns bleiben.«

»Mach dir darüber mal keinen Kopf. Das zählt zur amtlichen Schweigepflicht.« Er zwinkerte Rolf vertraulich zu.

»Also, ist das ein Fall für die Polizei?«

»Stephanie könnte eine Anzeige gegen unbekannt machen, aber du sagst ja, dass sie weiß, wer es ist. Der Vater ihres Kindes. Hat sie Beweise oder ihn auf frischer Tat ertappt?«

Rolf schüttelte den Kopf.

»Tja, dann wird es schwierig. So was verläuft meist im Sand. Soll ich mal mit dem Kindsvater reden?«

»Würdest du das wirklich tun?«, fragte er und hörte selbst den freudigen Unterton in seiner Stimme.

Er hatte darüber nachgedacht, mit Ingo zu reden, aber er traute sich nicht. Nur zu gerne würde er die Verantwortung für diese ganz und gar unangenehme Geschichte abgeben.

»Um wen handelt es sich denn?«

Rolf hielt den Atem an. Durfte er das wirklich verraten? Hatte er nicht schon zu viel gesagt? Er hatte Stephanie doch versprochen, niemandem etwas zu erzählen. Aber er konnte auch nicht einfach nur rumsitzen und abwarten, dass weitere schlimme Dinge passierten.

»Also gut, aber du musst mir versprechen …«

Claus winkte ab. »Das hatten wir doch schon.«

Rolf atmete tief ein und platzte dann wie ein Schuljunge heraus: »Es ist Ingo.«

»Ingo? Nie im Leben.«

»Wenn ich es dir sage.«

Claus schaute betreten auf den Fußboden, Rolf hielt sich weiter an seiner Bierflasche fest.

»Bist du ganz sicher?«

»Na ja, wenn es nicht stimmt, dann lügt Stephanie, und das kann ich mir beim besten Willen nicht vorstellen. Warum sollte sie das tun?«

Stephanie saß auf dem Rand ihres Bettes. Vor ihr auf dem Fußboden stand eine Pappkiste, auf die sie mit ihrer schönen Handschrift *JUGEND* geschrieben hatte. Ein Teil des Inhalts lag bereits auf ihrem Bett, nach und nach entnahm sie Briefe und Fotos, besah sie sich mehr oder weniger intensiv und legte sie dann emotionslos zur Seite. Sie war auf der Suche nach etwas Bestimmtem. Ganz unten fand sie es schließlich. Die Abizeitung ihres Jahrgangs. Und dort auf Seite zehn war das Bild, das sie gesucht hatte. Sie und Ingo beim Abschlussball. Sie im rosé-farbenen Abendkleid, er im schwarzen Anzug. Darunter hatte ein Witzbold geschrieben: *Was für ein Traumpaar*. Hatte doch jeder im Jahrgang gewusst, wie sehr sie für Ingo geschwärmt hatte. Und nicht nur das.

Sie schnappte sich die Zeitung und lief die Treppe hinunter in die Küche. Dort legte sie sie sorgsam auf die blitzblank geputzte Arbeitsfläche. Keinen Blick ließ sie von dem Foto, während sie mechanisch Kaffee machte. Sie füllte Wasser in den Behälter, erneuerte den Filter und zählte drei gehäufte Löffelchen gemahlenes Pulver ab. Dann vergaß sie, die Maschine einzuschalten. Der Kater schlich um ihre Beine, er hatte Hunger, doch sie bemerkte ihn nicht. Sie war gedanklich viele Jahre zurück. Erinnerte sich daran, wie Ingo sie stets angesehen hatte, während er sie wieder einmal vor der gesamten Klasse gelobt hatte, weil ihre Mitarbeit wie immer vorbildlich gewesen war. Sie hatte schon lange gespürt, dass sie etwas Besonderes für ihn war, so wie er ja auch für sie. Und dann diese Nacht des Abschlussballes.

Es klingelte. Stephanie stürzte aus ihrem Wolkenkuckucksnest und brauchte einige Herzschläge, um sich zu orientieren. Dann eilte sie zur Tür und riss sie auf.

»Claus! Wie nett, dich zu sehen. Komm rein, ich mach mir gerade Kaffee.« Sie war so froh, dass endlich mal wieder jemand an ihrer Tür geläutet hatte, dass sie nicht darauf wartete, ob Claus vielleicht nur eine Frage an sie hatte. Er wurde sofort ins Haus genötigt, indem sie voranging. In der Küche betätigte sie den Schalter der Kaffeemaschine und fragte fröhlich: »Was kann ich für dich tun?«

Claus' Blick blieb am einzigen Gegenstand, der auf der Arbeitsplatte lag, hängen. Der aufgeschlagenen Abizeitung.

»Bist du das?«, fragte er. Statt einer Antwort versuchte sie, mit einem koketten Lachen die Zeitung an sich zu ziehen, aber Claus war schneller. »Mooooment«, meinte er feixend, griff danach und hielt sie weit über seinen Kopf. Dabei studierte er intensiv das Foto. Stephanie hatte keine Chance, ihm die Zeitung zu entwinden. »Sag mal, den Kerl kenn ich doch. Ist das nicht Ingo?«

Stephanie wurde rot und drehte sich zur Kaffeemaschine. »Trinkst du deinen Kaffee mit Milch oder Zucker oder mit beidem?«, versuchte sie abzulenken.

»Lass stecken, ich trink gar keinen Kaffee, danke für das Angebot.« Claus war wie immer geradeheraus. »Sag mir lieber, ob ich recht hab. Das ist doch Ingo, oder?«

Er freute sich mächtig über diesen Zufall. Lange hatte er darüber nachgedacht, wie er mit dem, was er von Rolf erfahren hatte, umgehen sollte. Letztendlich war seine Entscheidung gefallen: eine vorsichtige Kontaktaufnahme mit Stephanie in der Hoffnung, ihr Vertrauen gewinnen zu können. Hätte er gewusst, dass es ihm das Schicksal so leicht machen würde, hätte er sich einige Grübeleien ersparen können. Nun konnte er direkt zum Thema kommen, und diese Chance wollte er nicht vertun. Er sah Stephanie durchdringend an.

»Ja, ist er.«

»Ich wusste gar nicht, dass ihr euch kennt.«

»Er war mein Lehrer in der Oberstufe, da war er noch nicht Direktor.«

»Aha«, Claus nahm den Arm runter und legte die Zeitung zurück auf die Arbeitsplatte. »Das ist ein nettes Foto von euch.«

Stephanie errötete wieder und senkte den Kopf. Zum Glück schlich der Kater immer noch in der Küche herum. Sie bückte sich, hob ihn auf und drückte ihre Nase in sein Fell.

Claus hatte Geduld. Er wusste, dass sich Warten manchmal auszahlte. Doch in diesem Fall nicht. »Gut«, meinte er nach einer Weile, »ich muss dann mal wieder.« Er war als gebürtiges Nordlicht keine Plaudertasche. Sie begleitete ihn schweigend durch den Flur zur Haustür. Dort angekommen, sah er sie noch einmal freundlich an. »Wenn du reden willst, ich kann gut zuhören.«

Damit drehte er sich um und ging ohne ein weiteres Wort oder ein Winken.


Sie sah ihm hinterher, und ihr zufriedener Blick, hätte ihn jemand gesehen, sagte mehr als viele Worte.

*In diesem Quartier kann offenbar keiner die Klappe halten. Wie gut für mich.*

Das lief doch alles gar nicht schlecht.

# Theater, Theater

Es gab wohl Menschen, die gerne hierherkamen. Er gehörte nicht dazu. Für ihn war es kein Ort des Trostes. Aber wohl für den anderen, der fast immer, wenn er kam, auch anwesend war. Und wie immer saß er mitten auf dem Kiesweg, dieser Berg von einem Mann. Trotz seiner imposanten Statur wirkte er auf Rolf wie ein aufblasbarer Weihnachtsmann in XXL-Größe, dem die Luft ausgegangen war. Neben ihm sein ebenfalls gewaltiger Köter, leise vor sich hin hechelnd, obwohl er sich den Kopf an der Marmorumrandung kühlte.

Er wusste nicht viel von dem Kerl, nicht mal seinen Namen, nur dass sie Nachbarn im Quartier waren und er sehr viel Zeit hier auf dem Friedhof verbrachte. Rolf wählte einen Umweg, ging drei Reihen weiter, als er eigentlich musste, bog dort rechts ab, nur um ihm nicht begegnen zu müssen. Es lag nicht allein daran, dass er den Typen schon von Weitem unsympathisch fand, er wollte vor allem nicht reden. Keinen Small Talk. Nicht an diesem Ort.

»Na, was machen Sie denn hier?«

»Was man hier halt so macht.«

»Ja klar.«

Peinliche Pause.

»Immerhin ist das Wetter heute schön.«

Nein danke, das brauchte er wirklich nicht.

An einem Brunnen füllte er im Vorbeigehen eine Gießkanne mit Wasser und nahm eine der geschmacklosen grünen Plastikvasen, die man dank ihrer langen Spitze einfach im Erdreich fixieren konnte. Er friemelte umständlich die weißen Rosen aus dem Papier, steckte sie in die Vase und trug beides zum Grab.

Die Grabstelle war tipptopp gepflegt, kein Moos, kein Unkraut, kein abgestorbenes Blatt. Nur weißer Marmor und weiße Kieselsteine. Perfekt, aber seelenlos. Lediglich die Vase mit den weißen Rosen, die er in die Kieselsteine schraubte, gaben der Grabstelle etwas Weiches, Verletzliches. Er begutachtete sein Werk.

Er fühlte ... nichts. Nein, das stimmte nicht. Da war etwas. Bedauern. Ein riesiger Berg Bedauern, dass es so gekommen war. Das hatte sie nicht verdient. Aber er konnte es nicht mehr ändern.

*Es war von Anfang an ein Fehler gewesen. Ich hätte nie auf Vater hören dürfen. Wären wir einfach Freunde geblieben, dann könnte ich jetzt ehrlich um dich trauern, aber so ...*

Er schüttelte unmerklich den Kopf, denn er war immer wieder entsetzt darüber, dass er Erleichterung statt Trauer verspürte. Nicht im Sinne von Erleichterung darüber, dass sie tot war, aber heilfroh, dass er nicht mehr mit ihr verheiratet war. Dabei war sie keine schlechte Ehefrau gewesen. Um Himmels willen nein, im Gegenteil. Sie hatte ihn sehr geliebt, das wusste er. Das Problem war er. Er hatte sie zwar auch geliebt, aber eben nicht wie eine Frau, sondern wie das, was sie jahrzehntelang gewesen war: seine beste Freundin. Er hoffte, sie war nicht gestorben, um ihm einen Gefallen zu tun. Das hätte er ihr durchaus zugetraut, so wie sie immer alles für ihn getan hatte. Aber nein, sie war an Krebs gestorben. Bauchspeicheldrüsenkrebs. Zwischen Diagnose und Tod keine vier Monate. Mit gerade mal neununddreißig Jahren. Nur gut, dass sie keine Kinder hatten. Wenigstens dafür hatte er gesorgt. Und er bereute es bis heute nicht. Denn wenn er sich durch seinen Vater schon in eine Ehe hatte reinquatschen lassen, Enkelkinder hatte er ihm nicht auch noch schenken wollen.

Apropos Vater. Er blickte auf die Uhr. Schon so spät? Mit einem schnellen Blick scannte er noch einmal die Grabstelle. Er war zufrieden. Äußere Ordnung kaschierte die innere Unordnung. Er lief los. Wieder nahm er den kleinen Umweg, um dem Nachbarn nicht zu begegnen. Doch als er an dessen Grabreihe vorbeikam, sah er von Weitem, dass der Platz verwaist war.

Rolf ging mit schnellen Schritten zum Parkplatz, stieg in seinen flotten dunkelblauen Flitzer und fuhr los.

»Vater, ich bin's«, rief er, nachdem er die Wohnungstür geöffnet hatte. Schon im Flur war ihm klar, dass ihn sein Vater nicht gehört hatte, nicht hatte hören können, weil der Fernseher in einer irren Lautstärke lief. Dass sich seine Nachbarn nicht ständig beschwerten, war ein Wunder. Er klopfte laut vernehmlich an die Wohnzimmertür und versuchte noch einmal, auf sich aufmerksam zu machen: »Vater, ich bin's.« Er wollte seinen alten Herrn schließlich nicht zu Tode erschrecken.

»Ach, Rolf, du bist es. Schön, dass du da bist, Junge.«

Sein alter Vater griff nach der Fernbedienung und drückte eine Taste. Doch statt den Kasten auszuschalten, wechselte er das Programm. Er drückte noch einmal, diesmal auf die Lautstärkentaste. Es wurde lauter statt leiser. Erst beim dritten Versuch gelang es ihm, den Fernseher zum Schweigen zu bringen. Danach ließ er sich mit einem Ächzen in seinen Sessel zurückfallen, als ob er eine riesige Anstrengung hinter sich gebracht hätte.

Rolf beobachtete ihn schweigend. Er machte sich Sorgen um ihn. Seit dem Tod seiner Mutter baute sein Vater zunehmend ab. Doch der alte Sturkopf wollte sein Zuhause partout nicht verlassen. Wenn Rolf das Thema »Altenheim« auch nur ansprach, rastete er völlig aus. Wie ein Schimpanse, dem man eine Banane wegnehmen wollte.

Wie immer machte er erst mal einen Rundgang durch die Wohnung, zog die Rollläden hoch und öffnete alle Fenster. Sein Vater hatte etwas Vampirartiges an sich, frische Luft und Sonnenlicht mied er, wo immer er konnte. Nicht einmal in diesem Wahnsinnssommer ließ er freiwillig Licht in seine Höhle. So als ob er sich jetzt dafür rächen wollte, dass Rolf als Teenager selbst konsequent Licht, Luft und Ordnung aus seinem Zimmer verbannt hatte. In der Küche räumte er flink das schmutzige Geschirr in den Spüler, stellte die Reste vom Mittagessen in den Kühlschrank und wischte einmal über alle Flächen. Im Schlafzimmer schüttelte er das Bett auf und ließ den Mief der vergangenen Woche raus.

*Was zum Teufel machen eigentlich die Pfleger jeden Tag? Ich muss mal fragen, ob da überhaupt noch jemand kommt.*

Währenddessen erzählte ihm sein Vater vom Wohnzimmer aus alles, was er in der vergangenen Woche erlebt hatte. Nicht dass er ein Wort verstanden hätte, aber das war auch egal, denn der alte Herr hatte ausschließlich ferngesehen und berichtete nun, was sich auf den hundert Kanälen ereignet hatte. Als Rolf ins Wohnzimmer zurückkam, war sein Vater bei seinem Lieblingsthema angekommen.

»Und, Junge? Hast du jemanden kennengelernt?«

»Tut mir leid, Vater, aber es ist zu heiß dafür.«

Sein Vater nickte bedeutungsschwer. Ob er ihn durchschaut hatte? Seitdem seine Frau tot war, wurde er bei jedem Besuch mit dieser Frage konfrontiert. Als sie noch gelebt hatte, war es die Frage nach Enkelkindern, nun war es die Frage nach einer neuen Schwiegertochter. Lange hatte er sich darüber geärgert, in letzter Zeit machte er sich einen Spaß daraus, sich immer blödere Ausreden einfallen zu lassen. Mal war es zu heiß, mal zu kalt, mal hatte er zu viel zu tun, mal zu wenig. Und immer nickte sein Vater nur.

*Vielleicht hat er beginnende Demenz, normal ist diese Reaktion auf jeden Fall nicht. Die Tassen in seinem Schrank werden definitiv weniger.*

Rolf schaute auf seinen Vater hinunter. Was wohl in ihm vorging? Er saß zusammengesunken in seinem Sessel und wirkte, als wäre er in einer ganz anderen Welt. Ob er seine Antwort überhaupt gehört hatte? Unvermittelt richtete er sich auf, sah sich im Zimmer um und deutete auf die Tageszeitung, die neben ihm auf einem Beistelltisch lag.

»Hast du es gelesen?«

»Was denn, Vater?«

Rolf fragte vorsichtig, denn ihm schwante nichts Gutes. Die Stimme seines Vaters hatte sich verändert, und das kannte er nur zu gut.

»Es wird immer schlimmer. Jetzt haben sie sogar eine Transfrau zur Ministerin gemacht. Das ist doch unmöglich«, polterte er. Seine Stimme erinnerte an vom Rost zerfressenes Metall, an dem man sich besser nicht schneiden sollte, denn die Wunde würde sich garantiert entzünden. Die Worte seines Vaters hatten eine ähnliche Wirkung. Er wusste es aus leidvoller Erfahrung. »Stell dir mal vor, eine Transe in einem öffentlichen Amt. Damals hätten sie dieses Pack einfach vergast, die Schwulis und all die anderen Perversen.«

Rolf atmete tief ein und wieder aus, ging zum Esstisch und widmete sich den Pillenpackungen. Er musste sich ablenken, um nicht zuzuhören, sonst hätte er sich mit seinem Vater streiten müssen, und aus Erfahrung wusste er, dass das überhaupt nichts brachte. Wie konnte ein so intelligenter Mann, ein so liebevoller Vater, so verbohrt sein, wenn es um sexuelle Orientierung ging? Es war und blieb Rolf ein Rätsel.

Auf dem Tisch lagen viele Tabletten, die darauf warteten, sortiert zu werden. Er nahm eine Packung nach der anderen und drückte die Pillen einzeln aus dem Stanniolpapier, um sie dann in eine Medikamentenbox zu füllen. Für jeden Tag gab es drei kleine Fächer, morgens, mittags, abends. Kurz überlegte er, die Tabletten absichtlich falsch einzuordnen, um dem alten homophoben Hetzer endgültig das Maul zu stopfen, aber der Gedanke war so schnell weg, wie er gekommen war.

Sein Vater war als sehr junger Mann kurz vor dem Ende des Zweiten Weltkriegs eingezogen worden. »Kanonenfutter« waren diese Jungs später genannt worden, die Hitler rücksichtslos geopfert hatte, um doch noch den »Endsieg« erringen zu können. Auch wenn sein Vater damals einer von diesen begeisterten, dummen Menschen gewesen war, ein Nazi war er nie gewesen. Eigentlich war er ein aufgeschlossener Mann mit wenig Vorurteilen, außer bei Homosexuellen. Die hasste er. Aus tiefstem Herzen. Rolf kannte den Grund dafür nicht. Aber er bekam immer und immer wieder die Auswirkungen zu hören.

»Hier, nimm das.« Rolf drückte dem Schimpfenden eine Tablette in die Hand und reichte ihm ein Glas Wasser.

»Was ist das für eine?« Mit einem unsicheren Blick schaute sein Vater zu ihm herauf.

»Ist gegen deinen hohen Blutdruck«, versicherte er ihm. Der Vater schluckte das Medikament und die Lüge anstandslos.

*Das gefällt mir gar nicht, dass du die so kritiklos nimmst. Früher hättest du genau wissen wollen, was ich dir gebe. Ich sollte mich doch nach einem Heimplatz für dich umschauen.*

Die Tablette wirkte schnell. Der Alte lag mit geöffnetem Mund im Sessel und schnarchte leise vor sich hin.

Rolf blickte mit gemischten Gefühlen auf den Schlafenden. Er hatte sich immer bemüht, ein guter Vater zu sein. Unzählige Doppelschichten am Band hatte er geleistet, um ihm das Studium zu finanzieren. Doch auf der anderen Seite war er auch die Ursache für viele Tränen und Leid.

»Ich weiß, dass du mich nicht mit Absicht quälst, dennoch tust du es«, murmelte er.

Er spürte, wie sich Verzweiflung und Resignation in ihm breitmachten, aber auch Zorn darüber, dass ausgerechnet der eigene Vater für sein größtes Unglück verantwortlich war. Es war kein herber Schicksalsschlag gewesen, sondern Unwissenheit, Unsicherheit und Verlogenheit. Rolf seufzte. Es war zu spät, um noch etwas zu ändern. Das Ungesagte stand schon zu lange im Raum, sein Vater war zu alt, um all die verwurschtelten Fäden auseinandersortieren zu können. Sanft streichelte er ihm über die Wange. Eine große Müdigkeit überkam ihn. Er war müde von so vielen Dingen. Von den Täuschungen, dem Versteckspiel, dem Theater. Aber vor allem, weil er einfach keinen Ausweg aus der Situation sah.

Es war einer dieser Abende, der es wert gewesen wäre, für die Ewigkeit festgehalten zu werden. In einer Dokumentation über das Sommerleben in der Stadt, in einem Video von Touristen oder zumindest in einem Tagebuch. Ein Abend wie gemalt, ein Vorzeigesommerabend sozusagen.

Die Premierengäste strömten aus dem Staatstheater wie Hefeteig, der gut aufgegangen war, aber in einer zu kleinen Schüssel lag. Die Herren zogen noch im Hinausgehen ihre hellen Jacketts aus, die Frauen fächelten sich mit dem Programm vom *Tod eines Handlungsreisenden* oder mit der Hand Luft zu, obwohl sie nur leichte Sommerkleidung trugen. Vielstimmige Gespräche erfüllten die warme Abendluft. Die Sonne war noch nicht ganz untergegangen, das Licht legte einen leichten Puderhauch über die Szenerie. Alle sahen jünger und strahlender aus als noch gerade eben im Kunstlicht des Theaters. Einige verweilten in Gesprächen vertieft auf dem Platz, andere liefen zielstrebig zur Tiefgarage, um sofort den Heimweg anzutreten.

Claudia und Rolf bummelten zu einem freien Tisch des Weinlokals, das dem Theater gegenüberlag und in diesem Sommer einen Jahrhundertumsatz mit seiner Außengastronomie machte. Sie nahmen Platz, unterbrachen ihr Gespräch kurz, um beim herbeigeeilten Kellner zwei Hugo zu bestellen und sprachen weiter. Ihr ernster Ton wollte nicht recht zur Leichtigkeit der Atmosphäre passen.

»Ich kann mich noch gut erinnern, als ich das Stück in der Oberstufe gesehen habe. Damals hatte es eine ganz andere Wirkung auf mich als heute.«

Rolf schüttelte fast unmerklich den Kopf. Er war erstaunt darüber, dass er in seiner Jugendzeit so vieles anders verstanden hatte.

»Was genau meinst du denn?«

»Damals dachte ich, er wäre an dem amerikanischen Traum gescheitert. Es schafft halt doch nicht jeder den Sprung vom Tellerwäscher zum Millionär, und der Handlungsreisende ist das klassische Beispiel dafür.«

»Und heute? Wie siehst du es jetzt?«

Rolf ließ seinen Blick über den Platz schweifen, auf dem Menschen in kleinen und größeren Gruppen zusammenstanden. »Irgendwie stehen für mich die Lebenslügen plötzlich viel mehr im Fokus. Diese vielen Lügen über all die Jahre. Willy Loman hat sich doch eigentlich die ganze Zeit etwas vorgemacht. Er hat sich hinter Ausflüchten versteckt, hat es bis auf die letzten Stunden seines Lebens nicht geschafft, sich einzugestehen, dass er gescheitert ist. Das ist doch tragisch.« Er schaute Claudia unvermittelt an. »Oder nicht?«

Sie erschrak über seinen unerwarteten Blickwechsel. So wie das Menschen taten, die ein Geheimnis verbargen und sich ertappt fühlten.

»Na ja …«, sie stockte, überlegte und sprach dann langsam

weiter. »Sich einzugestehen, dass man versagt hat, ist aber auch schwer. Da gehört schon eine ganze Menge Selbstreflektion dazu.«

»Und Ehrlichkeit. Sich und anderen gegenüber.« Er murmelte das mehr vor sich hin, Claudia hatte Mühe, ihn zu verstehen.

Schweigen breitete sich aus. Sie beobachtete ihren Lieblingsnachbarn mit halb geschlossenen Augen. Sie war sich nicht sicher, ob er wirklich nur über das Theaterstück redete oder ob er etwas von ihren Heimlichkeiten ahnte. Vielleicht sollte sie die Gelegenheit nutzen und ihm endlich alles erzählen? Heimlichkeiten wurden bekanntlich immer schlimmer, je länger man sie verbarg. Das hatte das Theaterstück mehr als deutlich gemacht. Sie holte Luft und öffnete den Mund, doch Rolf war schneller.

»Glaubst du denn nicht, er und seine Familie wären glücklicher geworden, wenn sie irgendwann einmal der Wahrheit ins Gesicht gesehen hätten? Wenn der Vater nicht immer so getan hätte, als wäre er etwas Besseres, dann hätten doch auch die beiden Söhne die Möglichkeit gehabt, ihr Leben zu leben und glücklich zu werden. So hat der Vater die ganze Familie unglücklich gemacht.« Mit jedem Wort war Rolfs Stimme eindringlicher geworden, seine Wangen waren leicht gerötet.

Claudia blinzelte irritiert, die Lider mit den dichten Wimpern flatterten wie Schmetterlingsflügel. Offenbar hatte dieses Thema einen Nerv bei ihm getroffen. Sie wusste allerdings nicht, warum. Kurz dachte sie darüber nach zu hinterfragen, warum er sich bei diesem Thema so echauffierte. Ob er einen persönlichen Bezug dazu hatte? Aber nein, das hätte sie gewusst. Sie kannte ihn gut genug. Also schwieg sie. Und ihr Bauchgefühl, das ihr riet, doch nachzufragen, ignorierte sie.

»Aber waren Willys Söhne nicht alt genug, um sich vom Vater loszulösen und ihr eigenes Leben zu leben? Man kann die

Eltern doch nicht bis zu ihrem Tod für alles verantwortlich machen, was im eigenen Leben schiefgelaufen ist. Irgendwann muss man auch mal Verantwortung übernehmen.« Sie fand, sie hörte sich recht glaubhaft an, obwohl sie selbst lange genug ihrer Mutter die Schuld für ihr Duckmäusertum gegeben hatte.

»Aber wenn man immer nur gelernt hat, dass man allen gefallen muss, um geliebt zu werden und um erfolgreich zu sein, so wie der Handlungsreisende das geglaubt und es auch seinen Jungen beigebracht hat, dann ist es doch fast unmöglich, sich zur Wehr zu setzen. Und schon gar nicht gegen den eigenen Vater.« Rolf hatte sich vorgebeugt. Er sah aus wie einer dieser engagierten Gesprächspartner in einer Fernsehtalkshow, der alle anderen Teilnehmer unbedingt von seiner Meinung überzeugen wollte. Claudia ließ mit ihrer Antwort auf sich warten. Zu lange offenbar, denn er schob ein Bestätigung suchendes »Findest du nicht?« hinterher.

»Ich frage mich, ob es wirklich erstrebenswert ist, von allen geliebt zu werden. Oder ob es nicht sogar hilfreich ist, wenn es einem egal ist, ob die anderen einen mögen oder nicht. Dann kann man nämlich viel mehr sein eigenes Ding machen.« Sie blickte ihn aufmerksam an. Er hatte sich wieder zurückgelehnt. Es schien ihr, als wäre er in den letzten Sekunden in sich zusammengesunken. Wie ein Sitzsack, der falsch abgestellt worden war. »Was glaubst du? Kann man seine Ziele nur erreichen, wenn die anderen einen bedingungslos lieben?«

»Es hilft zumindest.«

»Wem?« Er zuckte mit den Achseln. »Ich glaube, dass es gar nichts bringt, wenn man von allen geliebt werden will.« Claudia rutschte auf die Stuhlkante. »Ich glaube, es ist der beste Weg, um sich unglücklich zu machen. Das siehst du doch an der Familie des Handlungsreisenden. Alle unglücklich. Er braucht eine Geliebte, obwohl er doch eigentlich eine ganz nette Frau hat. Das ganze Leben besteht aus Täuschungen und Lügen. Sich selbst und anderen gegenüber. Und nur, weil man anderen gefallen will. Das ist doch eigentlich zum Kotzen.« Nun hatte auch sie sich in Rage geredet.

»Die Sache mit der Geliebten ist für mich auch unverständlich.« Rolf wurde wieder lebendiger, seine eben aufgekommene Resignation wich. »Da kann er für seine Familie kaum das Haus abbezahlen, und dann leistet er sich eine zweite Frau und macht ihr teure Geschenke. Das ist so verlogen und abgeschmackt.« Er schüttelte angewidert den Kopf.

»Aber auch sehr realistisch. Heute vielleicht noch mehr als 1949, als das Stück zum ersten Mal aufgeführt wurde.«

»Ich fürchte, du hast recht.« Rolf atmete lange und hörbar aus und stierte dabei ein Loch in die Tischplatte. Auch er schien zu spüren, dass es bei dem Gespräch schon lange nicht mehr nur um die Geschichte des Handlungsreisenden ging. Wie viele Geheimnisse gab es eigentlich an diesem Tisch? Wäre der Moment nicht genau richtig, um endlich die Wahrheit ans Licht zu lassen? Der Acker lag vorbereitet da, sie mussten nur noch mit den richtigen Worten die Samen setzen. Doch sie zögerten beide. Statt zu reden, griff er nach seinem Glas, sie zupfte ihren Pferdeschwanz zurecht. Der Moment, reinen Tisch zu machen, war vertan. Auch Rolf merkte es. Schnell hatten sie die Gewänder ihrer vertrauten Rollen wieder angelegt. »Sag mir«, sagte er mit dem charmanten Unterton, den sie so an ihm mochte, »wer von unseren Nachbarn hat auch eine Geliebte?«

Da war er wieder, der Rolf, der so gern über die Quartiersbewohner lästerte. Nie bösartig, aber immer mit Vergnügen. Wenn man sich mit anderen beschäftigte, musste man nicht unter den eigenen Teppich gucken und eventuell dort sauber machen.

»Auweh, da bin ich die Falsche, die du fragst. Ich krieg nie was mit. Ich würde nicht mal checken, wenn Frank eine andere hätte.«

»Und? Hat er?« Ein neugieriger Blick von ihm kreuzte den verwunderten von ihr.

»Wie gesagt, keine Ahnung. Ich kann es mir schwer vorstellen, Frank kennt ja eigentlich nur seine Arbeit. Aber ist es nicht meistens so, dass es die Betroffenen immer zuletzt erfahren? Also sag du's mir: Hat Frank eine Geliebte?«

»Das weiß ich tatsächlich auch nicht, ich glaube aber, bei unseren vier Musketieren läuft was.«

»Wer mit wem?«, fragte sie nun doch interessiert.

Sie sah ihn liebevoll an. Rolf war so ein charmanter, gebildeter Begleiter. Einfach schade, dass zwischen ihnen kein Funke übersprang. Warum konnte er nicht Leonhard sein? Dann hätte sie Frank schon längst den Laufpass gegeben und wäre ein paar Häuser weiter zu ihm gezogen.

»Ich glaub, die haben alle was miteinander. Die fechten im Quartett, sei sicher!« Er lachte.

»Du bist unmöglich.«

Sie lachte zurück und schloss die Augen, spürte die untergehende Sonne auf ihrem Gesicht. Das Leben war schön. Wenn da nur nicht all die Lügen wären.

# Verdachtsmomente

Sie log. Das spürte er. Irgendetwas verheimlichte Miriam ihm. Aber er wusste nichts Konkretes. Im Moment war es auch nicht sein vorrangiges Problem. Im Unternehmen ging es rund, er konnte sich vor Aufträgen kaum retten, aber die Zulieferer hatten Engpässe. So jonglierte er. Hielt die Auftraggeber hin und machte den Zulieferern Druck. Mit den Gedanken bei den geschäftlichen Herausforderungen, die der Tag mit sich bringen würde, lief er mit großen Schritten über den Quartiersplatz. So war es nicht erstaunlich, dass er zwar hörte, wie jemand mehrfach seinen Namen rief, es aber erst verspätet wahrnahm. Er wollte sie ignorieren, aber sie war hartnäckig. Notgedrungen blieb er stehen.

»Guten Morgen, Christoph, du hast es ja eilig.« Ausgerechnet Susanne riss ihn aus seiner Welt der Geschäfte und des Geldes.

»Hey, Susanne, ja, bin spät dran.«

Er ging zügigen Schrittes weiter. Doch wenn er damit gerechnet hatte, dass sie sich von seiner kurz angebundenen Art abschrecken ließ, dann hatte er sich getäuscht.

»Wie geht es euch denn, und vor allem, wie geht es Miriam?«

Ihre Stimme sollte bestimmt besorgt klingen, doch er konnte die Neugier heraushören. Er wäre gern cool geblieben, aber er schaffte es nicht. Also blieb er stehen und fragte nach.

»Uns geht's gut. Warum?«

»Ach, nur so. Weil …«

»Weil was?« Die Genervtheit in seiner Stimme war unüberhörbar, er wollte sie auch gar nicht verbergen.

»Na, weil ich sie gestern mit Robert im Müllhaus getroffen und gerade noch gehört habe, wie sie sagte, dass sie es nicht mehr aushält.« Sie ging zwei Schritte auf ihn zu und senkte die Stimme vertrauensvoll. »Was hält sie nicht mehr aus? Müssen wir uns Sorgen machen?«

Susanne beobachtete ihn aufmerksam. Er wusste, jede verdächtige Regung wäre ihr aufgefallen, aber er war ein Fuchs. Er gab nichts preis. Susanne war bereits enttäuscht, noch bevor er geantwortet hatte.

»Ach das«, meinte er lächelnd und strich sich mit einer schnellen Bewegung eine Haarsträhne aus der Stirn. »Sie leidet brutal unter der Hitze. Ich musste ihr versprechen, dass wir nach Island auswandern, wenn das so weitergeht.«

Er sah Susanne kurz an. Die Freundlichkeit in seinem Blick hatte er ausgeknipst. Ganz hinten, dort, wo die Seele begann, hatte sich etwas Bedrohliches zusammengebraut. Mit diesem Blick hatte er schon ganz andere zum Schweigen gebracht, und auch diesmal tat er seine Wirkung. Susanne strich sich über den nackten Arm. Er sah ihre Gänsehaut und musste sich Mühe geben, sein zufriedenes Lächeln zu verbergen.

Nachdem sie sich mit vorgetäuschter Herzlichkeit voneinander verabschiedet hatten, griff er nach seinem Handy und rief seine Assistentin an.

»Ich komme heute später, sag bitte alle Termine bis elf Uhr ab.«

»Okay«, kam es gedehnt zurück, »aber um zehn hast du den Termin mit Herrn Weber.«

»Ist das der, den ich nach der Probezeit nicht übernehmen will?«

»Genau der.«

»Mit dem brauchst du auch keinen neuen Termin ausmachen, kannst die Entlassungspapiere vorbereiten.«

»Aber seine Frau ist mit dem dritten Kind schwanger. Er braucht den Job, glaub ich, echt dringend.«

»Dann hätte er sich besser anstellen sollen. Wer bin ich? Die Heilsarmee?«

Abrupt beendete er das Gespräch. Mittlerweile war er an seinem Wagen angekommen. Beim Anblick des schwarzen Panthers wurde sein Blick weicher, seine Mundwinkel zogen sich wie ferngesteuert nach oben. Zum ersten Mal an diesem Tag spürte er sich. Mit einem kleinen wohligen Schauer, der über seinen ganzen Körper lief, setzte er sich ans Steuer und startete den Motor. Das satte Geräusch war bis in den letzten Winkel der Tiefgarage zu hören, ja sogar zu spüren. Während er losfuhr, ließ er den Bordcomputer die Nummer seiner Wirtschaftskanzlei wählen.

»Kanzlei Wessing, von Nordhausen und Balder. Was kann ich für Sie tun?«, kam sogleich eine schmeichelnde Stimme durch den Lautsprecher. Christoph ließ sich verbinden.

»Anja, meine Liebe, heute brauche ich mal nichts von dir, außer einem Tipp. Ich hab ein bisschen Ärger mit einem Nachbarn. Kannst du mir einen guten Privatdetektiv empfehlen?«

Es dauerte nur Sekunden, bis er die Kontaktdaten auf seinem Handy und damit die Streckenführung auf dem Navi hatte. Ohne einen Termin auszumachen, steuerte er die Adresse an. Zügig fuhr er auf den Zubringer der Autobahn und trat das Gaspedal durch. Die Fliehkraft drückte ihn in die lederbezogene Sitzschale. Er wollte schnell Klarheit haben, ohne sich darüber Gedanken zu machen, was am Ende des Tages von seiner Ehe übrig bliebe.

Noch bevor sie die Augen geöffnet hatte, spürte sie den stechenden Schmerz im Kopf, das kratzige Gefühl im Hals, die Müdigkeit in allen Gliedern. Sie wusste sofort, dass sie sich einen Infekt eingefangen hatte. Vermutlich im Freibad, wo sie mit Freddie und den beiden Kids von Selma und Robert die meiste Zeit dieses Sommers verbrachte. Es war früh am Sonntagmorgen, sie spürte, dass Christoph nicht mehr neben ihr lag. Vermutlich saß er schon im Arbeitszimmer und checkte Börsenkurse oder beobachtete Konkurrenten. Sie hatte wenig Einblicke in seine Geschäfte, seit sie verheiratet waren. Früher war sie im Bereich der Industrierobotik sehr fit gewesen. Nicht umsonst war sie Assistentin der Geschäftsleitung beim Marktführer gewesen. Dann war Christoph gekommen und hatte sie abgeworben, um sie zur Teamleiterin zu machen. Doch bevor es so weit kommen konnte, war sie seine Ehefrau geworden, und statt Projekte zu managen, war sie nun Managerin eines Familienunternehmens. So hatte sie sich das eigentlich nicht vorgestellt, aber da das Leben als Ehefrau eines erfolgreichen Unternehmers durchaus auch angenehme Seiten hatte, hatte sie alle Versuche, nach Freddies Geburt wieder ins Berufsleben zurückzukehren, irgendwann aufgegeben.

»Na, doch keine Lust zum Radeln?« Unbemerkt war Christoph ins Schlafzimmer gekommen und machte Anstalten, sich zu ihr unter die Decke zu kuscheln. Sie riss die Augen auf und setzte sich hastig auf. Christoph wäre fast von der Bettkante gefallen und nahm die Abfuhr persönlich. »Dann lass ich es eben«, meinte er mit deutlich hörbarem Ärger in der Stimme.

Sie musste sich räuspern, bevor sie ein Wort herausbekam. »Ich bin total erkältet«, krächzte sie, »und hab vergessen, dass ich zum Radeln verabredet bin.«

Miriam konnte es kaum fassen, dass sie dieses Treffen nicht auf dem Plan hatte. Eine Mountainbike-Tour zusammen mit Robert an einem Sonntag, an dem sie beide ihre Familien allein ließen, war eine kostbare Rarität. So etwas vergaß man nicht einfach so. Sie musste kränker sein, als sie sich fühlte.

Christoph stand vor ihrem Bett und blickte auf sie herunter. Sie konnte den Blick nicht deuten, aber besorgt erschien er ihr nicht.

»Das tut mir echt leid«, meinte er endlich, »aber … Weißt du was? Ich hab gerade eine grandiose Idee. Ich fahre heute mal mit Robert.«

»Du?«

Sie konnte ihre Ungläubigkeit und ihr Entsetzen über Christophs lächerliche Idee nicht verstecken. Das war doch hoffentlich nicht sein Ernst.

»Ja, warum nicht ich? Glaubst du, ich schaff das nicht?«

»Na ja«, krächzte sie, »Robert ist schon etwas fitter als du.«

Solche Vergleiche mochte er gar nicht. Christophs Augen verengten sich zu schmalen Schlitzen. Das werden wir ja sehen, wer am Ende des Tages mehr zum Lachen hat, sagte sein Blick. Er war ein Wettbewerbstyp, nahm jede Herausforderung an. Das Ziel als Erster zu erreichen motivierte ihn regelmäßig zu Höchstleistungen. Dabei war er beharrlich und zielorientiert. Anders als Robert, der vor allem immer nur Spaß haben wollte.

Christoph öffnete tatsächlich die Tür des Kleiderschranks und suchte nach seinen Sportklamotten, die – anders als bei ihr – nicht ganz vorne im Schrank lagen. Er wirkte aufgedreht, so als ob ein großes Abenteuer auf ihn wartete.

Miriam war nervös. Was konnte sie tun, um ihn davon abzuhalten? Ihr fiel nur Sex ein, aber das wollte sie sich nicht einmal vorstellen. Also legte sie sich wieder hin und schloss gottergeben die Augen.


»Bist du total wahnsinnig? Willst du dich umbringen, oder was?«

Robert kam am Rand eines sehr steilen Abhangs hinter Christoph zum Stehen. Er atmete schwer und schaute seinen Freund zornig an. Der war wie ein Besessener den Trial entlang-

gerast, obwohl er ihn noch nie zuvor gefahren war. Als die Steil-
kante vor ihm auftauchte, hatte er so spät abgebremst, dass das
Vorderrad seines Mountainbikes schon halb in der Luft hing.
Robert hatte nichts anderes tun können, als ihm hinterherzuja-
gen und immer wieder zu schreien, dass er verdammt noch mal
langsamer machen solle. Doch Christoph hatte ihn nicht gehört
oder hören wollen.

»Ach, komm«, Christoph drehte sich zu Robert um und
lachte ihn an, »das war doch ein riesiger Spaß.«

»Du bist ein riesiger Arsch, wenn du so durch den Wald bret-
terst! Damit gefährdest du nicht nur dich selbst, sondern auch
andere.« Er war für seine Verhältnisse außerordentlich verärgert,
das erstaunte ihn selbst. Eigentlich nahm er das Leben und die
Hindernisse, die es ihm in den Weg stellte, gerne auf die leichte
Schulter. Aber nicht auf Kosten anderer.

Christophs Lachen versteinerte sich. Die Atmosphäre zwischen ihnen kühlte sich merklich ab, es war, als wären sie in dieser wunderbaren Sommerlandschaft auf einmal in einem Eis-
würfel gefangen. Sein Freund versuchte das Eis zu brechen.

»Du hast recht, entschuldige. Das war wohl ziemlich leichtsinnig.«

Robert antwortete nicht. Der Zorn über Christophs be-
scheuertes Verhalten brodelte noch in ihm. Aber er konnte nie
lange jemandem böse sein, und so brauchte er auch jetzt nur
zwei Atemzüge, um wieder auf normale Betriebstemperatur zu
kommen.

»Alles gut. Aber ab jetzt fährst du brav hinter mir. Verstanden?« Dabei zwinkerte er Christoph zu, um klarzumachen, dass
er es nicht so ernst gemeint wie gesagt hatte.

Der legte zackig die Handkante an die Stirn. »Aye-Aye,
Chef.«

Robert drehte sein Rad um. Der Trial führte jetzt nur noch

bergab – da musste man besonders gut aufpassen. Er kannte den Weg bereits, war ihn schon etliche Male allein und ein paarmal mit Miriam gefahren. Wie immer, wenn sie zusammen unterwegs waren, hatte er sich noch eine Spur wohler in seinem Leben gefühlt als sonst. »Findest du nicht, es wird Zeit, allen reinen Wein einzuschenken?«, hatte er sie bei ihrer letzten gemeinsamen Tour gefragt, die jetzt auch schon wieder Monate zurücklag. Sie hatte ihn mit diesem göttinnengleichen Blick angelächelt und nichts gesagt. Und er hatte nicht insistiert, weil er niemanden so liebte wie sie und nichts so sehr hasste wie Unstimmigkeiten.

Ein Lächeln überzog sein Gesicht. Schade, dass das Schicksal sie nicht früher in seinem Leben vorbeigeschickt hatte, aber wie schön, dass es sie überhaupt gab. Er atmete tief ein, roch die erdige Waldluft, die zwar warm, aber nicht stickig war. Auf den unzähligen Tannennadeln ließ es sich ausgesprochen angenehm fahren. Was war das Leben schön.

Da spürte er plötzlich einen heftigen Schlag an seinem Hinterrad. Als er sich umdrehen wollte, um zu sehen, was los war, verlor er die Kontrolle über den Lenker. Obwohl er beide Handbremsen zog, schlitterte das Rad vom Weg ab seitlich ins Gebüsch, über Stock und Stein. Er versuchte gegenzulenken, doch er hatte keine Chance. Als das Vorderrad an einen faustgroßen Stein stieß, fiel er im hohen Bogen über die Lenkstange und knallte auf den Boden. Regungslos blieb er liegen. Sein Verstand war hellwach, so wie damals, als er mit dem Surfboard vor Kauai von einer Hammerwelle getroffen worden war und sich mit etlichen gebrochenen Rippen nur mühsam am Brett hatte festhalten können, bis Hilfe eingetroffen war.

Robert atmete vorsichtig ein und aus und horchte in sich hinein. Er hatte Angst davor, sich zu bewegen. Angst vor dem Schmerz, der unweigerlich kommen würde.

»O Mann, das tut mir so leid.« Plötzlich stand Christoph neben ihm. »Kannst du aufstehen?« Er nahm seinen Arm, um ihm aufzuhelfen, doch Robert stöhnte so laut, dass er ihn sofort wieder losließ. Unschlüssig stand sein Freund da und schaute auf ihn herunter. »Tut mir echt leid, ich hatte die Entfernung falsch eingeschätzt.« Man konnte tatsächlich Reue in seiner Stimme hören.

»Was?«, brachte Robert stöhnend heraus.

»Was meinst du mit ›was‹?«

»Was … hast du … falsch … eingeschätzt?« Jedes Wort verursachte ihm Schmerzen.

»Die Entfernung zwischen dir und mir. Ich war total überrascht, als mein Vorderrad auf einmal dein Hinterrad berührte. Ich hab mein Bike gerade noch so unter Kontrolle bekommen.«

Die Worte tropften langsam in Roberts Verstand. Endlich hatte er begriffen. So war es also zu dem Unfall gekommen. Es war Christophs Schuld. Er biss die Zähne zusammen. Er hätte ihm schon längst gerne mal eine reingehauen, aber erstens war er grundsätzlich nicht der Typ für handgreifliche Auseinandersetzungen und zweitens hatte er im Moment ganz besonders schlechte Karten.

»Dann … dann hol wenigstens Hilfe«, presste er zwischen den Zähnen hervor.

»Ja klar, darauf hätte ich auch selbst kommen können. Bleib am besten so liegen, ich bin gleich zurück.«

Mit eiligen Schritten stiefelte Christoph zu seinem Mountainbike zurück. Begleitet von Verwünschungen, die ihm Robert schweigend nachschickte.

»Bist du sicher, dass es ein Unfall war?«

Miriam hielt Roberts Hand fest in ihrer. Er wusste, dass er schlecht aussah, obwohl seine Haut nach den vielen Sonnenstunden in diesem Jahr einen satten Braunton hatte. Dagegen wirkte der schwarze Thoraxgürtel, der die Schmerzen lindern sollte und sich unter seinem Shirt abzeichnete, vielleicht ein bisschen sexy.

»Was sollte es sonst gewesen sein? Du glaubst doch nicht im Ernst, dass Christoph mir mit Absicht hinten reingefahren ist?«

»Ich weiß nicht mehr, was ich glauben soll.« Miriam ließ seine Hand los und ging zum Fenster.

»Schatz, es war ganz bestimmt ein Unfall. Du kennst doch Christoph. Er ist leichtsinnig und egoistisch und geht gern Risiken ein. So ist er eben.«

Sie drehte sich erbost um. »Und er wird immer rücksichtsloser. Je erfolgreicher diese Firma wird, desto schlimmer wird er. Ich hab den Eindruck, dass für ihn nur noch Zahlen etwas bedeuten. Menschen sind dafür da, seine Bilanzen zu verbessern.«

Sie wandte sich erneut dem Fenster zu, blickte kurz hinaus und legte die Stirn gegen die kühle Fensterscheibe. Dabei sah sie so schutzbedürftig aus, dass er am liebsten aus dem Bett gesprungen wäre, um sie weit wegzutragen. Irgendwohin, wo sie gemeinsam ein neues Leben beginnen konnten.

Ruckartig hob sie den Kopf und kam mit energischen Schritten zu ihm zurück ans Bett. »Wahrscheinlich hast du recht«, sagte sie und lächelte ihn an. »Es war ein Unfall. Nur gut, dass wir immer noch keinen Urlaub gebucht haben. Du darfst bestimmt die nächsten Wochen keinen Sport treiben. Dann können wir auch zu Hause bleiben.«

Sie beugte sich zu ihm herunter und gab ihm einen langen Kuss, den er trotz der Schmerzen innigst erwiderte. Das konnte er. Küssen.

# Bergauf, bergab

Maria streckte die Nase in den Wind und genoss die Luft, die erstmals seit Wochen nicht stickig und belastend war. Der kühle Hauch hinterließ auf ihren nackten Armen sichtbare Spuren. Die feinen Härchen hatten sich aufgestellt, Gänsehaut. Oder Entenhaut wie sie immer sagte. Sie und José waren sehr früh aufgebrochen wie nahezu jedes Wochenende in diesem nicht enden wollenden Sommer. Die Bergetappe hatten sie schon fast hinter sich gebracht, bevor die Sonne sie ins Visier nehmen und ihnen den Spaß verderben konnte.

Maria war die Letzte der Gruppe. Ihre Trainingsfreunde hatten alle schon den Bergrücken erreicht, ab dem es nur noch hinunter ins Tal ging. Sie tat sich schwer an diesem Morgen, ihre Beine waren bleischwer, der Atem ging trotz der angenehmen Morgenluft stoßweise, ihre Brust hob und senkte sich auf ungesunde Art. Als sie endlich oben angekommen war, hatten die Ersten, Schnellsten, Ehrgeizigsten bereits mit der Abfahrt begonnen.

José blickte ihr entgegen. »Na, Schatz, was ist los? Gestern doch zu viel Wein getrunken?«

Er lachte sie an, sie lachte zurück. Es war ein angestrengtes Lachen, doch er erkannte es nicht. Sie und José fuhren im Sommer nie in den Urlaub. Warum auch – sie waren nicht auf Ferienzeiten angewiesen. Aber in diesen Wochen sehnte sie sich nach einer Auszeit.

»Alles okay, vermutlich war das letzte Glas schlecht.«

Sie kam neben ihm zum Stehen und griff wie eine Verdurstende zu ihrer Wasserflasche, die sie fast in einem Zug leerte. Sie nahm den Helm ab, schüttelte die dunklen Locken – in der Hoffnung, den dumpfen Druck im Kopf loszuwerden.

»Brauchst du eine Pause?« Er klang nun doch besorgt.

»Nein, alles gut. Das Schlimmste ist ja geschafft, ab jetzt geht es nur noch bergab, das ist easy.« Sie setzte den Helm auf und gleich wieder ab. »Weißt du was, ich schlag mich hier schnell in die Büsche, alle anderen sind schon weg, das passt gerade. Und du fahr auch schon mal los, damit die anderen wissen, dass wir nicht verloren gegangen sind.«

Sie stieg vom Rad, hielt es mit einer Hand fest und beugte sich zu ihm, um ihm einen schnellen Kuss auf die Lippen zu drücken.

»Bist du sicher?«

»Absolut. Oder willst du mit mir ins Gebüsch?« Er schüttelte mit einer kleinen Grimasse den Kopf. »Na also, dann hau ab. Kannst mir unten ja schon mal eine Apfelschorle bestellen.«

Sie schob ihr Rad auf dem kleinen Waldparkplatz zu einer Bank, lehnte es an die Rückseite und nahm Platz. Sie war immer noch völlig außer Atem. Tatsächlich fühlte sie sich, als wäre sie unter einen Traktor geraten. Sie wusste natürlich, dass an ihrem Zustand kein landwirtschaftliches Gerät Schuld hatte. Es waren die Schlaftabletten, die sie so benommen machten. Seitdem sie die nahm, versank sie nachts in ein traumloses schwarzes Meer, das sie morgens nur ungern wieder ausspie. Der Wecker holte sie unsanft ins Leben zurück, doch sie brauchte Stunden, um einigermaßen auf Betriebstemperatur zu kommen. Natürlich hatte sie in einzelnen Nächten versucht, ohne Tabletten einzuschlafen. Das war allerdings eine *mission impossible*. Und so konnte sie jeden Abend wählen, ob die Nacht und der Tag schlecht werden sollten oder nur der Tag. Meist entschied sie sich für Letzteres und schluckte heimlich eine Tablette. Die Packung, die ihr José im guten Glauben, sie wolle nur mal eine ausprobieren, mitgebracht hatte, war schon fast leer. Und es fiel ihr partout keine gute Ausrede ein, wie sie vom Apotheker ihres Vertrauens eine neue erbitten konnte.

Maria seufzte leise. Schlaf war doch kinderleicht, jedes Baby konnte von Natur aus schlafen, vielleicht nicht gleich durchschlafen, aber doch viele Stunden in der Nacht zur Ruhe kommen. Warum war ihr das plötzlich verwehrt? Sie stand auf, schnappte sich ihr Rad und schob es über den Parkplatz. Auf den kleinen Kieselsteinen ließ es sich nur mit Mühe schieben. Ärgerlich zerrte sie am Lenker und merkte, wie Wut in ihr hochstieg.

»Mann!!!«, rief sie zornig.

Was niemand hörte und die Situation auch nicht wirklich verbesserte. Sie blieb stehen und atmete. Die Müdigkeit kam über sie wie eine Welle. Nur zu gern hätte sie sich in sie hineinfallen lassen. Sie atmete weiter, ein und aus und ein und aus, bis der Zorn verraucht war. Die Dünnhäutigkeit und die Müdigkeit blieben und setzten sich mit ihr auf den Sattel.


José hatte seine Schorle bereits leer getrunken. Auf Marias Getränk hatte er einen Bierdeckel gelegt, nachdem die Wespen immer zudringlicher geworden waren.

»Bist du sicher, dass sie nur pinkeln musste und nicht die Gelegenheit genutzt hat, um dich zu verlassen?«

Sein Apothekerfreund Peter saß mit ihm am Tisch und schlug ihm lachend mit seiner Pranke auf die Schulter.

»Sehr lustig.« José war nicht in der Stimmung für dumme Witze. Den Humor seiner Freunde fand er häufig schräg, aber im Moment besonders daneben. Maria hätte längst unten im Biergarten, in dem sich die ganze Truppe nach der Talfahrt verabredet hatte, auftauchen müssen. Doch sie kam und kam nicht.

Er ließ den Eingang des Gartens nicht aus den Augen, als ob er sie herbeihypnotisieren könnte. Nach weiteren qualvollen Minuten des Starrens sprang er auf. »Ich fahr zurück«, war alles, was er seinen Freunden an Information zukommen ließ.

Die Strecke, die ihm eben noch ein entspanntes Lächeln aufs Gesicht gezaubert hatte, sorgte nun für Falten auf der Stirn und zusammengebissene Lippen. Stehend mühte er sich Meter für Meter den Berg hoch, angetrieben von der Sorge um Maria. Da die Hoffnung bekanntlich zuletzt starb, hoffte José bei jedem Tritt in die Pedale, dass ihm seine geliebte Frau an der nächsten Kurve entgegenkam, pfeilschnell, lachend und gesund. Doch sie kam nicht. Niemand kam. Als ob der Berg mit einem Mal verbotenes Gebiet wäre. José kam es fast so vor, als hätten auch die Vögel im Wald ihren Gesang eingestellt. Vielleicht hörte er sie aber nur vor lauter Anstrengung nicht.

Und dann sah er sie. Am Straßenrand. Zusammengekauert, halb sitzend, halb auf der Seite liegend, hielt sie sich mit der linken Hand die rechte Schulter. Sein Körper schüttete wie wild Adrenalin aus und ließ ihn Spitzengeschwindigkeiten fahren. In null Komma nichts war er bei ihr, sprang vom Rad und beugte sich zu ihr hinunter. Sie sah grauenhaft aus, überall Blut. An den Beinen, den Armen, im Gesicht. Als wäre sie angefahren worden. José musste durch den Mund atmen, um sich nicht zu übergeben. Er konnte kein Blut sehen. Deshalb war er Apotheker geworden und nicht Arzt.

»O mein Gott, Maria! Was ist passiert?« Vorsichtig berührte er ihren rechten Arm, zog seine Hand aber schnell zurück, weil ihr Wimmern in ein heftiges Stöhnen übergegangen war. »Mach dir keine Sorgen, ich hol Hilfe. Gleich geht's dir besser.«

Er wollte tröstend und selbstsicher klingen, fühlte sich in diesem Moment aber wahnsinnig hilflos. Bilder aus der Vergangenheit standen plötzlich vor seinem inneren Auge. Sein Vater, seine Mutter, beide voller Blut, ein brennendes Auto. Er strich sich mit dem Unterarm über die Stirn, als ob er damit die finsteren Erinnerungen wegwischen könnte. Ungeduldig fummelte er sein Handy aus der Innentasche seiner Radlerweste.

*Die Notarztnummer. Wie lautet die noch mal? 110 ist Polizei und 112 die Feuerwehr. Was wähle ich denn jetzt, verdammt?*

Hilfe suchend drehte er sich zu Maria um, doch die sah nicht so aus, als ob sie ihm eine Antwort würde geben können. Er entschied sich für die 110. Was die falsche Entscheidung war, wie ihn der Polizist am Ende der Leitung aufklärte. Bei Unfällen mit Verletzten wählte man die 112 und unterrichtete damit auf einen Schlag Polizei, Feuerwehr und Rettungsdienst. Immerhin war der Polizist so freundlich, die Unfalldaten aufzunehmen und den Rettungswagen zu informieren. José hockte sich neben Maria und sprach beruhigend auf sie ein. Auf die Idee, die kleine Verbandstasche, die an seinem Sattel für Notfälle hing, zu holen und schon mal Erste Hilfe zu leisten, kam er erst, als der Rettungswagen schon nahte. Vermutlich war es sehr gut, dass er Apotheker und nicht Arzt geworden war.

Eine halbe Stunde später war Maria unterwegs ins Krankenhaus mit Verdacht auf Schulterbruch. José blieb am Unfallort zurück und versuchte sich zu sammeln. Er hatte sein Rad, das er zuvor einfach auf die Straße hatte fallen lassen, an einen Baum gelehnt, als der Krankenwagen gekommen war. Nun schaute er sich nach Marias Rad um. Auf dieser Seite der Straße war es nicht. Vorsichtig überquerte er die Fahrbahn – mittlerweile hatte der Auto- und Radverkehr zugenommen – und spähte auf der anderen Seite den Hang hinunter. Dort erblickte er es tatsächlich. Der Sturz musste mörderisch gewesen sein, das Rad war quer über die Straße geschlittert und einige Meter den Abhang hinuntergerutscht. Es lag zwischen Brombeersträuchern und dünnen Ahornbäumchen. Das Vorderrad stand verbogen ab wie ein gebrochener Knochen. Ein jämmerlicher Zustand. Seufzend kletterte José den Hang hinunter. Er konnte das sündteure Luxusbike schließlich nicht dort liegen lassen. Es kostete ihn einige Mühe, es zurück auf die Straße zu bekommen. Und dann stand er da. Völlig ratlos, wie er es anstellen sollte, mit seinem eigenen Rad und dem ramponierten seiner Frau von diesem Ort wegzukommen.

Sein Handy klingelte. Peter wollte wissen, wo er und Maria blieben. José hatte sich selten über einen Anruf seines Freundes so gefreut wie in diesem Moment.

# Kommunikationsprobleme

»Das freut mich aber, dass du doch mal wiederkommst.«

Die Yogalehrerin in ihrem unglaublichen senfgelb-bordeauxroten Yogadress sah Miriam aufmerksam an. Dieser Blick hatte sicher keinen guten Einfluss auf ihr Karma. Es lag weniger Freude darin, dafür Missbilligung, Argwohn, und vor allem waren da Fragen. Viele Fragen.

»Irgendwie vergeht die Zeit immer so schnell. Wenn ich daran denke, dass Yogastunde ist, ist es meist schon wieder zu spät.«

»Und das seit drei Jahren?« Jetzt stand das Misstrauen ausgesprochen im Raum. »Aber wenn nicht mal dein Mann etwas davon weiß ...«

»Wie? Mein Mann weiß nichts davon ... Wie meinst du das?«

»Na, der war doch letztens da und wollte dich abholen.«

Miriams Augen wurden eine Spur größer, doch sie hatte sich schnell wieder im Griff. Das hatte sie in den vergangenen Jahren gelernt und perfektioniert.

»Ja, die Kommunikation zwischen alten Ehepaaren ist nicht immer die beste«, meinte sie leichthin.

Mit ihrer Matte unterm Arm ging sie in eine Ecke des Raumes, rollte sie aus und setzte sich darauf. Demonstrativ begann sie mit der dreistufigen Yogaatmung, um zu zeigen, dass sie bereit war.

Dass sie überhaupt mal wieder zum Training gekommen war, war allein der Tatsache geschuldet, dass Robert immer noch kei-

nen Sport treiben und deswegen auch nicht zu den – zugegebe-
nermaßen vorgeschobenen – Basketballstunden gehen konnte.
Doch wenn sie die schöne Tarnung mit den Yogastunden auch
in Zukunft nutzen wollte, musste sie an all den Donnerstagen,
an denen Robert noch krankgeschrieben war, das Haus verlassen. Und bevor sie weitere Lügen erfand, konnte sie genauso gut
das Training wahrnehmen.

Offenbar hatte sie allen Grund, vorsichtig zu sein. Christoph
war also vor Kurzem hier gewesen und hatte sie abholen wollen.
Wann war das wohl?, grübelte sie, während sie atmete. Er hat
überhaupt nichts erwähnt.

Die Lehrerin begann mit einer Reihe von Sonnengrüßen,
und beim dritten herabschauenden Hund fiel es Miriam ein.
Der Abend, an dem er vor dem Haus gestanden hatte. Zusammen mit Ingo. Da musste es gewesen sein. Sie hatte es gleich
so merkwürdig gefunden. Christoph war in den vergangenen
Jahren zunehmend zu einem sozialen Sonderling geworden. Er
traf außer Robert und Selma kaum noch andere Freunde, hatte
stattdessen immer häufiger Verabredungen mit Geschäftskon-
takten. Die er auch wirklich so nannte. Geschäftskontakte. Als
sie ihren Mann mit Ingo auf dem Weg hatte stehen sehen, hatte
sie glücklicherweise sofort gespürt, dass irgendetwas komisch
war. Deswegen hatte sie die Geschichte mit Bettina erzählt. Was
wohl geschehen wäre, wenn sie auf seine Frage, wie es bei Yoga
gewesen war, einfach nur geantwortet hätte: »Gut, wie immer.«
Sie schüttelte sich bei dem Gedanken und verlor dabei fast das
Gleichgewicht, denn mittlerweile stand sie im dreibeinigen herabschauenden Hund.

Irgendwie ging die Stunde zu Ende. Körperlich anstrengend
und geistig nicht so entspannend, wie Yoga eigentlich sein sollte.
Als sie das Haus verließ und auf die Hauptstraße trat, wurde
sie von der Sonne, die mit einem freundlichen Strahlen über

die Dächer der gegenüberliegenden Häuserzeile blickte, heftig geblendet. Sie kniff die Augen zusammen und suchte blind in ihrem Beutel nach der Sonnenbrille.

»Komm, mein Schatz, wir gehen in die nächste Weinkneipe. Du kannst die Augen geschlossen lassen.«

Es war Christoph, der ihr ins Ohr schmeichelte. Wo kam der denn auf einmal her? Er hatte sie am Oberarm gefasst und zog sie entschlossen mit sich.

»Moment mal. Was machst du denn hier?« Mit ihm hatte sie absolut nicht gerechnet. Aber wie gut, dass sie tatsächlich beim Yoga gewesen war.

»Ich hatte Sehnsucht nach dir.«

Er beugte sich zu ihr herunter und küsste sie innig, und je mehr Frauen aus der Yogastunde kamen, desto heftiger sog er sich an ihr fest. Sie erwiderte seinen Kuss, allein um die missbilligenden Worte der Lehrerin Lügen zu strafen. Erst als sie die Stimme der Kursleiterin »Einen schönen Abend noch« raunen hörte, machte sie sich von Christoph los.

»Und wer passt auf Freddie auf?«

Er hielt sein Handy in die Höhe. »Raumüberwachung. Schau, er schläft tief und fest.«

In der Weinkneipe war es voll wie immer. Sie hatten einen kleinen Zweiertisch in einer Ecke gefunden. Eigentlich war das Lokal nicht empfehlenswert. Die Preise zu hoch, die Kellner zu arrogant, aber es war das einzige weit und breit mit einem wunderschönen Garten. Sie hatten eine Flasche vom Wein des Monats bestellt und warteten auf das Essen.

»Ich wollte etwas mit dir besprechen.«

Miriam hatte sich gerade entspannt zurückgelehnt, bereit, den Abend zu genießen. Doch sofort saß sie wieder aufrecht, gespannt wie ein Geigenbogen.

»Was hältst du davon, wenn wir uns endlich vergrößern?«

»Wie? Vergrößern?«

Er nahm ihre Hand in seine und drückte bei jedem Wort einen Kuss darauf.

»Na ja.« Kuss. »Eben vergrößern.« Kuss. »Ein größeres Haus.« Kuss. »Eine richtige Villa.« Kuss. »Und nicht so ein popeliges Reihenhaus.« Kuss. »Mit ganz viel Platz.« Kuss. »Und einem Pool.« Kuss. »Wird doch allerhöchste Zeit.«

Kuss und dazu ein warmherziger Blick aus braunen Augen. Damit hatte er sie damals gekriegt. Wenn ein erfolgreicher Unternehmer so gucken konnte, dann hatte er gewonnen. Und Christoph war gut im Gucken, trotz seiner eng stehenden Augen, wenn er nur wollte.

Sie spürte die Wirkung des Blickes. Es war aber auch schwierig, sich dem zu entziehen. So entzog sie ihm zumindest ihre Hand.

»Ausgerechnet jetzt? Jetzt wo es Robert so schlecht geht?«

Er schnappte sich wieder ihre Hand und hielt sie diesmal fester. »Selbst wenn wir keine Nachbarn mehr sind, werden wir doch immer Freunde bleiben. Und Robert wird schon wieder. Der ist zäh.« Ein weiterer treuherziger Blick in ihre Richtung.

»Stell dir mal vor, wir hätten so ein nettes Haus hinten im Villengebiet. Mit einer riesigen Küche und einem Gästezimmer und einem Garten, in dem unser Junge Fußball spielen könnte.«

»Fußball spielen kann er auch auf dem Quartiersplatz. Und dort hat er gleich noch eine ganze Mannschaft, was er in einer Villa nicht hätte.«

»Die kommen dann einfach alle zu uns. Und sie werden gern kommen, denn dann können sie nicht nur Fußball spielen, sondern auch noch schwimmen.«

Sie schaute ihn lächelnd an, ohne mit ihrem Blick zu verraten, was sie wirklich dachte.

*Du hast doch keine Ahnung. Wenn du alle Kinder zu uns ein-*

*lädst, müssen sie bleiben, bis sie abgeholt werden. Im Quartier ge-*
*hen sie einfach heim, wenn sie keine Lust mehr haben oder wenn*
*sie sich streiten.*

»Ehrlich gesagt wohn ich gerne im Quartier. Ich mag unsere Nachbarn, und ich bin froh, dass ich nie das Gefühl habe, allein zu sein, wenn du auf Geschäftsreisen bist.«

»Okay, akzeptiert. Aber wir könnten uns auch familiär vergrößern.« Er sah ihre Fragezeichen in den Augen und legte nach. »Wir wollten doch immer ein zweites Kind. Es ist noch nicht zu spät dafür.« Die Falle war geschickt gestellt, und sie tappte gerne hinein.

»Ein zweites Kind?« Ihr Blick wurde versonnen.

Wie sehr hatte sie sich das in den vergangenen Jahren gewünscht.

Bling. Das sanfte Geräusch des Weinglases, das Christoph gegen ihres stieß, holte sie in die Gegenwart zurück.

»Darauf sollten wir trinken.«

Sie griff nach ihrem Glas, prostete ihm lächelnd zu und nahm einen großen Schluck. Früher hätte er das als Zustimmung gewertet. Aber er war auf der Hut. Auch wenn der Privatdetektiv bislang nichts Auffälliges herausgefunden hatte, so spürte er doch Veränderungen an ihr. Er war bereit, mit allen Mitteln um sie zu kämpfen. Freiwillig würde er sie nicht loslassen. Schon aus Prinzip nicht. Das wäre ja noch schöner.

Schön ordentlich waren Kosmetikartikel, Zahnpasta, Ersatzbürstchen für die elektrischen Zahnbürsten, Nagellack und allerlei wichtige Schönheitsprodukte nebeneinander sortiert. Doch es fehlte etwas. Sie zog die Schublade ganz auf. Vergebens. Die Schachtel, die sie ein paar Tage zuvor in der Apotheke gekauft hatte, war nicht da. Sie richtete sich auf und blickte sich im Badezimmer um. So als ob sich der kleine Pappkarton irgendwo versteckt hätte und sie ihn nun suchen sollte. Was Quatsch war, denn sie war sehr ordentlich und wusste immer, was sie wohin geräumt hatte.

Sie setzte sich auf den Badewannenrand und stierte vor sich hin. Die Pillenpackung für die nächsten drei Monate Verhütung war weg. Verschwunden. Es konnte unmöglich Freddie gewesen sein, denn der hatte sein eigenes Badezimmer unten im Souterrain. Da blieb eigentlich nur Christoph als Täter übrig. Sie holte tief Luft. Am liebsten hätte sie ihren Ärger rausgeschrien. Sie war ja einiges von ihm gewohnt, aber dass er zu solch bescheuerten Mitteln griff, um seinem Wunsch nach einem zweiten Kind Nachdruck zu verleihen, machte sie wütend. Unglaublich wütend.

*Es wird Zeit, dass ich die Machtverhältnisse in diesem Haus mal wieder ins Gleichgewicht bringe.*

Sie überlegte kurz, welche Optionen sie hatte. 1. Ihn zur Rede stellen. Würde vermutlich nichts bringen. Er würde alles abstreiten und am Ende Versöhnungssex einfordern. Darauf hatte sie überhaupt keine Lust. 2. Seinen Übergriff akzeptieren und ihm ein zweites Kind schenken. Das wäre grundsätzlich schön, sagte ihr Bauch. Ihr Kopf war anderer Meinung. Und auch wenn Bauchentscheidungen meist die waren, die einen wirklich glücklich machten, gab es Situationen, in denen man ruhig auf seinen Kopf hören sollte. Dies war eine solche Situation. 3. Sie spielte sein Spiel mit, aber nach ihren Regeln. Das schien ihr angesichts der Umstände am erfolgversprechendsten.

Sie stand auf, griff nach ihrem Handy und rief ihre Frauenärztin an. Sie bräuchte eilig einen Termin. Nein, keine Vorsorge, sie wolle sich die Spirale einsetzen lassen. Und das bitte so schnell wie möglich. Sie hatte Glück, eine Patientin hatte eben einen Termin abgesagt, und sie konnte sofort kommen.

Zwei Stunden später stand sie schon wieder zu Hause in ihrer Küche und schnippelte Tomaten für das Abendessen. Da klingelte es an der Haustür. Unangekündigten Besuch gab es oft im Quartier. Als sie öffnete, stand ihr Selma gegenüber, in Tränen aufgelöst. Miriams Herz hüpfte sofort drei Etagen höher. Immer hatte sie Angst vor Entdeckung, und wenn sich Selma oder Christoph auch nur ein bisschen anders verhielten als sonst, war sie sich sicher, aufgeflogen zu sein.

»Was ist denn los? Ach du meine Güte, komm erst mal rein.«

Sie zog die Freundin ins Haus. Selma hielt einen Brief in der einen Hand und ein Taschentuch, mit dem sie vergeblich versuchte, ihre Tränen aufzufangen, in der anderen.

»Hier.«

Roberts Frau hielt ihr das weiße Stück Papier hin, sie nahm es wortlos entgegen, las und wurde mit jeder Sekunde blasser.

»Das kann doch nicht wahr sein.« Und dann noch einmal. »Das kann nicht wahr sein. Das glaub ich nicht.«

Sie schaute Selma an, die immer noch nichts anderes tun konnte, als zu weinen.

»Damit kommen die nicht durch.« Erregt stand sie auf und begann im Wohnzimmer hin und her zu laufen. »Wir werden die besten Anwälte engagieren, die Christoph kennt, und er kennt eine Menge. Du musst dir keine Sorgen machen, Selma, damit kommen die nicht durch.«

»Womit kommt wer nicht durch?«

Christoph war unbemerkt nach Hause gekommen. Irritiert schaute er sie und die aufgelöste Selma an.

Miriam war zum ersten Mal nach langer Zeit froh, ihn zu sehen. »Wie gut, dass du da bist. Stell dir vor, sie werfen Robert sexuellen Missbrauch vor. Ausgerechnet Robert. Das ist doch verrückt.«

»Beruhige dich, Schätzchen.« Er nahm seine Frau in den Arm, in dem Glauben, sie würde sich geschmeidig und Hilfe suchend an ihn kuscheln. Doch sie lehnte sich nur einen kurzen Moment an ihn. Schon war sie wieder weg. Ihm blieb nichts anderes übrig, als nachzufragen. »Wer wirft Robert was vor?«

»Roberts Firma. Er soll eine Mitarbeiterin angegrapscht haben.«

Wutschnaubend stand sie vor ihm. Er glaubte fast zu sehen, wie ihre Nüstern bebten. Eine Vorstellung, die ihn zum Schmunzeln brachte.

»Was gibt es denn da zu grinsen?«

Miriam war offensichtlich gehörig unter Dampf und suchte eine Kontaktstelle, an der sie sich erst reiben und dann entzünden konnte.

»Da gibt es überhaupt nichts zu grinsen«, versuchte er sich in Diplomatie. »Gib mir das Schreiben mal.« Er überflog die wenigen Zeilen.

»Weißt du, wer die Frau ist, die ihm diese Vorwürfe macht?«

Er wandte sich an Selma, die wie ein Häufchen Elend auf der Couch saß. Wenigstens hatte sie aufgehört, den Niagarafällen Konkurrenz zu machen.

Ach, Selma, du bist wirklich nett, aber so was von durchschnittlich. Ich könnte schon verstehen, wenn dein Mann lieber meine Miriam vögeln würde, dachte er beim Anblick seiner Nachbarin. Doch verstehen war das eine. Akzeptieren etwas ganz anderes.

»Sie war mal seine Praktikantin. War nur ein paar Wochen im Betrieb. Robert hätte sie gern behalten, aber sie hat sich dann doch für ein Studium entschieden, wenn ich das richtig abgespeichert hab.«

Sie kaute auf ihrer Unterlippe und kramte offenbar in ihren Erinnerungen nach Einzelheiten.

»Und seit wann ist sie weg?«

»Das ist bestimmt schon drei Monate her.«

»Was sagt denn Robert dazu?«

Selma ließ den Kopf sinken. Die Tränen begannen erneut zu fließen. Eine nach der anderen tropfte auf ihren schönen Rock und hinterließ feuchte Flecken.

»Dem hab ich es noch gar nicht gesagt«, kam es leise zwischen Schluchzen und Nasehochziehen.

»Jetzt lasst mal den Kopf nicht hängen, Mädels. Ich kümmer mich drum.«

Christoph faltete den Brief zusammen und steckte ihn mit dem Anflug eines Lächelns, das er nicht unterdrücken konnte, in die Innentasche seines Jacketts. Er war sehr zufrieden mit sich.

Vor lauter Selbstzufriedenheit übersah ihr Mann, dass er unter Beobachtung stand, und dass sein Lächeln, so klein es auch gewesen sein mochte, sehr wohl registriert wurde.

# Gegensätze

Maria konnte schon wieder lächeln. Immer dann, wenn die Schmerztabletten, die sie mehrmals täglich im Krankenhaus bekam, ihre Wirkung taten. Sie befreiten sie von aller Pein und machten schön schläfrig. Nicht einmal der Sommer störte dann noch. Von dem bekam sie hinter den dicken Mauern des alten Krankenhausgebäudes sowieso viel weniger mit als in ihrer eng bebauten Reihenhaussiedlung.

Gut ging es ihr trotzdem nicht. Zum einen war der Deal mit den Amerikanern immer noch nicht in trockenen Tüchern – in ihrem Zustand konnte sie auch nicht mehr eingreifen, und das ärgerte sie. Zum anderen hasste sie die Untätigkeit, zu der sie verdammt war. Sie konnte nicht einmal ein Buch lesen, weil das mit einem Arm schnell anstrengend wurde. Sie hätte fernsehen können, aber das wollte sie nicht. Das Tagesprogramm der Fernsehsender empfand sie als langweilig und grauenhaft. Radio hören machte sie nervös. So hörte sie Podcasts als beste von allen Alternativen. Doch das war auch nur eine begrenzte Anzahl an Stunden täglich möglich. Die restliche Zeit lag und saß und stand und lief sie herum. Was auch keine Zufriedenheit brachte. Zumal sie dabei immer häufiger Begleitung bekam. Eine anstrengende, hartnäckige Gefolgschaft, vor der sie seit dreißig Jahren erfolgreich davonlief. Doch jetzt, da sie langsamer wurde, holten die Geister auf und standen immer öfter an den Seiten ihres Krankenbettes. Es wurde Zeit, dass sie etwas unternahm.

Sie saß auf dem Bettrand, eingewickelt in eine von Josés Pyjamajacken, weil von ihren Nachthemden keines über die gebrochene Schulter passte, und war fest entschlossen. Sie musste hier raus, und zwar schnell. Sie musste die Verhandlungen mit den Amerikanern wieder übernehmen und so die Scheißgespenster loswerden. In all den Jahren, seit sie auf der Flucht war, waren sie nur als formlose Nebelfetzen um sie herumgewabert. Keines war so schnell wie sie gewesen. Doch nun verdichteten sie sich zu einer finsteren Wand und rückten immer enger an sie ran. Das musste aufhören.

Gerade als sie überlegte, wie sie es anstellen sollte, nach Hause zu kommen – José würde sich garantiert weigern, sie abzuholen –, klopfte es. Gespannt schaute sie zur Tür, und dann war ihre Freude und Erleichterung riesig. Claudia kam herein.

»Dich schickt der Himmel.«

»Das ist ja mal eine nette Begrüßung. Hallo, Maria! Wie schön, dich so lebendig zu sehen.« Noch bevor sie antworten konnte, plauderte Claudia weiter. »Trotzdem schlage ich vor, dass den Quartiersbewohnern für den Rest dieses Sommers das Radfahren verboten wird.«

»Wieso das denn? Nur weil ich …«

»Nicht nur du. Robert hatte auch einen Unfall. Er liegt ebenfalls im Krankenhaus, mit mehreren gebrochenen Rippen.«

»O nein, das tut mir leid. Aber vielleicht kann ich mir dann mit ihm zusammen die Zeit vertreiben.«

»Eher nicht. Er liegt im Marienkrankenhaus. Außerdem meinte José, es ginge dir nicht gut. Also, nicht gut genug, als dass du dich mit anderen Männern treffen könntest.« Sie grinste breit.

»Papperlapapp. José macht sich viel zu viele Sorgen. Es geht mir nicht gut, weil ich hier zur Untätigkeit verdammt bin. Und deswegen hab ich gerade beschlossen, mich selbst zu entlassen. Dass das eine gute Idee ist, zeigt dein unerwarteter Besuch. Ein klarer Wink vom Schicksal, denn du kannst mich mit nach Hause nehmen.«

Mit ihrem überzeugendsten »Es ist alles genau so, wie ich es dir sage«-Blick, den sie als Juristin perfekt beherrschte, schaute sie Claudia an. Die war trotzdem nicht sofort überzeugt. Sie schob sich einen Stuhl von dem kleinen Esstisch zum Bett und nahm Platz.

»Mach mal halblang, Maria. Ich muss erst mal verstehen, was hier passiert. José hat erzählt, dass du eine gebrochene Schulter hast und absolute Ruhe brauchst, und das für die nächsten Wochen. Und er hat gesagt, dass du unter Schlaflosigkeit leidest.« Sie hörte sich an wie eine Richterin, die der Entlastungszeugin keinen Glauben schenkte.

»So ein Quatsch«, entfuhr es Maria, »in diesem heißen Sommer schlafen wir ja wohl alle weniger und schlechter als sonst. Oder schläfst du etwa so gut wie immer?«

»Ich schlafe gerade tatsächlich furchtbar schlecht …«

»Siehst du …«

»Aber nur«, Claudia erhob ihre Stimme, »weil mich neben der unerträglichen Hitze des Sommers auch noch die fliegende Hitze der Wechseljahre heimsucht. Ich hab also gerade Pest und Cholera am Hals, und von daher ist es kein Wunder, dass ich nicht gut schlafe. Du bist aber von den Wechseljahren noch meilenweit entfernt.«

»Mir reicht halt die Sommerhitze voll und ganz.«

Bittend schaute sie ihr Gegenüber an. Innerlich verfluchte sie José, dass er ihre Schlaflosigkeit an die große Glocke gehängt hatte. So geschwätzig kannte sie ihren Mann gar nicht.

»Ok.« Claudia nickte. Und nickte ein weiteres Mal. Anscheinend brauchte sie Zeit zum Nachdenken. »Und jetzt willst du dich selbst entlassen? Warum das denn?«

»Ich halt's hier nicht länger aus. Ruhe ist einfach nichts für mich. Das ist nicht mein Leben. Verstehst du? Hier werde ich nur noch kränker.« Claudia sah sie zwar freundlich an, erwiderte aber nichts. Sie fühlte Unruhe in sich aufsteigen. »Was denkst du?«

»Ob noch etwas anderes dahintersteckt, dass du so schnell hier rauswillst.«

»Was soll dahinterstecken, Claudi?«

Maria hörte selbst, wie angespannt ihre Stimme klang. Sie war es nicht gewohnt, dass ihre Pläne hinterfragt wurden.

Ihre Nachbarin schaute an ihr vorbei, ihr Blick schien sich im Raum zu verlieren.

»Ich kenne eine Frau, die war das Gegenteil von dir. Sie war eher langsam, fast bedächtig. Sie zog immer die gleichen Kreise, liebte ihre Routine, im Job und privat. Tat alles für andere und nichts für sich. Sie war beruflich nicht besonders ehrgeizig und kuschte zu Hause vor ihrem Mann.« Marias Ungeduld wuchs. Zu gern hätte sie gefragt, was ihr Claudia mit dieser Story sagen wollte, aber sie hielt sich zurück. Sie wollte schließlich etwas von ihr. Eine Mitfahrgelegenheit nach Hause. »Diese Frau war wie gesagt im Gegensatz zu dir in Slow Motion unterwegs. Und das hatte einen Grund. Einen ziemlich triftigen. Deshalb frage ich dich, ob hinter deiner Geschwindigkeit auch ein tiefergehender Grund steckt.«

Maria verdrehte innerlich die Augen. Da wollte sie ihren Geistern im Krankenhaus entfliehen und rannte schnurstracks in die Arme eines Gespenstes, das sie mit inquisitorischen Fragen quälte. Doch bevor sie etwas von sich preisgeben würde, hörte sie sich lieber weitere uninteressante Details der Geschichte an.

»Und? Welcher Grund steckte hinter der Langsamkeit der Frau?« Nicht dass sie das wirklich interessierte. Höchstens ein kleines bisschen.

»Hast du schon mal was davon gehört, dass man sich selbst im Leben verhindert, weil man den Eltern ähnlich beziehungsweise auf gar keinen Fall ähnlich werden möchte?«

»Nööö, versteh ich auch nicht.«

»Dann versuch ich, es in aller Kürze zu erklären. Je nachdem, welches Vorbild dir deine Eltern waren, eiferst du ihnen nach oder eben gerade nicht. Das Problem ist: Wir sind so beschäftigt damit, möglichst so zu werden wie die Eltern oder eben nicht, dass wir dabei völlig übersehen, ob uns der gewählte Weg auch glücklich macht.« Sie sahen sich an. Ein ernster Blick kreuzte ihren fragenden. »Hattest du einen erfolgreichen Vater?«

»Ich?« Sie war verblüfft, und so kam ihre Antwort zu schnell und zu laut. Doch sie hatte sich gleich wieder im Griff. »Nein. Mein Vater war nicht erfolgreich. Zumindest nicht in dem Sinn, wie man allgemein Erfolg definiert.«

»Tja, wie gesagt, je nachdem welches Verhältnis man zu den Eltern hatte, will man manchmal auch auf gar keinen Fall so werden wie sie. Wie ist das bei dir?«

»Herrgott noch mal, Claudi, was soll das? Haben wir 'ne Therapiesprechstunde? Ich hab 'ne gebrochene Schulter und sonst nichts. Erzähl mir doch einfach, was mit der Frau ist, die du kennst.«

Maria blickte zur Seite. Ihr tat ihr Ausbruch im selben Moment leid, wusste sie doch, dass es ihre Nachbarin nur gut meinte. Aber sie hatte jetzt wirklich keine Nerven für Gutgemeintes. Sie wollte zurück in ihr Leben, weg von bohrenden Fragen und lauernden Gespenstern.

Claudia hätte eingeschnappt sein können, so ungehalten wurde sie eigentlich nur von Frank unterbrochen. Aber ihr Verdacht, dass bei Maria mehr dahintersteckte als die Freude an einem schnell getakteten Leben, verdichtete sich mit jeder Sekunde. Deshalb schluckte sie Marias kränkende Worte herunter und erzählte weiter.

»Die Frau war vor allem so langsam, weil sie es nicht anders kannte. Sie lebte das Leben ihrer Mutter noch einmal, ohne beruflichen Ehrgeiz, sich aufopfernd für die Familie. Und sie konnte nichts daran ändern, weil sie Angst hatte, dass ihre Eltern sie nicht mehr liebten, wenn sie anders würde.«

»Also sind an allem unsere Eltern schuld? Egal, was sie machen, wenn wir nicht glücklich sind, liegt es an der Erziehung?«

»So einfach ist es nicht, aber ja, es liegt viel an der Erziehung. Die gute Nachricht ist: Man kann da rauskommen. Man muss die Fehler, die die Eltern gemacht haben, nicht ein ganzes Leben mit sich rumtragen. Und auch diese Frau hat irgendwann erkannt, dass sie nicht das Leben ihrer Mutter leben muss, dass sie ihr eigenes Glück suchen darf, dass sie sich nicht davon abhängig machen muss, ob sie von den Eltern geliebt wird oder nicht. Denn das Wichtigste im Leben ist doch, dass man seinen eigenen Weg geht, den Weg, der einen erfüllt.«

»Aha … Und wie hat sie das gemacht? Das hört sich nicht danach an, als ob man mal eben bei einem Spaziergang beschließen würde: So, ab jetzt geh ich meinen eigenen Weg.«

»Nein, so war es auch nicht. Es hat lange gedauert, aber wenn man anfängt, sich das anzuschauen, was man in vielen Jahren unter den Teppich gekehrt hat, wenn man beginnt, ehrlich zu sich selbst zu sein, wenn man sich eingesteht, dass Gefühle auf der Strecke geblieben sind, dass die Ehe farblos geworden ist oder der Job überhaupt keinen Spaß mehr macht, wenn man den Mut aufbringt, sich und sein Leben zu hinterfragen, dann kann man Schrittchen für Schrittchen eine neue Richtung einschlagen.«

»Hm ... Und was ist aus dieser Frau geworden? Ist sie schneller geworden?«

Maria schien nun doch interessierter.

»Ja, in der Tat ist die Frau schneller geworden und ehrgeiziger. Sie hat nebenberuflich ein Psychologiestudium absolviert und überlegt sich gerade, ob sie ihren Job als Assistentin in einer Produktionsfirma kündigt und ihren Mann verlässt.« Maria hatte eine kleine Ladehemmung, sie brauchte einen Moment, um zu verstehen, um wen es sich in der Geschichte handelte. Dann reagierte sie aber genauso, wie Claudia es erhofft hatte. Sie riss die Augen auf – in den Pupillen spiegelten sich tausend Fragezeichen. Ihr Mund stand halb offen, aber es entwich kein Laut. Sie hatte ihre Mimik in diesem Moment offenbar nicht unter Kontrolle. Das kam selten vor. Claudia spürte fast ein bisschen Mitleid und stand auf, um Maria in den Arm zu nehmen, natürlich ganz vorsichtig. Dann ging sie ein Stück zurück und schaute ihr in die Augen. »Ich bin diese Frau, Maria. Ich will mich nicht mehr verstecken, will nicht mehr so tun, als wäre alles gut. Ich will meine eigenen Trampelpfade gehen und mein Glück suchen. Denn ich musste mir eingestehen: Mit Frank finde ich es nicht.« Sie setzte sich wieder. Sie spürte die Müdigkeit, die ihr immer wieder deutlich machte, dass sie gerade in einem anstrengenden Prozess war. Sich aus seinem alten Leben zu lösen war wie ein Marathon. Ach was, ein Triathlon. Der härteste Triathlon der Welt, nur dass er nicht auf Hawaii stattfand. »Ausgerechnet bei einem Theaterstück, in dem ich mit Rolf war, fiel es mir wie Schuppen von den Augen. Wenn man danach strebt, von allen geliebt zu werden, macht man es allen anderen recht, nur nicht sich selbst.«

»Und warum hat dir ein Theaterstück die Augen geöffnet und nicht das Psychologiestudium? Das versteh ich nicht.«

»Gute Frage. Ich spüre schon lange den Wunsch, etwas in

meinem Leben zu verändern. Nun hab ich meinen Abschluss schon seit ein paar Wochen in der Tasche und könnte loslegen, tu es aber nicht. Also, was hält mich?« Fragend sah sie Maria an. Sie erwartete keine Antwort, deshalb redete sie weiter. »Der Wunsch, von allen geliebt zu werden. Vor allem von meinen Eltern, die überhaupt kein Verständnis dafür hätten, wenn ich mich scheiden lassen würde.« Sie stand auf und ging zum Fenster. Die Bäume im angrenzenden Park strahlten, so schön sie waren, dieselbe Mattigkeit aus, die sie in sich fühlte. Bei ihnen war es Wassermangel, bei ihr Mangel an Liebe, Achtsamkeit, Wertschätzung. »Doch damit ist jetzt Schluss.« Langsam drehte sie sich zu Maria um. »Ich weiß noch nicht genau, wie meine Zukunft aussehen wird, deswegen möchte ich dich bitten, das erst mal noch für dich zu behalten. Ich musste nur einfach mit jemandem reden, denn das hilft oft schon, um ein klareres Bild zu gewinnen.«

Sie zog die Mundwinkel nach oben. Es war ein kleines, verzagtes Lächeln, das so gar nicht zu einer Frau passen wollte, die wie sie gerade dabei war, den Kilimandscharo zu besteigen.

Maria nickte. Langsam und nachdenklich. Erstaunlich langsam für ihre Verhältnisse. In Zeitlupe schaffte sie den Umkehrschwung – zu sich selbst und zum Anfang des Gesprächs.

»Und du glaubst, dass auch bei mir mehr dahintersteckt? So wie bei dir, nur anders?«

»Wie? Anders?«

»Na ja, halt schnell und nicht langsam.« Sie musste grinsen.

Der kleine Funke sprang über und erreichte Claudia. Sie schmunzelten beide in schönster Harmonie.

»Und was machen wir jetzt?«

»Ich würde vorschlagen, du behältst mein Geheimnis für dich, dafür bringe ich dich nach Hause. Aber vor José werde ich schwören, dass ich es nicht war, und wenn dir irgendwann

178

mal danach ist, unter deinen Teppich zu gucken und den Dreck wegzukehren, dann lass es mich wissen. Ich helfe dir gern dabei.« Sie bemerkte, wie sich Marias Gesicht verschloss. Deshalb legte sie rasch nach: »Wenn man mal anfängt aufzuräumen, schläft man auch irgendwann wieder.«

# Männergespräche

Er war müde, doch er hatte noch zu tun. Die Lieferung mit Medikamenten war spät gekommen und musste ausgepackt und in die Schränke sortiert werden. Auch sonst war viel liegen geblieben, seitdem Maria im Krankenhaus war und er sie in jeder freien Minute besuchte. Er blickte auf die Uhr. Ladenschluss. Die Apotheke war leer, auch die Mitarbeiter waren bereits gegangen. José wollte gerade die Ladentür schließen, da kam er abgehetzt im Lauftempo an. Ob er noch schnell ein Medikament kaufen könne. José öffnete die Tür weit und ließ den großen, untersetzt wirkenden Mann herein. Er bräuchte etwas gegen Rückenschmerzen.

»Wie schlimm ist es denn?«

José sah den Mann aufmerksam an. Er kam ihm bekannt vor, aber er wusste nicht, wo er ihn schon mal getroffen hatte.

»Es sind Rückenschmerzen, die man niemandem wünscht.« Er war wortkarg, stand wie Falschgeld mitten in der Apotheke.

»Wie lange haben Sie die schon?«

Er zuckte mit den massigen Schultern. »Lange.«

»Waren Sie beim Arzt?« Der andere schüttelte den Kopf. »Ich kann Ihnen Schmerzmittel geben, die vorübergehend helfen. Aber das ist keine Lösung. Sie sollten besser zum Arzt gehen. Vielleicht haben Sie einen Bandscheibenvorfall.«

»Das mach ich«, nuschelte der andere wenig überzeugend. »Geben Sie mir alles, was Sie von diesem Schmerzzeug dahaben.«

José zog die Augenbrauen hoch und blickte den Mann auf-

181

merksam an. Da fiel ihm ein, woher er ihn kannte. Es war dieser komische Nachbar, der nachts immer mit Hund und Stirnlampe durchs Quartier lief.

»Wo haben Sie denn Ihren Hund gelassen?« Der Blick des Mannes wechselte von abweisend zu verwundert. »Sie wohnen doch auch im Q 49, nicht? Wir sind Nachbarn«, erklärte José, der den fragenden Blick richtig interpretiert hatte.

»Dem ist es zu heiß, der bleibt zurzeit am liebsten neben dem Kühlschrank liegen.«

Der Anflug eines Lächelns überzog sein Gesicht, das ihn gleich viel sympathischer machte. Doch sofort verschloss es sich wieder.

José tat so, als schaute er im Computer nach, wie viel Schmerzmittel er auf Lager hatte.

»Tja«, meinte er bedauernd, »das, was ich hier habe, darf ich Ihnen gar nicht geben.« Der Gesichtsausdruck seines Gegenübers fror ein. Bewegungslos stand er da und stierte vor sich hin. José wusste nicht genau, ob er nachdachte oder ob er dort stehen bleiben würde, bis er die Antwort zu hören bekam, die er hören wollte. »Aber unter Nachbarn kann man ja mal eine Ausnahme machen.« Der Mann entspannte sich sichtbar, sagte aber immer noch nichts.

»Ich bin übrigens José.«

Er streckte seine schmale, feingliedrige Hand aus. Der andere reagierte mit einem undurchdringlichen Blick, reichte ihm aber dann doch die seine. In der Pranke sah Josés Hand aus wie die eines kleinen Jungen.

»Lars.«

»Weißt du was, ich wollte gerade noch einen Kaffee trinken«, log er, »trink doch einen mit, und wir reden darüber, wie wir das mit den Schmerzmitteln machen.«

»Kaffee? Um die Uhrzeit? Ich dachte immer, ich wär der einzige Mensch in Deutschland, der zu jeder Tages- und Nachtzeit Kaffee trinkt.«

»Ich bin Chilene, ich wette, ich nehm's beim Kaffeetrinken locker mit dir auf.« Er schaute Lars freundlich an und ging, ohne weiter zu fragen, nach hinten. Lars blieb nichts anderes übrig, als ihm zu folgen. Das Hinterzimmer, das als Personal- und Lagerraum genutzt wurde, war alles andere als gemütlich. Pakete mit Ware stapelten sich in den Ecken und auf Regalen. Mittendrin standen ein kleiner Tisch und ein paar Stühle. Auch die waren übersät mit Prospekten und Werbebroschüren. Die Kitchenette hatte allerdings einen riesigen Kaffeevollautomaten zu bieten. Das Highlight des Raumes. José rückte Lars einen Stuhl hin und drückte einen Knopf an der chromglänzenden Maschine, die mit einem Brummen ihre Arbeit aufnahm.

»Weißt du denn, woher die Rückenschmerzen kommen?«, fragte er in lockerem Plauderton, während er seine ganze Aufmerksamkeit darauf richtete, Tassen aus dem Schrank zu holen und den Vollautomaten mit Wasser zu füllen. Das gute Stück war für den heutigen Tag von seinen Mitarbeitern bereits gereinigt und in den Feierabend entlassen worden. »Nimmst du Milch?«

»Keine Ahnung.«

José drehte sich irritiert um. »Du hast keine Ahnung, ob du Milch willst?«

»Ach so, nein, keine Milch und ich hab keine Ahnung, woher die Rückenschmerzen kommen.«

Er stellte die Tassen unter den Auslauf und drückte eine Taste. Der Automat begann, die Bohnen zu mahlen. »Ich hatte auch mal schreckliche Rückenschmerzen. So schlimm, das kann sich wirklich kein Mensch vorstellen.« Aus der Maschine floss der Kaffee, und sofort verbreitete sich ein aromatischer Duft. José nahm die Tassen, stellte sie auf den Tisch, schob seinem

Gast noch einmal einen Stuhl hin und setzte sich dann selbst. Lars ließ sich tatsächlich nieder und nahm eine der Tassen, die in seiner Hand genauso versank wie zuvor Josés Hand. Stumm stierte er das dunkle Gebräu an. »Ich bin damals von Arzt zu Arzt gerannt, doch keiner konnte etwas feststellen. Es war frustrierend.«

José blickte aus dem Fenster. Scheußliche Bilder kamen in ihm hoch. Situationen, die er lange schon aus seinem Gedächtnis gestrichen hatte. Emotionen, die er nie, nie wieder in seinem Leben durchleiden wollte.

»Und was hat schließlich geholfen?« Lars war das Schweigen wohl zu lange geworden.

José musste sich eine Sekunde lang besinnen. Er erinnerte sich nicht gerne an die schlimmste Zeit seines Lebens. Als er weitersprach, war seine Stimme brüchig.

»Weißt du, ich hatte gar nichts am Rücken. Ich hatte etwas an der Seele, aber es hat furchtbar lange gedauert, bis ich das herausgefunden habe. Meine erste Frau hatte sich gerade von mir getrennt, und ich litt wie ein Tier.« Er schaute weiter zum Fenster hinaus, als ob dort eine Leinwand wäre, auf der er den Film seines Lebens sehen könnte.

»Warum hat sie dich verlassen?«

Lars fragte ihn so ungeduldig, als ob er wollte, dass er, José, seine Geschichte rasch zu Ende erzählte, damit er endlich gehen konnte.

»Ich war nicht aufmerksam genug. Nicht achtsam genug. Ich dachte, das Glück wächst und gedeiht, ohne dass ich etwas dafür tun muss. Ich war mir ihrer zu sicher.« Er verzog die Lippen zu einem kleinen resignierten Lächeln. »Ich hab mich dann zur Ablenkung in die Arbeit gestürzt, hab die Apotheke eröffnet und nur noch geschuftet. Ab und zu sah ich meine beiden kleinen Jungs, das war die einzige Freude in meinem Leben. Ich dachte damals, es könnte nicht schlimmer kommen, aber dann beschloss meine Frau, die ein paar Jahre zuvor meinetwegen mit nach Deutschland gekommen war, nach Chile zurückzukehren, zu ihrer Familie. Und das Schlimmste: Sie hat die Jungs mitgenommen. Da fingen die Rückenschmerzen an. Sie waren seelisch, nicht körperlich bedingt.«

Schweigen umhüllte sie beide. José starrte zum Fenster hinaus, der andere fixierte irgendeinen Punkt auf dem Boden. Die Stille hatte schon fast den ganzen Raum eingenommen, da räusperte sich Lars.

»Aber du hast deine Jungs wenigstens noch.« José nickte bestätigend. Es dauerte, bis er – gefangen in seinem eigenen Kummer – die eigentliche Bedeutung der Aussage verstand. Emotional, wie er war, legte er ihm tröstend eine Hand auf die Schulter. Der andere ließ sie nicht einmal anstandshalber ein paar Sekunden liegen, schüttelte sie sofort ab. »Was ist jetzt mit den Schmerzmitteln?«, fragte er fordernd.

»Kriegst du.«

»Gut.« Lars stand auf.

»Unter einer Bedingung.«

Der stämmige Mann blickte auf ihn herunter. Es hätte bedrohlich wirken können, aber Lars sah nur müde und verzweifelt aus.

»Ich versorge dich mit Schmerzmitteln, und zwar mit wirksamen, dafür gehst du zu einem Psychotherapeuten. Eine Therapie ist das Einzige, was dir hilft. Bei mir war es damals auch so.«

*Und Maria würde es ebenfalls helfen, aber sie scheut das Thema genauso wie dieser sture Bock hier.*

José wünschte sich, er hätte auch bei seiner Frau ein Druckmittel. Mehrfach hatte er versucht, ihr klarzumachen, dass man manche Erlebnisse nicht allein verarbeiten konnte. Doch vergebens. Und aus lauter Angst, noch eine geliebte Frau zu verlieren, insistierte er nicht länger, sondern schwieg.

Die Männer schauten sich in die Augen. Braune, liebevolle, emotionale in graue, verletzte, abgestumpfte.

»Deal oder nicht?«

Lars zögerte. Er wusste nicht, was er tun sollte. Warum kam ihm dieser José mit dem gleichen Ratschlag, mit dem ihm sein Kumpel Guido schon seit Monaten nervte? Vielleicht sollte er doch mal drüber nachdenken. Aber eigentlich wollte er sein Leid nicht offenbaren, er wollte es, verdammt noch mal, lieber weiter verdrängen. Ja, er hatte auch schon mal gehört, dass sich ein Leben erst wieder zum Besseren wenden konnte, wenn man sich mit alten Verletzungen auseinandersetzte, wenn man sich ihnen stellte. Nur wollte er diese Verletzungen gar nicht aufarbeiten. Er wollte weiterleiden. Er hatte tierische Angst davor, irgendwann einmal nicht mehr durch den Schmerz von morgens bis abends an seine Tochter erinnert zu werden. Dann würde sein Kind ein zweites Mal sterben.

Als ob José seine Gedanken lesen könnte, bemerkte er leise: »Und glaub nicht, dass der Schmerz aufhört, wenn du dich ihm stellst. Das tut er nicht. Aber er verändert sich. Sodass man mit ihm leben kann. Und irgendwann kann man auch wieder lachen, ohne sich schuldig zu fühlen.« Er stand ebenfalls auf, knuffte ihn viel zu vertraulich in die Rippen und ging nach vorne in den Verkaufsraum. Lars folgte ihm langsam. »Ich geb dir jetzt etwas, das die Schmerzen nimmt und dich schlafen lässt. Es reicht für eine Woche. Dann kommst du wieder und zeigst mir die Bestätigung von einem Therapeuten, dass du bei ihm eine Therapie beginnen kannst. Meistens dauert es ein paar Wochen, bis ein Platz frei ist, so lange versorge ich dich.« Er drehte sich zu ihm um. »Das bleibt aber unter uns. Ist das klar? Ich will nicht, dass die ganze Nachbarschaft erfährt, dass ich dich illegal mit Schmerztabletten versorge.«

»Ausgerechnet von mir, das ist ein guter Witz.«

»Genau. Deshalb hab ich das gesagt. Ich dachte, es würde dich zum Lachen bringen, aber da muss ich mir wohl mehr einfallen lassen.« José lächelte ihn an.

»Weißt du, ich muss das gar nicht den Nachbarn erzählen, ich sag es einfach meinen Kollegen.«

José stutzte. Er schien kurz über die Bedeutung der Worte nachzudenken und fragte dann hörbar misstrauisch: »Was machst du denn beruflich?«

»Ich bin Kriminalkommissar.« Der Apotheker wurde unter seiner Sommerbräune blass. Unsicher blickte er ihn an. Jetzt konnte Lars ein breites Grinsen nicht unterdrücken. »Keine Sorge. Wir haben einen Deal.«

José schluckte erleichtert, langsam kehrte Farbe in sein Gesicht zurück.

»Okay, dann haben wir zwei jetzt ein Geheimnis.«

Lars nickte. »Ist vermutlich nicht das einzige in unserem Quartier.«

# Veränderungen

Es wurde Zeit, mit all den Geheimnissen aufzuhören. Es wurde Zeit, endlich Weichen für die Zukunft zu stellen. Doch sie wusste immer noch nicht, ob sie es wirklich tun sollte. Auch wenn sie Maria im Krankenhaus gesagt hatte, sie denke darüber nach, so hatte sie doch immer noch keine endgültige Entscheidung getroffen. Claudia betrat das Produktionsbüro wieder einmal mit der Hoffnung, von irgendwoher möge eine Lösung kommen. Kündigen oder nicht? Hallo, Schicksal, ich wäre dankbar für einen kleinen Wink, dachte sie gerade, als plötzlich Leonhard vor ihr stand und sie mit einer Frage überfiel, die keine Frage war, denn sie hätte nicht mit Nein antworten können.

»Claudia, kommst du mal bitte in mein Büro?«

Sie blickte ihn einen Herzschlag lang irritiert an. Seit jener verhängnisvollen Nacht hatte er sie kein einziges Mal mehr zu sich ins Office gerufen. Sie merkte, wie sie nervös wurde und ihr Hals sich zu röten begann.

*Verflucht noch mal, warum hab ich ausgerechnet heute dieses tief ausgeschnittene Shirt angezogen? Er wird vermutlich nur auf meinen roten Hals starren. Oder auf die Schweißflecken unter meinen Achseln. Lieber Gott, lass diesen Tag zu Ende gehen.*

Der Morgen hatte schon ziemlich mies angefangen. Erst hatte ihr Wecker den Dienst versagt, und sie war viel zu spät aus den Federn gekommen. Vor lauter Hetze hatte sie den Mixer für ihren Frühstückssmoothie ohne die kleine Einfüllkappe im Deckel angestellt. Die Blaubeeren samt Joghurt, Bananen und Honig waren blitzschnell durch die halbe Küche gespritzt. Auf der Arbeitsfläche, dem Boden, sogar an der Decke hatten kleine lila Punkte geklebt. Was hatte sie geflucht. Bis sie die Schweinerei notdürftig weggewischt hatte, war sie bereits in Schweiß aufgelöst gewesen. Natürlich hatten sich dann noch die Wechseljahre gemeldet, die sie noch nicht oft, aber immer dann, wenn sie es am wenigsten gebrauchen konnte, heimtückisch mit Schwitzattacken überfielen. Fürs Duschen und Umziehen war keine Zeit mehr geblieben. In dieser Verfassung stand sie nun vor Leonhard.

»Gib mir eine Minute«, antwortete sie und lief zielstrebig auf die Toilette. Dort öffnete sie hektisch mit der einen Hand den Wasserhahn, hielt die andere unter den elektrischen Seifenspender, zog die Hand zu schnell weg, sodass das Häuflein Schaumseife auf den Boden fiel, fluchte leise und wiederholte die Aktion. Umständlich versuchte sie, sich die Achseln zu waschen, um wenigstens nicht zu müffeln. Dann verrenkte sie sich unter dem Handtrockner, um die Schweißflecken aus ihrem Shirt zu föhnen. Erst den einen Arm nach oben und die Achsel in den Luftstrom, dann den anderen, halb hockend, bis ihre Oberschenkel brannten. Am Ende blickte sie in den Spiegel, sah die roten Flecken auf Hals und Dekolleté und gräuliche Spuren auf dem Shirt. Wenigstens konnte man nicht mehr sagen, ob es sich um Schweiß oder um Wasser handelte. Zögerlich, mit einem fragenden Blick, schob sie sich in Leonhards Büro, dessen Tür immer einen Spalt breit offen stand. »Hier bin ich.«

Er saß an seinem Schreibtisch, sprang aber sofort auf, als er sie sah, und lächelte sie aufmunternd an.

»Komm rein, nimm Platz.« Er ging zur Tür, schloss diese leise und setzte sich wieder. »Wie geht's dir?«, fragte er mit dieser wunderbar melodischen Stimme, die bei ihr normalerweise sofort feuchte Träume hervorrief. Aber in diesem Moment war sie viel zu aufgeregt. Angespannt hatte sie sich auf dem Rand des braunen Ledersessels, der auf der anderen Seite des Schreibtisches stand, niedergelassen. Sie wollte gerade auf die erste Frage antworten, da stellte er bereits die nächste. Offenbar wollte er gar nicht wissen, wie es ihr ging. »Was macht eigentlich deine Coachingausbildung?«

Claudia stierte ihn an. Sie konnte es kaum fassen, dass er das nicht wusste. Aber klar, sie hatte nie etwas darüber erzählt, und er fragte jetzt zum ersten Mal.

»Tut mir leid, das hätte ich dir längst mal sagen sollen. Vor allem, weil es ja ohne dich gar nicht möglich gewesen wäre.«

Er schaute sie fragend an. »Was wäre ohne mich nicht möglich gewesen?«

»Na, du hast mir doch das Geld für die Coachingausbildung vorgestreckt. Die hab ich schon vor Jahren abgeschlossen und danach noch ein Fernstudium in Psychologie drangehängt.« Sie holte kurz Luft. »Und vor Kurzem hab ich es erfolgreich abgeschlossen.«

Sie versuchte, es sich nicht anmerken zu lassen, wie unglaublich sie das alles fand, aber der Stolz drang ihr aus jeder Pore. Und sprang offenbar auch auf ihn über. Leonard wirkte beeindruckt.

Er räusperte sich. Einmal und ein zweites Mal. Währenddessen lächelte er sie ununterbrochen an. »Freut mich außerordentlich, das zu hören. Herzlichen Glückwunsch. Ich wusste schon immer, dass etwas Besonderes in dir steckt.« Er sah sie an mit einem Blick aus seinen grünblauen Bergseeaugen, dem sie ausweichen musste, denn sie spürte, dass die roten Flecken bald ihren ganzen Körper übersäen würden. Er räusperte sich erneut. »Nur zu gerne würde ich jetzt eine Flasche Sekt öffnen und auf deinen Erfolg anstoßen. Aber der Grund, warum ich dich in mein Büro gebeten habe, ist nicht so schön.« Claudia schaute erschrocken auf, doch Leonhard wich ihrem Blick aus. »Ich mach's kurz. Ich hab eine Festanstellung als Chefredakteur bei Kanal Eins angeboten bekommen. Das kam für mich ziemlich überraschend, und ich hab mir die Entscheidung nicht leichtgemacht. Aber dort kann ich so viel mehr bewegen als hier in dem kleinen Produktionsbetrieb, das Gehalt ist deutlich besser, und ich werde schließlich auch nicht jünger.« Er blickte sie entschuldigend an.

»Und was bedeutet das genau?« Claudia schwebte noch in ihrer Schau-mal-was-ich-geschafft-habe-Bubble und war deswegen gerade nicht in der Lage, den einzig logischen Schluss aus Leonhards Worten zu ziehen.

»Ich mach den Laden hier zu. Schon nächsten Monat. Du bekommst natürlich noch drei Monate dein Gehalt. Da musst du dir keine Sorgen machen.« Er knetete seine Finger, bei ihm ein Zeichen dafür, dass er das Gespräch gern schnell zu einem Ende gebracht hätte. »Und wenn ich noch irgendwas für dich tun kann, lass es mich wissen.« Er gab sich alle Mühe, nicht wie ein Arsch zu klingen, und es wäre ihm auch fast gelungen. Claudia war wie erstarrt. Sie konnte nicht denken, sie konnte nichts fühlen. »Du wirst bestimmt ratzfatz eine viel besser bezahlte Stellung finden. Jetzt, da du Psychologin bist.«

Er schaute sie aufmunternd an. Sie fühlte sich trotzdem wie das berühmte Kaninchen vor der Schlange.

»Ja, ganz bestimmt«, sie nickte mechanisch und blieb wie angeklebt sitzen.

»Dann weißt du jetzt Bescheid, alles Weitere können wir ein anderes Mal bereden, oder?«

Er stand auf, lief zur Tür, öffnete sie demonstrativ. Sie hatte Mühe, sich aus dem Stuhl zu pflücken. Mit wackligen Knien ging sie wort- und blicklos an ihm vorbei. Sie hoffte, dass er noch etwas sagen würde, wie wichtig sie für ihn immer gewesen war oder irgendetwas anderes Persönliches, aber er schloss einfach die Bürotür hinter ihr. Sie fühlte sich wie durch den Fleischwolf gedreht.

Na toll! Erst vor wenigen Minuten hatte sie sich eine Entscheidung vom Schicksal gewünscht. Und schon war sie da. Doch glücklicher fühlte sie sich trotzdem nicht. Sie hatte vergessen, dass man achtsam mit dem sein sollte, was man sich wünschte. Die Wünsche könnten wahr werden.

Da saß sie nun. Spannungslos. Kraftlos. An dem Schreibtisch, an dem sie in den letzten Jahren für Leonhard Flüge gebucht, Hotelzimmer reserviert und Kamerateams zusammengestellt hatte. All ihr Tun war darauf ausgerichtet gewesen, Leonhard das Leben so angenehm wie möglich zu machen. All ihr Wirken hatte das eine Ziel gehabt: von Leonhard geliebt zu werden. Oder wenigstens sehr gemocht. Zumindest unentbehrlich für ihn zu sein. Und nun? Hatte er sie einfach aus seinem Leben aussortiert. Wie einen Socken, der ein Loch hatte. Sie empfand sich so grau und farblos wie das Büro, in dem sie in der Vergangenheit so viel Zeit verbracht hatte. Sie glaubte geradezu spüren zu können, wie sie mit dem trostlosen hellgrauen Schreibtisch und dem anthrazitfarbenen Schreibtischstuhl verschmolz. Unattraktivität zu Unattraktivität. Asche zu Asche. Tatsächlich fühlte sie keinen Funken Leben in sich. Graue Aura. Totenstille. Selbst der Geruch im Zimmer war neutral.

*Ich bin wie der Handlungsreisende. Willy Loman wollte auch von allen nur geliebt werden. Und was hatte er davon? Wurde wie ich aufs Abstellgleis gestellt.*

Trostlos stierte sie auf die steingraue pflegeleichte Auslegeware, die dort, wo sie mit dem Schreibtischstuhl ständig hin und her rollte, völlig abgenutzt war. Bilder von der Nacht, die sie mit Leonhard im Schneideraum verbracht hatte, stiegen in ihr hoch. Wie er sie angeschaut hatte, seine Lippen auf ihren, erst behutsam, dann immer fordernder. Und sie hin und her schwankend zwischen Begierde und Moral, Bauch und Kopf, wollen und nicht dürfen, oder besser gesagt sich nicht erlauben. Sie spürte immer noch die Hitze der Nacht, die Wärme der Computer und die allgemeine Anspannung, die schon seit Tagen im Büro geherrscht hatte. Diese Küsse waren wie eine Entladung, wie ein Gewitter nach einem langen heißen Sommer gewesen. Doch statt reinigend zu wirken, waren sie das abrupte Aus ihrer Träume gewesen.

*Welcher Arsch hat gesagt:* »Am Ende wird alles gut. Und wenn es noch nicht gut ist, ist es noch nicht das Ende.«*? Hier und jetzt ist alles vorbei, aber nichts, einfach gar nichts ist gut. Außer für Leonhard. Für den ist alles bestens.*

Bei diesem Gedanken meldete sich ein kleines Tier in ihrem Inneren, das sie ansonsten immer sofort verscheuchte. Es zeigte sich auch nur zaghaft, wissend, dass es vermutlich sofort weggeschickt werden würde. Doch Claudia hatte eine Sekunde nicht aufgepasst, und so konnte das Tierchen unbeobachtet wachsen. Einmal nicht rechtzeitig in die Schranken gewiesen, wurde es rasend schnell groß. In kürzester Zeit war aus einer kleinen Maus der Wut ein Mammut geworden. Sie war ein jähzorniger Mensch, hatte aber früh gelernt, die Wut unter Kontrolle zu halten. Jetzt allerdings war sie unachtsam gewesen, und blitzartig stand sie in Flammen. All die Enttäuschung, der Frust, die Zurückweisungen, die Unzufriedenheit der letzten Jahrzehnte brachen sich Bahn.

*Dieser Mistkerl. Seit Jahren tue ich alles für ihn, halte hier alles am Laufen, und dann gräbt er mich an, und weil er nicht bekommt, was er will, bin ich nur noch Luft für ihn.*

Sie sprang auf und begann, durch das kleine Zimmer zu tigern. Vom Tisch zum Fenster zur Tür zum Tisch zum Fenster. Wahrscheinlich versuchte er schon lange, sie loszuwerden, und jetzt hatte er endlich einen Grund gefunden. Sie war wie ferngesteuert. Die Vernunft schien nichts mehr zu sagen zu haben, dafür hatten all die Gefühle, die in der Vergangenheit ständig verscheucht worden waren, etwas zu sagen. Unterdrückte Emotionen lassen sich eben nur scheinbar wegsperren, dachte sie. Sie kommen unter Garantie wieder. Immer und immer wieder. Und dabei werden sie immer größer. Bis sie gesehen werden. Claudia hatte ihren Zorn schon verdammt lange eingesperrt, und nun war es kein Wunder, dass er wie ein Tsunami über sie kam. Sie konnte ihn vom kleinen Zeh bis in die äußerste Haarspitze fühlen. Nein! Sie spürte ihn nicht, sie war der Zorn. Und so rauschte sie wie ein Racheengel aus ihrem Zimmer, schoss die wenigen Meter über den Flur, öffnete die Tür und baute sich in Leonhards Büro vor seinem Schreibtisch auf. Sie spürte beinahe die flammenden Flügel und das güldene Schwert der Rache in ihren Händen.

Er guckte sie irritiert an. Sagen konnte er nichts, denn sie legte direkt los.

»Wenn du glaubst, ich bin wie Willy Loman und bring mich am Ende um, dann hast du dich getäuscht. Ich war vielleicht wie Willy, aber damit ist jetzt Schluss.« Sie musste kurz Luft holen. Leonhard hätte sicher gern gefragt, wer eigentlich dieser Willy war, doch er kam nicht dazu. Nach einem raschen tiefen Atemzug machte sie mit lauter, klarer Stimme, die man auf der gesamten Etage hören konnte, weiter. »Und wenn du glaubst, du könntest mich anbaggern und mich dann fallen lassen wie eine heiße Kartoffel, weil ich mich dir nicht sofort hingebe, dann hast du dich ebenfalls getäuscht. Du kannst mich mal kreuzweise, du eingebildeter blöder Affe, und deine beschissenen drei Monatsgehälter kannst du dir sonst wohin schieben.«

Schwungvoll drehte sie sich um, raffte symbolisch Schwert und Flügel zusammen, warf Leonhard einen letzten vernichtenden Blick zu und rauschte ab. Die Bürotür schlug sie mit einem lauten Knall zu, einfach nur, weil sie wusste, dass er das hasste. So ruhig sie konnte, marschierte sie zurück in ihr Büro und spürte bereits auf den letzten Metern, dass ihre Knie weich wurden wie Pudding. In ihrem Zimmer angekommen, hätte sie sich gern auf den Schreibtischstuhl fallen lassen, aber nun nahm sie der Fluchtinstinkt in Besitz. Was hatte sie sich bei diesem Auftritt nur gedacht? Ohne jede Konsequenz zu bedenken, hatte sie nur aus dem Bauch heraus gehandelt. Und nun? Sie hatte gerade fristlos gekündigt, oder? Sie musste weg. Und zwar schnell. Bevor Leonhard ihre Worte verdaut hatte und zum Gegenschlag ausholte.

Hektisch griff sie nach ihrer Tasche, warf das Familienfoto und ihre wenigen persönlichen Dinge hinein und eilte zum Ausgang. Das Glück war mit ihr, denn sie kam dort an, ohne einen der Kollegen zu treffen. Sie spurtete die Treppe hinunter, kramte den Autoschlüssel aus ihrer Tasche und hetzte weiter zum Parkplatz. Aus der Ferne öffnete sie die Fahrertür, warf die Tasche in den Fußraum des Beifahrersitzes, ließ das Auto an und gab Gas. Erst etliche Häuserblocks weiter fühlte sie sich sicher genug, das Auto auf den Parkplatz eines Supermarktes zu lenken. Sie zitterte am ganzen Körper. Die Hände, die Füße, die Knie. Das Herz schlug ihr bis zum Hals, der – das wusste sie, ohne in den Spiegel zu sehen – rot glühte. Völlig fertig ließ sie den Kopf aufs Lenkrad fallen.

*O MEIN GOTT! WAS HAB ICH MIR DABEI GEDACHT?*

Sie versuchte sich zu beruhigen, indem sie sich aufrecht hinsetzte und bewusst ein- und ausatmete. Tief in den Bauch, dann in die Seiten, dann in die Brust. Beim Ausatmen andersrum: zuerst aus der Brust und den Seiten, dann aus dem Bauch. Langsam ein und aus. Ein ums andere Mal. Ganz konzentriert. Das hatte sie im Rahmen der Coachingausbildung gelernt. Wie froh sie jetzt darüber war.

Die Atmung verfehlte ihre Wirkung nicht, sie wurde zunehmend ruhiger, die Wut war längst aus lauter Angst vor der eigenen Mächtigkeit verdampft, der Kopf konnte das Ruder wieder übernehmen. Sie musste mit jemandem reden, der sie gut beraten konnte. Am besten mit einem Anwalt. Angestrengt dachte sie nach, ob sie einen Experten für Arbeitsrecht kannte, doch ihr fiel niemand ein. Sie wollte schon resigniert aufgeben, da fuhr ein MINI auf den Parkplatz neben ihr. Eine Frau stieg aus, verschloss das Auto und ging.

*Natürlich, Maria. Warum hab ich nicht gleich an sie gedacht? Sie ist zwar keine Spezialistin für Arbeitsrecht, aber Anwältin. Sie wird mir einen guten Rat geben können.*

Kurzerhand nahm sie ihr Handy und schickte ihrer Nachbarin eine SMS. *Maria, hast du Zeit für ein frühes Mittagessen mit mir? Ich brauche dringend deinen Rat.*

Dann googelte sie die Adresse der Anwaltskanzlei und fuhr, ohne eine Antwort abzuwarten, los.


Maria saß an dem riesigen ovalen Besprechungstisch und hatte Mühe, dem Geschehen zu folgen. Seit zwei Stunden berieten die besten Anwälte der Kanzlei detailliert die einzelnen Schritte, die für die Geschäftsübernahme des amerikanischen Klienten noch getan werden mussten. Sie hatten alle Jalousien heruntergelassen, sodass sich die Sonne nur streifenweise Zutritt zu dem Zimmer verschaffen konnte. Dank der Klimaanlage war der Raum angenehm kühl. Dennoch schwitzte Maria, die Hitze kroch ihr den Rücken rauf und runter. Sie wusste, dass sie sich doppelt und dreifach konzentrieren musste, um die Wirkung der Schlaf- und Schmerztabletten zu kompensieren. Aber so schallgedämpft wie in dieser Besprechung hatte sie sich noch nie gefühlt. Die Stimmen der anderen klangen blechern und sie selbst glaubte, Watte in den Ohren zu haben. Nach scheinbar endlosen Stunden beendete ihr Vorgesetzter endlich das Meeting. Erleichtert lief sie zu ihrem Büro, als ihr eine der Assistentinnen entgegenkam.

»Maria, im Foyer sitzt eine Dame, sie wartet auf dich.«

Sie brauchte ein paar Sekunden, um das Gesagte zu verstehen. Dann machte sie seufzend kehrt und lief in die Eingangshalle. Dort saß Claudia auf der sündhaft teuren Ledercouch, über der ein überdimensioniertes Ölbild hing. Selbstverständlich ein Original eines angesagten Künstlers. Maria sah von Weitem an ihrer Haltung, dass sie sich mehr als unwohl fühlte.

»Claudia, was ist denn los? Ist was passiert?«, rief sie.

Claudia erhob sich und ging ihr mit schnellen Schritten entgegen. »Hast du meine SMS nicht bekommen? Ich muss dringend mit dir reden. Nur ein paar Minuten«, flüsterte sie mit flehendem Blick.

Wie hätte Maria da Nein sagen können, auch wenn sie sich tausendmal lieber auf die Ledercoach geworfen hätte, um zu schlafen?

Es war früher Abend. Claudia saß im Garten und wartete auf Frank. Mit gemischten Gefühlen. Dieser Tag war bislang eine Wundertüte an Emotionen gewesen. Nach dem Wutausbruch hatte sie sich verzweifelt gefühlt. Nach dem Gespräch mit Maria getröstet. Sie hatte ihr Mut gemacht, dass Leonhard mehr als drei Monatsgehälter würde zahlen müssen, auch wenn sie bereits vollmundig darauf verzichtet hatte. Nun machte sich Panik in ihr breit, denn die Stunde der Wahrheit war gekommen. Sie musste Frank alles erzählen, und zwar wirklich alles. Nichts als die Wahrheit sozusagen. Und da gab es eine Menge, was er noch nicht wusste. Die Coachingausbildung, das Psychologiestudium, die Kündigung. Man konnte also beim besten Willen nicht von kleinen Heimlichkeiten sprechen. Sie hatte tonnenweise bislang Ungesagtes zu offenbaren. Deshalb hatte sie sich vorgenommen, streng bei der Wahrheit zu bleiben, aber doch nur das Nötigste zu verkünden. Aus Rücksicht auf ihn. Und auf sich. Und auf die Kinder. Und auf überhaupt.

Sie hatte eine Flasche seines Lieblingsweines entkorkt, sie in einen Kühler auf den Gartentisch gestellt, zwei Gläser dazu, und nun wartete sie. Er war beim Sport und hätte eigentlich schon längst zu Hause sein sollen. Da sie nicht mit einer Verspätung seinerseits gerechnet hatte, probierte sie schon mal ein Gläschen. Die Wirkung des Alkohols ließ bei der Hitze und einem leeren Magen nicht lange auf sich warten. Wie angenehm. Zum ersten Mal an diesem Tag hatte sie ein gutes Gefühl. So leicht. Selbst ihre Gedanken waren nicht mehr so trist und grau und schwer. Nun galt es, dieses Gefühl genau in dieser Dosierung zu erhalten. Deswegen nippte sie langsam, aber stetig, am zweiten Glas Wein.

Als Frank nach Hause kam, hatte sie einen kleinen Schwips. Sie trank selten Alkohol und vertrug dementsprechend wenig. Frank schien freudig überrascht zu sein, sie in diesem Zustand zu sehen. Er witterte vermutlich leichte Beute. In den vergangenen Monaten hatte sie sich ihm immer häufiger entzogen.

»Hallo, meine Süße, das ist ja eine nette Überraschung.«

Mit einem breiten Grinsen zog er sie aus dem Stuhl zu sich hoch und drückte sie an sich. Doch sie stemmte sich mit beiden Händen gegen seine Brust. Ihre Gegenwehr wischte das Grinsen aus seinem Gesicht.

»Ich muss mit dir reden, Frank.«

Wie in Zeitlupe ließ er sie los, griff nach der Flasche, schenkte sich ein – wohlgemerkt nur sich –, ließ sich langsam auf dem Stuhl nieder und schaute sie mit seiner arrogantesten »Ich bin der tollste Kriegsberichterstatter der Welt. Und wer bist du?«-Miene an.

»Ich höre.« Dieser Blick, diese kurz angebundene Art ... Sie fühlte sich schlagartig in ihre Teenagerzeit versetzt, als sie vor ihrem Vater stehend, verzweifelt nach Erklärungen für dieses oder jenes gesucht hatte. Natürlich hatte sie nie die richtigen Worte gefunden. Natürlich hatte ihr Vater nie Verständnis für ihre Situation gehabt. Und auch jetzt fehlte ihr wieder alles, was sie in dieser Situation gebraucht hätte: die passenden Sätze, Selbstbewusstsein, Mut. »Also?«

Sie hörte, dass er ungeduldig wurde, und so platzte sie, ohne weiter nachzudenken, mit der Wahrheit heraus.

»Ich hab heute meinen Job bei Leonhard gekündigt.«

Franks Augen weiteten sich vor Überraschung. Doch schnell gewann seine coole, abgeklärte Art wieder die Oberhand.

»Ich hoffe, du hattest einen guten Grund dafür!«

»Also, eigentlich hat er mir gekündigt«, beeilte sie sich zu erklären, und dann galoppierte sie davon, denn sie wollte jetzt nur noch eins: reinen Tisch machen. »Wie gesagt, erst hat er mir gekündigt, und das hat mich völlig kalt erwischt. Und dann bin ich so sauer geworden und hab mich so ausgenutzt gefühlt, dass ich noch mal zu ihm ins Büro bin und ihn angeschrien hab, dass er sich seine drei Monatsgehälter sonst wo hinschieben kann. Ich weiß auch nicht, was mich da geritten hat, aber nachdem er mir damals das Geld für die Coachingausbildung geliehen hatte, wollte ich mich ihm gegenüber nicht ...«

»MOMENT! Moment mal, was sagst du da?« Frank wirkte nicht mehr überheblich, nur noch aufgebracht. Sehr aufgebracht. »Er hat dir Geld geliehen? Für eine Coachingausbildung? Allmächd na, was ist das denn für ein Schmarrn?« Wenn er sauer war, kam sein fränkischer Dialekt aus Kindertagen durch. Als sie nicht gleich antwortete, wurde er eine Spur lauter. Und derber. »Von welcher verfickten Ausbildung sprichst du hier, und wie viel Geld hat er dir geliehen?«

Claudia war auf ihrem Stuhl klein geworden. Unwillkürlich rutschte sie in das Verhalten, das sie seit Jahrzehnten kannte. Er spielte sich auf, sie kuschte. Mit den Zeige- und Mittelfingern drückte sie auf ihre Schläfen, hinter denen es wild pochte. Das schöne, leichte Weingefühl hatte sich zu einem dichten Gewölle gewandelt. Mit belegter Stimme antwortete sie.

»Ich bin vor ein paar Jahren durch Zufall auf eine Coachingausbildung gestoßen. Das war wie eine Vorsehung. Und da ich ein bisschen mehr aus meinem Leben machen wollte und ich mir nicht vorstellen konnte, dass du einverstanden bist, wenn ich achttausend Euro von unserem Konto dafür ausgebe, hab ich Leonhard gefragt.«

»Achttausend Euro? Das ist nicht dein Ernst! Ja, spinnst du komplett, oder was? Nein, dazu hätte ich nie und nimmer mein Okay gegeben.« Frank sprang auf, funkelte sie bitterböse und eifersüchtig an. In seinen Mundwinkeln sammelten sich weiße Spuckebläschen. »Aber natürlich, der tolle Leonhard. Der leiht dir das mal eben so aus der Portokasse.« Seine Stimme triefte vor Sarkasmus. »Ganz bestimmt hat er das nicht ohne Gegenleistung getan. Dafür hast du doch die Beine breitgemacht, oder? Das wolltest du doch sowieso immer. Meinst du, ich hab nie bemerkt, wie du diesen weichgespülten Möchtegernjournalisten anhimmelst?«

»Es reicht mir jetzt.« Claudia sprang ebenfalls auf, sie hatte genug. Genug von ihm und seinem aufgeblasenen Benehmen. Hastig wollte sie an Frank vorbei ins Wohnzimmer, doch er hielt sie am Handgelenk fest.

»Du erzählst mir jetzt erst die ganze Wahrheit. Hast du mit dem Kerl was gehabt, oder nicht?«

»Nein, ich hatte nichts mit ihm«, stieß sie hervor, während sie versuchte, sich aus seinem Griff zu befreien. Doch er war deutlich stärker, und es war ihm egal, dass er ihr wehtat. Prüfend sah er sie an, dann ließ er sie abrupt los. Schwer atmend standen sie voreinander, in ihren Blicken lag alles, nur keine Liebe. »Können wir jetzt vernünftig weiterreden?«

Er brauchte ein paar Sekunden, um sich zu besinnen, dann nickte er. Noch im Stehen trank er sein Glas leer und setzte sich wieder. Feindselig blickte er in den Garten, als ob der etwas für das ganze Schlamassel könnte. Glücklicherweise scherten sich die Pflanzen einen Dreck um seine eisige Ausstrahlung, auch die Vögel zwitscherten munter weiter, nur Claudia bekam eine Gänsehaut. Das sichtbare Zeichen ihrer inneren Aufruhr. Fieberhaft überlegte sie, wie sie diplomatisch am geschicktesten weitermachen sollte, aber alle Argumente, die für die Coachingausbildung und das Psychologiestudium sprachen, sprachen gegen ihn. Ich hatte Kerstin versprochen, mein eigenes Leben zu leben? Ich wollte für Kerstin ein besseres Vorbild sein und nicht mehr nur kuschen? Ich wollte mehr vom Leben, als nur deine Unterhosen zu bügeln? Alles wahr, aber definitiv nicht dafür geeignet, um Frank zu besänftigen oder gar auf sein Verständnis zu hoffen. Sie erinnerte sich an einen Satz eines befreundeten Fernsehredakteurs: »Du musst den Mut zur Lücke haben.« Das wollte sie versuchen. Denn aus Erfahrung wusste sie, dass er gern an irgendeiner Kleinigkeit hängen blieb, sich daran festkrallte, um aus einer Mücke einen Elefanten zu machen.

»Ich hatte ja nie etwas, für das ich brannte. Das änderte sich schlagartig mit dem Coaching. Da tat sich eine ganz neue Welt für mich auf. Ich hab gelernt, mich und mein Verhalten zu reflektieren, nicht immer alles kritiklos hinzunehmen, und dass man die Möglichkeit hat, sein Leben selbst zu gestalten. So was hatte ich nie kennengelernt.« Ein Blinder hätte sehen können, was ihr das Ganze bedeutete. Ihr Gesicht, das während der hässlichen Auseinandersetzung bleich geworden war, nahm wieder Farbe an. Sie spürte, wie ihre Wangen warm wurden. Frank hörte ihr mit versteinerter Miene zu. Mit jeder Minute, die sie länger über die neuen Erkenntnisse in ihrem Leben schwärmte, schraubte sich der Dorn der Eifersucht tiefer in sein Herz. Das sah sie ihm an. Je mehr sie strahlte, desto mehr verdunkelte sich sein Blick. »Auch wie sehr Wertschätzung oder Dankbarkeit ein Leben schöner machen können, wusste ich nicht. Es sind so viele kleine Dinge, die Großes bewirken können. Und das Beste ist, dass es jeder selbst in der Hand hat, solche Veränderungen herbeizuführen.«

Sie sah zu Frank hinüber, doch sie erkannte an seiner abweisenden Haltung, dass sie ihn nicht erreichte. Es hätte sie auch gewundert. Über Dankbarkeit konnte er vermutlich nur überheblich lächeln. Sie merkte, wie sich ein altbekanntes Gefühl einschlich: Resignation. Sie war es so leid, gegen ihn zu kämpfen, sich behaupten zu müssen gegen den großartigen, hochgelobten Kriegsreporter. Gegen ihn war sie doch immer nur Ausschussware gewesen. Sie schloss für einen Moment die Augen und ergab sich der Müdigkeit. Wie schön wäre es, wenn sie jetzt einfach in ihrem Garten sitzen könnte, die Wärme auf der Haut spüren, den Gesang der Nachtigall – oder war es eine Amsel? – im Ohr, den Geruch, der von den grillenden Nachbarn herüberwaberte, in der Nase und die Leichtigkeit des Lebens im Herzen. Wie schön wäre es, wenn Frank nicht da wäre und nie wiederkäme.

Den letzten Gedanken hatte sie kaum zu Ende gedacht, da rührte sich schon das schlechte Gewissen. Sie wünschte ihm auf keinen Fall etwas Schlechtes – auf keinen Fall, denn das wäre bei seinem Beruf wirklich niederträchtig –, aber es wäre trotzdem schön, wenn er einfach und folgenlos verschwinden könnte. Doch so leicht macht es einem das Leben leider nicht.

»Kommt da noch was?« Seine mürrischen Worte rissen sie aus der gedanklichen Wünsch-dir-was-Show.

*Kommt da noch was?*

Eine gute Frage. Genau die richtige Frage. Ein ganz feines Lächeln setzte sich in ihren Mundwinkeln fest. Und zugleich eine Spur Selbstbewusstsein in ihrer Seele. Und ob da noch etwas kommen würde! Eine ganze Menge sogar. Sie atmete tief ein, setzte sich wieder auf den Stuhl – ganz aufrecht diesmal – und sah ihren Mann mit festem Blick an.

»Ja, da kommt noch was.« Ihre Stimme freundlich, klar und unmissverständlich. Wie ein Pfeil, der wusste, wo er hinwollte. »Nach der Coachingausbildung hab ich an der Fernuni ein Psychologiestudium absolviert. Ich hatte ja genügend Zeit, du weißt selbst, wie selten du in den letzten Jahren zu Hause warst. Und bevor du dich wieder aufregst: Die Studiengebühren hab ich von meinem Gehalt bezahlen können, dafür hab ich statt täglich vier Stunden sechs gearbeitet. Das ist genau aufgegangen. Damit wurde also die Familienkasse nicht belastet.«

Sie sah ihn immer noch an, fühlte sich auf Augenhöhe mit ihm. Sie hatte keine Ahnung, woher diese Stärke plötzlich kam. Vielleicht hatte das Selbstcoaching in den vergangenen Jahren doch etwas gebracht. Sie zuckte auch kein bisschen zurück, als sich sein Mund zu einem breiten Grinsen auseinanderzog. Er warf den Kopf in den Nacken und begann schallend zu lachen.

»Das ist ja großartig«, japste er gespielt gut gelaunt. »Während ich mein Leben aufs Spiel setze, um meine Familie zu ernähren und um dieses verdammte Haus abzubezahlen, bildest du dich also weiter. Psychologie? Warum denn nicht gleich Philosophie? Oder Kunstgeschichte? Wenn dir langweilig war, hättest du doch Fulltime arbeiten können, dann wären wir die Schulden schneller los. Aber nein, Madame hat studieren wollen. Was glaubst du eigentlich, wie viele Leute da draußen mit einem halb garen Psychologiestudium rumlaufen? Und was man damit machen kann? Nichts, nicht mal Brötchen beim Bäcker um die Ecke verkaufen.«

Frank hatte sich in Rage geredet, er war mit jedem Satz lauter geworden. Und süffisanter. Und bösartiger. So wie er es bei seiner Familie gelernt hatte. Dort hatte der Vater, ein Bundeswehroffizier, alle unter der Fuchtel gehabt. Seine Mutter, seine drei Schwestern und ihn. Bei Streitereien war es nicht darum gegangen, Argumente auszutauschen, sondern seine Meinung durchzusetzen. Und da hatte sein Vater selbstredend immer die besten Karten gehabt. So war Frank sozialisiert worden, und so war er immer noch. Anders als Claudia konnte er das Wort Selbstreflektion nicht einmal buchstabieren. Er hatte noch nie darüber nachgedacht, dass er innerlich wachsen, sich zu einem besseren Menschen machen könnte. Und so gab er ungefiltert weiter, was einst in ihn gesät worden war.

Bislang hatte dieses System immer funktioniert. Wenn ihm die Felle drohten wegzuschwimmen, bauschte er sich auf und machte alles um ihn herum klein. Doch diesmal war etwas anders. Claudia sackte nicht in sich zusammen, sie blieb auf ihrer gewählten Flugbahn – äußerlich ganz ruhig, innerlich zitterte ihr Herz allerdings wie ein Spatz, der gerade von einer Katze erwischt worden war.

»Ich rede hier nicht von einem halb garen oder gar abgebrochenen Psychologiestudium. Ich hab den Bachelor of Science in Psychologie.«

Mit diesen zwei Sätzen hatte sie den Pfeil ins Schwarze geschossen. Mit vorgerecktem Kinn saß sie kämpferisch vor ihm, entschlossen, sich nicht wieder die Butter vom Brot nehmen zu lassen.

Sein Gesichtsausdruck hätte sie beinahe zum Lachen gebracht. So viel Unverständnis. So viel Leere. So wenige Worte. Sie erklärte ihn innerlich für schachmatt. Doch er bäumte sich noch einmal auf. Holte noch einmal aus, in der Hoffnung einen Vernichtungsschlag landen zu können.

»DU? PSY-CHO-LO-GIN?« Er überbetonte jede einzelne Silbe, die er zusätzlich in einen Eimer Sarkasmus tunkte. »Davon träumst du doch. Wer soll dir das denn glauben? Mich kannst du nicht für dumm verkaufen. Beweis mir das erst mal.« In seiner Erregung hatte er sich wieder erhoben und stand nun vor ihr. Er erinnerte sie an einen wilden Stier, wie er – mühsam seine Wut verbergend – auf sie herabblickte. Fast sah sie, wie sich seine Nüstern blähten, das dichte dunkle Haar fiel ihm in die verschwitzte Stirn. Und diesen Mann hatte sie einmal geliebt? Sie konnte es nicht fassen. Ganz langsam rutschte sie mit dem Stuhl von ihm weg, ohne den Blick zu senken. Es war ein völlig neues Gefühl, fast wie eine außerkörperliche Erfahrung. Sie sah von oben auf die Szene hinunter. Wie sie in aller Ruhe aufstand, ihm einen letzten mitleidigen Blick schenkte, sich umdrehte und ging. Als ob sie das jahrelang geprobt hätte. So erregt und wütend und verletzt sie bei Leonhard war, so abgeklärt und gelassen und ungerührt war sie jetzt bei Frank. »Wo willst du denn hin?«, rief er ihr hinterher, bei Weitem nicht mehr so selbstsicher und wutschnaubend wie noch kurz zuvor.

Sie antwortete nicht, sondern verließ wortlos den Garten, das Wohnzimmer, den Flur, das Haus. Die Tür ließ sie sperrangelweit offen. Weil sie wusste, dass er das hasste.

Frank schaute ihr hinterher und konnte nicht fassen, dass sie ihn einfach stehen ließ. Das hatte sie noch nie getan. Sie wird wiederkommen, beruhigte er sich. Er setzte sich, nahm die Flasche Wein, die zwischenzeitlich trotz des Kühlers Temperatur angenommen hatte, und schenkte sich großzügig ein. Er saß da, lauschte ins Haus und wartete. Als er das Glas leer getrunken hatte, machte er sich auf die Suche. Er glaubte nicht, dass sie wirklich gegangen war. Vielleicht ins Schlafzimmer oder in ihr komisches Nähzimmer, aber doch nicht wirklich gegangen-gegangen. Mit schnellen Schritten und Blicken durchforstete er Wohnzimmer und Küche. Die offene Haustür verleitete ihn, den Vorgarten und den Weg davor zu inspizieren. Nichts. Mit der offen stehenden Tür wollte sie bestimmt nur eine falsche Fährte legen.

Er spürte, dass er begann, sich erneut über sie zu ärgern. Er ertrug es nicht, dass sie Spielchen mit ihm spielte. Immer zwei Stufen auf einmal nehmend, spurtete er in den ersten Stock. Auch hier keine Claudia. Also doch im Nähzimmer. Er sprang die Treppe hinunter und stürmte, ohne anzuklopfen, hinein. Leer. Natürlich nicht gänzlich, da standen ein Bett, ein Schrank, ein Tisch und ein Stuhl. Aber da war keine Claudia.

Zum ersten Mal seit vielen Jahren sah er sich in dem Raum, der ursprünglich als Gästezimmer gedacht gewesen war, um. Auf dem Bett lag ein rosa Plüschtier. Reflexartig nahm er es auf und besah es sich. Ein Schweinchen. Er hatte es noch nie zuvor gesehen und keine Ahnung, wem es gehörte. Achtlos warf er es aufs Bett zurück und setzte sich ratlos darauf. Hier hatte sie in den vergangenen Jahren viele Stunden verbracht. Das wusste er. Er hatte aber keine Ahnung, was sie in diesen vier Wänden getrieben hatte. In diesem Moment fühlte er die Schwäche, die immer schon ihn ihm gewohnt hatte. Wie sehr hatte er es sich als Teenager gewünscht, seine Schwestern und seine Mutter vor dem rabiaten Vater beschützen zu können. Vergeblich. In den entscheidenden Momenten hatte er sich nie getraut, ihm die Stirn zu bieten. Deswegen auch sein Beruf. Er wollte seinem Vater und der ganzen Welt beweisen, wie mutig er war. Doch auch das war nur Fassade. Wie so oft kamen die Bilder in ihm hoch, die er wohl nie wieder loswerden würde. Er mit seinem Kollegen mittendrin im Hexenkessel, aus dem Hinterhalt waren sie gekommen. Die Schüsse waren um ihn herumgepeitscht, die Frauen und Kinder, die er gerade noch interviewt hatte, hatten voller Angst geschrien. Und anstatt die Schwächsten zu retten, war er um sein Leben gelaufen. Einzig um sein Leben. Das er hatte in Sicherheit bringen können. Im Gegensatz zu dem der anderen. Niemandem hatte er jemals davon erzählt. Er war kein bewundernswerter Kriegsreporter. Aber das wusste nur er. Gerne hätte er sich einmal alles von der Seele gesprochen, aber das hätte bedeutet, dass er seine Schande hätte eingestehen müssen. Und das wollte er um keinen Preis.

Zum zweiten Mal an diesem Tag hatte Claudia einen Mann von seinem Thron gestoßen. Zum zweiten Mal war sie gegangen und hatte dabei eine Tür ins Unbekannte durchschritten. Einmal hatte sie diese Tür laut zugeknallt und einmal weit offen stehen lassen. Hatte das eine Bedeutung? Hatte sie sich damit unbewusst die eine Tür für immer verschließen und sich bei der anderen ein Zurück sichern wollen? Nein, nicht in jede Handlung musste etwas hineininterpretiert werden. Sie wusste einfach nur, wie sie den jeweiligen Mann am meisten ärgern konnte.

Mit aufrechtem Gang hatte sie ihr Haus verlassen und beim Hinausgehen gerade noch an ihre Handtasche gedacht. Doch kaum war sie auf dem Quartiersplatz angekommen, begann die Orientierungslosigkeit. Wo sollte sie eigentlich hin? Sie konnte spazieren gehen, ein wenig die Zeit totschlagen, spät am Abend zurückkehren und unten im Gästezimmer schlafen. Das wollte sie auf keinen Fall. Sie wollte nicht zu Kreuze kriechen, denn genau so würde es für Frank aussehen. Und so suchte sie zum zweiten Mal an diesem Tag Maria auf. Sie musste zweimal klingeln, bis ihre Nachbarin endlich die Tür öffnete.

»O mein Gott, wie siehst du denn aus?« Als sie Maria sah,

vergaß Claudia sofort ihr eigenes Leid und die Gründe, die sie zur Nachbarin geführt hatten. Maria winkte sie wortlos ins Innere des Hauses. Sie schlurfte, nur mit Shirt und Slip bekleidet, ins Wohnzimmer und legte sich vorsichtig auf die Couch, auf der sie offenbar schon länger gelegen hatte. Die Kissen lagen zerknautscht darauf und daneben, trotz der Hitze zog sie sich eine Wolldecke bis zum Kinn. »Was ist denn los, Maria?« Sie war aufrichtig besorgt.

»Ich weiß es nicht«, flüsterte sie. Claudia hatte Mühe, sie zu verstehen. »Ich hab schon den ganzen Tag furchtbare Kopfschmerzen und ein Rauschen in den Ohren, ich hör alles nur gedämpft, und mir ist so schrecklich schwindlig.« Maria drehte sich mit einem leisen Jammern zur Seite und schloss die Augen. Sie sah elendig aus.

»Wo ist denn José? Soll ich ihn anrufen?«

»Hat keinen Zweck«, kam es kurz und knapp, »er ist auf einer Apothekertagung in Hamburg.«

»Dann hol ich Marcel, der kann bestimmt helfen.«

Sie eilte hinaus, stellte einen Schuh zwischen Haustür und Rahmen, damit Maria bei ihrer Rückkehr nicht noch einmal aufstehen musste. Marcel war der nützlichste aller Nachbarn. Er war Arzt. Viele aus dem Quartier waren seine Patienten, weil er ein guter Arzt war, aber auch, weil er immer bereit war, einen Hausbesuch zu machen. Er war in jeder Beziehung ein netter, beliebter, gern gesehener Mensch, in guten wie in schlechten Tagen.

Marcel schaute Maria in die Ohren, in den Hals, und leuchtete in die Augen. Er maß den Puls und die Herzfrequenz. Er stellte Fragen. Ob sie zurzeit viel Stress habe. Ja. Vielleicht auch außergewöhnliche seelische Belastungen? Sie schaute ihn nur schief an. Er schrieb sie krank. Für zwei Wochen. Mit der Diagnose Hörsturz und der dringenden Empfehlung, im Bett zu bleiben. Sie brauche Ruhe, Ruhe und nochmals Ruhe.

Sorgenvoll beobachtete Claudia das jammernde Bündel und beschloss zu bleiben, bis José zurückkam. Damit konnte sie Maria etwas Gutes tun. Und sich selbst auch. Zum Glück war Emil noch im Sportcamp. So blieb ihr ein weiteres unschönes Gespräch erspart. Zumindest vorerst.

Wimmernd lag Maria auf der Couch. Während vor dem Haus der Sommer offenbar niemals enden wollte, wurde sie im Inneren angezählt – von den Schmerzen im Kopf und in der Schulter, aber auch von den grauen Gespenstern, die sich wieder mal frech aus ihren Verstecken trauten und ihre Schwäche gnadenlos ausnutzten. Ob sie sich ihnen nun doch endlich stellen sollte?

Sie vergrub den Kopf unterm Kissen und spielte Vogel Strauß. Morgen, dachte sie, morgen ist auch noch ein Tag.

# Blessuren

Er hatte sich nur etwas Gutes tun wollen und war am Tag joggen gegangen. Lieber lief er in den frühen Morgenstunden, doch er war in letzter Zeit häufiger unruhig und gestresst, und laufen half immer, um wieder ins Gleichgewicht zu kommen. Eigentlich war es in diesem Sommer nicht empfehlenswert, tagsüber im Freien Sport zu treiben. Aber der Himmel hatte sich verdunkelt, und es war ein Lüftchen aufgekommen, sodass er gedacht hatte, er könnte die Gunst der Stunde nutzen. Falsch gedacht. Auf halbem Weg hatten sie ihn überrascht – dicke Regentropfen, die auf Menschen, Tiere und Pflanzen einschlugen wie klitzekleine Granaten. Dass sie so plötzlich und so heftig kommen würden, damit hatte er nicht gerechnet.

Ingo hasste diese Art von Sommergewitter, die, seit der Klimawandel an Fahrt aufgenommen hatte, häufiger geworden waren. Schlagartig brach der Regen über einen ein, machte alles in kurzer Zeit platschnass, brachte aber nicht viel außer Schwüle. Der Boden war so ausgetrocknet, dass er das Wasser gar nicht aufnehmen konnte, und so machte er sich über riesige Pfützen springend in flottem Trab auf den Rückweg. Als er das Haus seiner Familie erreichte, hob er gewohnheitsmäßig die Klappe des Briefkastens, der an der Pforte zum Vorgarten hing, und schaute hinein. Es lag Post darin. Da der Regen gerade nachgelassen hatte, stoppte er kurz, um sie mitzunehmen. Es war kein gewöhnlicher Brief in einem Umschlag, nur ein Bogen Papier. Darauf zwei Sätze mit dem Computer geschrieben: *Du hast mir gedroht, nun drohe ich dir. Ich mach dich fertig.*

Ingo stöhnte leise auf. Er hatte gewusst, dass es Ärger geben würde, als er unverhofft Stephanie im Quartier begegnet war. Aber dass sie so weit gehen würde, hätte er nicht gedacht. Seine Hoffnung, dass sie von seiner Drohung ausreichend eingeschüchtert worden war, sodass sie sich zukünftig fernhielt, platzte in diesem Moment. Dann musste er wohl doch mit Nicole reden. So ein Mist. Das hätte er sich gerne erspart, jetzt, da sie ihre Eifersucht endlich einigermaßen unter Kontrolle hatte.

Nachdenklich lief er zum Haus. Oder er musste dieser Schlange Stephanie noch mal anders klarmachen, was für sie auf dem Spiel stand. Ein dicker Tropfen fiel auf das Stück Unheilpapier und verwischte die schwarze Tinte. Nun sah das ›o‹ aus dem Wort ›drohe‹ aus, als hätte es geweint.

Er wollte sich gerade für ein spätes Nickerchen auf die Couch legen und genießen, dass Choi mit den drei Rackern für ein paar Tage zu seiner Mutter gefahren war, da klingelte es. Seufzend lief Claus zur Haustür und öffnete sie. Instinktiv wich er einen Schritt zurück. Vor der Tür stand Stephanie, die laut schluchzend ein Stück Fell an sich drückte. Daneben Rolf, der aussah, als wäre ihm alles furchtbar unangenehm.

Ohne viele Worte zu machen, dirigierte Claus die zwei ins Wohnzimmer. Es dauerte eine Weile, bis er mit den richtigen Fragen herausgefunden hatte, dass Stephanie ihr Kätzchen vermisste, und das bereits seit ein paar Tagen. Anfangs hatte sie sich keine Sorgen gemacht, weil das immer mal wieder vorkam. Doch nun hatte sie das Lieblingsspielzeug des Tieres in der Garage gefunden und war damit sofort zu Rolf gelaufen, denn sie vermutete Fürchterliches.

»Bestimmt hat Ingo dem Kater was angetan«, schniefte sie aufgebracht. »Er hat ihn mit dem Spielzeug in die Garage gelockt und dort …« Sie stockte.

Claus blickte nachdenklich zu Stephanie und dem Stück Fell in ihren Händen. »Ist das das Spielzeug von … Wie heißt deine Katze eigentlich?«

»Kater.« Wieder fing sie an zu weinen.

Ich weiß, dass es sich um einen …, wollte Claus gerade entnervt erwidern, da fiel der Groschen. Die Katze hieß Kater.

»Was machen wir jetzt?«, fragte Rolf angespannt. »Als Polizist müsstest du doch wissen, was zu tun ist.«

Doch auch er war ratlos. Und sprachlos. So ging er erst mal in die Küche und holte für jeden eine Flasche Bier. Während Rolf nur ein wenig daran nippte, trank Stephanie auf ex, als wäre Alkohol tatsächlich eine Lösung.

»Willst du noch 'nen Schnaps?«, fragte Claus fürsorglich.

Stephanie verneinte. Sie wischte sich mit einer Hand die Tränen aus dem Gesicht, und dann geschah eine erstaunliche Verwandlung. Aus dem Nichts wurde aus der bemitleidenswerten Frau ein Vulkan, der Emotionen herausschoss wie brennende Lava. Wie sehr sie Ingo geliebt habe. Und wie enttäuscht sie nun von ihm sei. Sie habe doch immer nur eine normale Familie gewollt, und nicht nur, dass er ihr diese verweigert habe, jetzt habe er auch noch ihrer Katze etwas angetan.

Hätte Claus nicht längst über das Drama in Stephanies Leben Bescheid gewusst, er hätte keine Chance gehabt, aus diesem Durcheinander irgendeine sinnvolle Schlussfolgerung zu ziehen. Er und Rolf blickten sich hilflos an und ließen Stephanie so lange Gift und Galle spritzen, bis sie irgendwann erschöpft auf Claus' Couch sank. Sie zogen sich ermattet in die Küche zurück.

»Sie ist ja völlig hysterisch. Wir sollten einen Arzt rufen.«

»Sie müsste eher zu einem Psychiater, so ein Verhalten hab ich noch nie erlebt. Das ist doch nicht normal, oder?«

»In Schockzuständen benimmt man sich nicht normal, und

das Verschwinden ihrer Katze nimmt sie offenbar ziemlich mit. Gibt es irgendwelche anderen Hinweise auf den Verbleib des Tieres außer dem Fundstück in der Garage?«

»Ich hab keine Ahnung. Ich bin mir nicht mal sicher, was wirklich passiert ist. Aus ihr war ja kein klares Wort rauszuholen.«

Schweigen.

»Und nun? Was machen wir nun mit ihr?«

Marcel war ausnahmsweise nicht als Notarzt zu missbrauchen, er war noch in seiner Praxis, aber der nette Herzchirurg aus Haus Nummer 2 half mit einer starken Beruhigungstablette, und vor allem ohne weitere Fragen, aus. Den medizinischen Anweisungen entsprechend, bugsierten Claus und Rolf die erfreulich willenlose Stephanie ins Nachbarhaus und brachten sie in ihr Bett. In der Hoffnung, dass sie die Nacht tief und traumlos durchschlafen und am nächsten Morgen wie Phönix aus der Asche auferstehen würde. Sie machten sich keinerlei Gedanken darüber, wie realistisch das war. Im Verdrängen waren beide gut.

Leise liefen sie die Treppe runter ins Erdgeschoss und beratschlagten, was sie angesichts der Anschuldigungen gegen Ingo tun konnten. Da hörten sie, wie sich ein Schlüssel im Haustürschloss drehte. Stephan kam pfeifend zur Tür herein, in der linken Hand hielt er eine Reisetasche, über einer Schulter baumelte ein Rucksack. Als er ihn und Rolf sah, ließ er die Tasche fallen, und das Pfeifen erstarb.

»Was geht denn hier ab?«, fragte er eine Spur lauter als notwendig. »Wo ist meine Mutter?«

Claus registrierte die Verwunderung, aber vor allem die Furcht und das Misstrauen in den Augen des sonst so forschen Teenagers.

»Stephan, gut, dass du da bist«, sagte er und hoffte, dass ihm der Sohn seiner Nachbarin die gespielte gute Laune abnahm. Er gab Rolf ein Zeichen zu verschwinden. Der machte sich dankbar und schnell aus dem Staub. »Wie war der Urlaub?«

»Können Sie mir erst mal sagen, was hier los ist?« Stephan schaute sich im Zimmer um, als ob er etwas oder jemanden suchte. Vermutlich seine Mutter.

»Das mach ich. Ich wollte eh mal mit dir sprechen.«

»Worüber denn?« In Stephans Stimme wuchs das Misstrauen.

»Wie gefällt's dir eigentlich hier im Quartier?«

Stephans Blick sagte: Was soll der Scheiß? Alles an ihm war pure Abwehr.

Gedehnt und mit einem Schulterzucken antwortete er: »Ganz okay.«

»Und deiner Mutter? Wie gefällt's ihr? Was hast du für einen Eindruck?«

Man merkte ihm an, dass er auf diese Unterhaltung null Bock hatte, aber Claus ließ nicht locker.

»Alles wie immer, also zumindest war vor drei Wochen alles gut.« Und dann doch eine Spur ungehalten: »Warum fragen Sie das denn, und wo ist sie überhaupt?«

»Deine Mutter liegt oben und schläft. Sie hatte in den letzten Tagen ...«, Claus zögerte, »sie hat ein paar böse Erlebnisse gehabt.«

»Was denn für Erlebnisse?« Jetzt wurde Stephan doch hellhörig.

»Na ja, erst die Eier im Briefkasten und ...«

»Davon weiß ich gar nichts. Was für Eier?«

»... und dann die Kratzer am Auto.«

»Ach, die Kratzer, das ist doch nichts Neues.«

Nun war es an Claus, verwundert zu sein. »Wie, das ist nichts Neues? Wie meinst du das?«

»Das passiert immer mal wieder. Egal, wo wir bisher gewohnt haben, irgendwann hatte das Auto Kratzer. Ich kann gar nicht sagen, wie oft das schon neu lackiert worden ist.«

Arglos blickte Stephan ihn an, er hoffte wohl, dass das Thema damit beendet war.

Claus schwieg nachdenklich. Irgendwie passte hier nichts zusammen. Die Mutter, die mit ihren Strahleaugen und der zierlichen Figur jeden Retterinstinkt in Sekundenschnelle weckte, aber offenbar eine Menge dunkle Abgründe verheimlichte. Und der Junge, der ganz schön abgebrüht über so ungewöhnliche Dinge redete, als würden sie bei jeder Familie zum Alltag gehören. Er hatte keine Lust mehr auf diesen Wahnsinn und wollte einfach nur auf seine Couch. Doch erst musste er Stephan noch über die verschwundene Katze informieren.

»Und dann hab ich leider noch eine traurige Nachricht für dich. Euer Kater ist verschwunden. Deine Mutter vermisst ihn schon seit ein paar Tagen und ist untröstlich.«

Jetzt stöhnte Stephan leise auf, er fuhr sich mit der Hand durchs Haar. »Wen will sie denn damit verarschen?«

Wäre Claus nicht längst gewarnt gewesen, spätestens jetzt hätten bei ihm die Alarmglocken geschrillt.

»Was meinst du damit?«

»Ich versteh sie einfach nicht. Jeden Tag kommt sie mit was anderem. Bevor ich in die Ferien gefahren bin, hat sie mir erzählt, dass sie es nicht mehr erträgt, dass das Viech ständig tote Mäuse und Vögel ins Haus bringt. Deswegen hat sie's ins Tierheim gebracht. Und jetzt meldet sie's vermisst? Das macht mich echt wahnsinnig, dass sie nicht weiß, was sie will.«

Claus schaute nachdenklich auf den Fußboden. Sagte Stephan die Wahrheit? Dann hatte ihn Stephanie eben tränenreich angelogen. Oder war es andersherum?

Er wusste nicht mehr, was und vor allem wem er glauben

konnte. Wobei er nach zwanzig Jahren als Polizeibeamter feststellen musste, dass er emotional ungefestigten Frauen am allermeisten misstraute. Doch diese These würde er auf keinen Fall mit einem Teenager besprechen. Er hob den Blick und wollte sich endlich mit ein paar warmen Worten verabschieden, da kam ihm Stephan zuvor, und die Couch war ganz schnell vergessen.

»Mein Vater hat schon recht, wenn er sagt, dass sie ein bisschen irre ist.«

»Wie, dein Vater? Du kennst deinen Vater?«

Für diese Frage traf ihn ein zutiefst verwunderter Blick.

»Natürlich kenn ich meinen Vater. Was ist das denn für eine Frage? Wir haben zwar nie als Familie zusammengelebt, aber das ist auch besser so. Er ist ein bemitleidenswerter Loser. War wohl ein One-Night-Stand. Stephanie kannte ihn kaum. Aber klar kenn ich ihn, und in einem hat er echt recht: Meine Mutter ist völlig durchgeknallt.«


»Genauso hat er das gesagt. Dass er seinen Vater kenne und dass der der Meinung sei, Stephanie sei total durchgeknallt.«

Rolf konnte nicht glauben, was ihm Claus erzählte. Sein Nachbar saß ihm an dem kleinen Bistrotisch in der Küche gegenüber und erzählte bereits zum dritten Mal, was er im Gespräch mit Stephan erfahren hatte. Der kurze Weg von Stephanies Haus zu ihm hatte offenbar nicht ausgereicht, um seine Gedanken zu ordnen. Das versuchten sie nun gemeinsam.

»Wir müssen mit Ingo reden. Herausfinden, was da wirklich war. Stell dir mal vor, wenn das alles erstunken und erlogen ist von ihr. Dann müssen wir uns bei Ingo entschuldigen.«

Rolf war es entsetzlich peinlich, dass er Stephanies Geschichte geglaubt und Ingos Charakterstärke angezweifelt hatte. *Wem kann man denn überhaupt noch vertrauen? Überall Lügner und Betrüger, die anderen was vormachen. Und sich selbst auch.*

*Überall Handlungsreisende. In was für einer Welt leben wir eigentlich?*

»Mach dich nicht verrückt, wir biegen das mit Ingo schon wieder hin. Vielleicht weiß er gar nicht, dass wir das alles wissen.« Claus kam mit dem Geschehenen offenbar besser zurecht. Kein Wunder, er hatte tagtäglich mit Betrügern zu tun. Als ob er seine Gedanken hätte hören können, fuhr er fort: »Ich dachte, ich hätte in meinem Job schon alles gesehen und würde mich von niemandem mehr täuschen lassen. Man lernt wirklich nie aus.« Er stand auf und schlug ihm freundschaftlich auf die Schulter. »Sorry, Rolf, ich hab Nachtschicht und muss mich vorher noch schnell aufs Ohr hauen, sonst steh ich den Dienst nicht durch.«

Rolf blieb mit tiefschwarzen Gedanken in der Küche sitzen. Es ging nicht nur um seine Nachbarin. Seit dem Theaterbesuch und dem anschließenden Gespräch mit Claudia über die Motive des Handlungsreisenden sinnierte er darüber, wie sehr er selbst vorgab, etwas zu sein, das er nicht war. Wie sehr er sich selbst verleugnete, um von anderen anerkannt und geliebt zu werden. Und wie unglücklich ihn das zunehmend machte. Er schätzte Werte wie Ehrlichkeit, Geradlinigkeit und Großzügigkeit. Und doch hatte er sich von seinen eigenen Leitlinien immer weiter entfernt.

Rolf hob den Kopf und blickte sich in seinem japanisch angehauchten Wohnzimmer um. So schön eingerichtet, und doch wurde hier nie gefeiert, gelacht oder gelebt. Weil er immer Angst hatte, dass sein Geheimnis gelüftet würde. Es wurde Zeit, etwas zu ändern. Er wollte nicht länger ein Willy Loman sein, er wollte seine Nachbarn und Freunde nicht weiterhin anlügen und enttäuschen, wie Stephanie es getan hatte. Er wollte für das geliebt werden, was er war.

Entschlossen stand er auf und ging zum Telefon. Gute Vorsätze setzte er am besten so schnell wie möglich um, denn sie verkümmerten bei ihm gerne auf halber Strecke. Sein Vater musste zuerst Bescheid wissen, er war die größte Hürde. Hätte er die schon genommen, wäre alles andere ein Spaziergang.

Es klingelte am anderen Ende. Einmal. Zweimal. Ein drittes Mal. Er wurde unruhig. Eigentlich saß sein Vater doch den ganzen Tag direkt neben dem verdammten Gerät. Er drückte die rote Taste und dann auf Wahlwiederholung. Doch sein Vater nahm auch diesmal nicht ab. Er blickte auf die Uhr. Um diese Zeit war kein Pfleger bei ihm, also warum ging er nicht ran? Kurz entschlossen schnappte er sich seinen Autoschlüssel und fuhr los.

# Selbst ist die Frau

Hand in Hand bummelten sie durchs Viertel. Ein verliebtes Paar, das den herrlichen Sommerabend bei einem Spaziergang ausklingen ließ, hätte man denken können. Es sah romantisch aus. Und es hätte tatsächlich romantisch sein können, wenn Miriam gewusst hätte, was Christoph vorhatte. Er hatte sie, nachdem ihr Kleiner müde vom Tag eingeschlafen war, zu diesem Spaziergang überredet. Er habe eine Überraschung für sie. Das hatte sie sofort misstrauisch gemacht. Grundsätzlich mochte sie Überraschungen sehr, aber die mit der verschwundenen Pillenpackung reichte ihr fürs Erste. So lief sie schweigsam neben ihrem Mann her, dem das gar nicht auffiel, weil er ununterbrochen sprach. Sie schlenderten durch Straßen, deren Häuser mit den netten Vorgärten klein waren. Je weiter sie gingen, desto größer wurden die Häuser und die Gärten. Vor einem blieb Christoph stehen. Man sah nicht viel außer einem überdimensionierten schwarzen Garagentor. An der Klingel standen nur zwei Buchstaben. HW. Wer immer das sein mochte.

»Was glaubst du, wer wohnt da?« Christoph wirkte hibbelig wie ihr kleiner Sohn, wenn es in den Urlaub ging.

»Keine Ahnung. Sollte ich das wissen?«

»Willst du mal sehen, wie es hinter dem Zaun aussieht?«

Miriam dämmerte es. Er wollte sich offenbar mit aller Macht vergrößern, und hier hatte er zumindest schon mal das Haus dazu gefunden. Sie stierte auf das Garagentor, das allein durch seine Größe signalisierte: Hier wohnen Menschen mit viel Geld. Dazu musste sie nicht einmal den Inhalt sehen. Hinter diesem

Tor stand mindestens ein Porsche, das war klar. Hier wollte sie auf keinen Fall wohnen. Hier hätte sie immer nur Angst, dass irgendein Durchgeknallter glauben könnte, es wäre etwas zu holen. Geld, Schmuck, Gemälde oder noch schlimmer, ein Kind, für das man Lösegeld erpressen könnte. Sie mochte ihr Zuhause, auch weil es ihr in all der Enge Schutz bot, wenn Christoph wieder einmal auf Geschäftsreise war.

»Also, wollen wir es uns ansehen?«, fragte er schmeichelnd.

Ihr lagen einige Antworten auf der Zunge, aber sie schluckte sie herunter. Sie wollte ihn nicht gleich gegen sich aufbringen.

»Geht das denn so einfach?«

Auf diese Frage hatte er offenbar gewartet, denn er holte mit einer großen Geste einen Schlüsselbund aus seiner Hosentasche. Es kam ihr so vor, als wüchse er ein Stückchen, dabei plusterte er sich nur auf.

»So einfach geht das natürlich nicht, aber ich mache es möglich.« Er klimperte mit den Schlüsseln vor ihrem Gesicht. »Wollen wir eine kleine Besichtigungstour machen?«

Er wartete ihre Antwort gar nicht ab, sondern schloss bereits das schlichte, edle Stahltor auf. Dahinter führte ein gepflegter Weg zu einem zweigeschossigen Haus, das auf den ersten Blick nur aus riesigen Fensterscheiben bestand.

»Wohnt denn hier keiner?«

»Nein, die vorherigen Besitzer sind schon ausgezogen. Wir haben also freie Bahn.« Sein Grinsen drückte so viel Stolz aus, als hätte er das Haus selbst geplant und mit eigenen Händen gebaut. Er führte sie von Zimmer zu Zimmer, die allesamt groß, lichtdurchflutet und einladend waren. Der Höhepunkt war der Pool im Souterrain. Die letzten Sonnenstrahlen zwängten sich durch das schmale Fensterband, das die gesamte Breite einer Wand einnahm. Das Licht reflektierte geheimnisvoll auf dem Wasser. Es war unwirklich schön. Eigentlich hätte sie vor Freude in den Pool springen müssen. Da stand sie im beeindruckendsten Haus des ganzen Viertels, und ihr Mann wartete nur darauf, ein »Ja, kauf es!« von ihr zu hören. Aber sie konnte sich nicht freuen. Und das merkte er. »Was ist denn los?« Er wirkte beleidigt. »Gefällt dir das Haus etwa nicht?«

»Natürlich gefällt es mir. Es ist der Wahnsinn.«

»Also kaufen wir es.« Es war keine Frage.

»Ich finde nicht, dass wir das tun sollten.«

»Und warum nicht?«

Sie zögerte. Würde er Verständnis für ihre Argumente haben? »Es ist nicht der richtige Zeitpunkt. Freddie hat seine Freunde im Quartier, und unsere Freunde brauchen uns jetzt auch dringend.« Sie standen am Rand des Pools und blickten auf das hellblaue Wasser. Sie trat einen Schritt an seine Seite und umarmte ihn. »Verstehst du das?«

Er legte einen Arm um ihre Taille, schaute aber weiter aufs Wasser. Bockig wie ein Kind, das ein Spielzeug nicht bekam.

»Ach was, Freddies Freunde können zu uns kommen. Du wirst sehen, wir werden sie gar nicht mehr loskriegen, wenn sie erst mal den Pool entdeckt haben. Und die Sache mit Robert wird sich auch wieder einrenken.«

»Hast du was gehört? Was sagen denn die Anwälte?«

»Die sind dran. Ich informier dich, sobald ich was erfahre.« Er wandte sich ihr zu und zog sie an sich. Sein Mund hauchte Küsse auf ihre Wange. »Stell dir doch nur mal vor«, raunte er ihr ins Ohr, »was wir hier für ein geiles Leben führen könnten. Endlich genügend Platz. Du hättest sogar die Möglichkeit, dir einen Raum nur für dein Yogatraining einzurichten. Dann machst du selbst eine Yogalehrerausbildung und gibst hier Kurse. Einzelstunden für reiche Frauen.«

Er schob sie ein Stück von sich weg und lachte sie an. Und wieder waren ihr Kopf und ihr Bauch nicht einer Meinung.

Diesmal stimmte der Kopf zu, aber der Bauch war dagegen. Dieses Haus fühlte sich nicht richtig an, egal wie toll es war.

»Wir müssen ja nicht gleich das erste Haus nehmen. Wir können uns doch noch andere ansehen, oder?«

»Dir gefällt es also nicht?« Er wirkte enttäuscht.

»Doch, aber ...«

»Na, wenn es dir gefällt, ist doch alles gut.«

»Aber es ist bestimmt wahnsinnig teuer. Können wir uns das überhaupt leisten?«

Auch auf diese Frage hatte er anscheinend gewartet. Er strahlte über das ganze Gesicht.

»Ach, mein kleiner Schatz«, er zog sie erneut an sich und knuddelte sie wie einen Welpen, »darum machst du dir Sorgen? Das musst du nicht. Die Bank hat ihr Okay gegeben, es ist alles schon unterschrieben und bezahlt. Wir könnten theoretisch morgen einziehen.« Noch während er sprach, wurde sie ganz steif in seinen Armen. Irritiert ließ er sie los. »Freust du dich gar nicht?«

Sie war zu wütend, zu geschockt, zu sprachlos, um eine adäquate Antwort zu finden. So reagierte sie instinktiv. Sie nahm all ihre Kraft zusammen und stieß ihn Richtung Pool. Er strauchelte, riss die Arme hoch, griff in die Luft, doch da war nirgendwo Halt zu finden, und so fiel er mit einem lauten Platsch ins Wasser.

Wortlos drehte sie sich um und rauschte davon.

Es herrschte Burgfrieden im Haus Nummer 39. Miriam und Christoph gingen freundlich miteinander um, man wähnte sich gegenseitig in dem Glauben, alles sei gut.

»Ich hab heute noch mal mit den Küchenbauern gesprochen. Es gibt leider erneut Verzögerungen.« Sie klemmte das kabellose Telefon unters Kinn, weil sie nebenbei in der Küche hantierte.

Sie hatte gebacken, eine Raffaello-Torte ganz in Weiß, weil das Wetter immer noch war wie in der Werbung für die kleinen Kokoskugeln: heiß wie auf den Bahamas. »Nein, es wird auch nichts nützen, wenn du mit ihnen sprichst, die Küchenschränke kommen dann nicht schneller.« Sie lauschte ins Telefon. Christoph war extrem genervt, dass sich der Einzug ins neue Haus Woche um Woche verzögerte. Aber er wollte ihr auch keinen ihrer Sonderwünsche abschlagen. Sie musste grinsen. Wie gut, dass er sie nicht sehen konnte. »So was dauert. Weißt du doch. Jetzt bring mal deine Geschäftstour erfolgreich zu Ende, und wenn du aus den USA zurückkommst, sind wir bestimmt schon etliche Schritte weiter.«

Sie verabschiedete sich von ihm und packte das Kunstwerk aus Sahne und Teig ein. Selma und Robert warteten auf sie. In letzter Zeit besuchte sie die beiden häufiger. Immer hatte sie etwas zu essen dabei. Sie hoffte, damit die Stimmung aufhellen zu können, die im Haus Nummer 47 mehr als trüb war. Die Situation hatte ihre Beziehung verändert. Robert und sie waren auseinandergedriftet, ohne dass sie das gewollt hatten. Seit Wochen hatten sie sich nicht allein getroffen. Dafür hatte sich das Band zwischen Robert, Selma und ihr verfestigt. Es war fast so wie früher. Als Robert und sie noch nichts miteinander gehabt hatten.

»Ich hab heute mit meinem Chef telefoniert«, erklärte Robert gleich nachdem er sie begrüßt hatte. »Er meint, er glaubt mir, dass ich nichts mit dem Mädchen hatte. Dennoch wird er mich beurlauben müssen, wenn das Thema nicht geklärt ist, bis ich wieder gesund bin.«

Den Spezialverband musste er mittlerweile nicht mehr tragen, aber er konnte immer noch nicht arbeiten. Als Teamleiter der Physiotherapeuten einer Rehaklinik saß er zwar viel am Schreibtisch, aber es kam auch immer wieder vor, dass er mit

Patienten arbeitete. Und das ging mit gebrochenen Rippen nicht.

»Und Christophs Anwälte? Was sagen die?«

»Die vertrösten mich. Ich bin mir ehrlich gesagt gar nicht sicher, ob die überhaupt was tun.«

Sie begrüßte die Kids, die an ihr vorbeiflitzten – ihr Sohn tobte schon den ganzen Tag mit seinen Freunden herum –, und ging zusammen mit Robert in den Garten. Dort hatte Selma den Kaffeetisch gedeckt. Sie setzten sich dazu. Die Stimmung war gedämpft, da konnte auch die süße Torte nichts mehr retten.

»Dann müssen wir eben was tun.«

Miriam richtete sich auf. Sie sah ihren Freunden die Hoffnungslosigkeit an. Da war keine Energie fürs Kämpfen. Die Kraft reichte gerade aus, um den Alltag zu bewältigen. Es stand Aussage gegen Aussage. Das Verfahren würde sich hinziehen, weil die Richter überlastet waren und außerdem Sommerpause war. Währenddessen wurde Robert in seiner Firma geächtet.

»Was können wir denn tun?« Selma wirkte unendlich müde. Die Sorgen um ihre Zukunft und die schlaflosen Nächte neben ihrem ruhelosen Ehemann nagten an ihr. »Robert braucht den Job, wir haben das Haus abzuzahlen und überhaupt keine Rücklagen. Bei uns ist das anders als bei euch.«

»Ich weiß.«

Eigentlich hatte Christoph versprochen, sich um die Angelegenheit zu kümmern. Tat er aber nicht. So musste sie es wohl in die Hand nehmen.

# Himmelhoch jauchzend, zu Tode betrübt

Es wurde höchste Zeit, dass sie sich darum kümmerte. Den Teppich hochheben und nachsehen, was sie in den vergangenen Jahrzehnten alles daruntergekehrt hatte. Sie freute sich nicht darauf, aber es musste sein. Das hatte sie in diesen verdammten Sommerwochen einsehen müssen. Sie hatte auch keine Kraft mehr, José und Claudia, die immer häufiger insistierten, etwas entgegenzusetzen. Der Tag der Wahrheit war da.

Es war wieder einmal der erste Dienstag im Monat, und bald war Herbst, aber von Abkühlung keine Spur. Ein paarmal hatte es diese unangenehmen Sommergewitter gegeben, die viel zu viel Regen auf einmal brachten, aber nicht nachhaltig für Besserung sorgten. Das heftige Donnergrollen erinnerte Maria an die Besuche des Nikolauses in ihrer Kindheit: Beide polterten los, dass man Angst bekam, doch am Ende geschah nichts Schlimmes.

Maria hätte wie an jedem ersten Dienstag im Monat noch ein wenig liegen bleiben können, doch die innere Anspannung war zu groß. Sie griff zur Fernbedienung, ließ die Jalousien per Knopfdruck nach oben fahren, doch diesmal hatte sie keinen Blick für die blühende Schönheit in ihrem Garten. Schnell tauschte sie ihr Nachthemd gegen einen Sport-BH und eine Radlerhose und ging ins Arbeitszimmer. Sie öffnete die bodentiefen Fenster, zog Sportschuhe an und setzte sich auf ihr Peloton Bike, das neben dem Schreibtisch stand. Hier hatte sie sogar

227

mit gebrochener Schulter trainiert. So lange, bis der Hörsturz sie außer Gefecht gesetzt hatte. Mittlerweile ging es ihr deutlich besser, zumindest körperlich. Die Seele brauchte noch ein Update, aber darum würde sie sich im Laufe des Vormittags kümmern.

Sie gab ihr Trainingsziel auf dem großen Bildschirm ein und begann zu strampeln. Je gleichmäßiger die Füße im Kreis traten, desto ruhiger wurde es in ihrem Kopf. Maria wunderte sich immer wieder darüber, dass nicht nur der Kopf den Körper steuern konnte, sondern dass es auch andersherum funktionierte. Nach einer Stunde Training war sie von oben bis unten nassgeschwitzt, aber mental einigermaßen gewappnet für das, was sie vorhatte.

Nachdem sie geduscht hatte, ging sie ins Schlafzimmer und öffnete alle Türen ihres Kleiderschranks. Sollte sie für diesen Tag etwas Besonderes anziehen? Mal keine helle Bluse und eine dunkelblaue Hose oder einen schlichten Rock, sondern vielleicht das bunte Sommerkleid, das sie einige Tage zuvor im Sommerschlussverkauf erstanden hatte, als sichtbares Zeichen dafür, dass sie etwas verändern wollte? Wobei zu diesem Tag ein schwarzer Hosenanzug deutlich besser gepasst hätte.

Sie blickte unentschlossen auf die farblich sortierten Kleidungsstücke, als José ins Zimmer kam und sie von hinten umarmte. Er hielt sie fest, knabberte an ihrem Ohrläppchen und machte dabei leise, schmatzende Geräusche. Er wusste, dass er sie damit zum Lachen bringen konnte, und tatsächlich kicherte Maria los. Sie drehte sich in seinen Armen um ihre Achse und blickte ihn liebevoll an.

»Du bist ja noch da«, bemerkte sie erfreut.

»Glaubst du, ich gehe an einem so wichtigen Tag ohne Verabschiedung?« Er zog sie fester an sich. »Bist du sicher, dass ich nicht mitkommen soll? Es ist kein Problem für mich, ich muss nur kurz in der Apotheke Bescheid sagen.«

Sie schüttelte den Kopf. »Nein, es ist okay. Claudia kommt mit. Gott sei Dank.«

Sie sah ihn ernst an. Es graute ihr vor den nächsten Stunden, aber sie wusste, sie musste da durch. In den vergangenen Wochen hatte sie sehr viel mit Claudia über die ungebetenen Besuche der grauen Gespenster gesprochen. Sie hatte großes Vertrauen zu ihr gefasst, nachdem die Freundin sich nach ihrem Zusammenbruch rührend um sie gekümmert hatte, bis José von seiner Tagung zurückgekommen war. Es war wie ein Geschenk für sie gewesen, dass Claudia wusste, welche Fragen sie stellen musste, und dann zuhören konnte. Unendlich lange hatte sie zugehört, doch Maria hatte die eigentliche Katze nicht aus dem Sack gelassen. Bis jetzt. Jetzt erst war sie so weit, der nackten Wahrheit ins Gesicht zu sehen und Claudia – und sich selbst – mit ihrer Vergangenheit zu konfrontieren. Kein Wunder, dass sie nervös war.

»Na gut«, sagte er sanft, »dann helfe ich dir zumindest bei der wichtigen Frage der Kleiderwahl. Denn ich sehe«, und dabei machte er eine raumgreifende Geste, die sie und den geöffneten Kleiderschrank einschloss, »du hast nichts anzuziehen.«

Maria versuchte auf den lockeren Tonfall einzugehen. »Du hast wie immer mein Problem erkannt, mein Schatz.« Sie stellte sich auf die Zehenspitzen und gab ihm einen schnellen Kuss. »Also, was rätst du mir?«

»Zieh deine blaue Leinenhose an und mein gestreiftes Hemd. Das steht dir zum einen sehr gut, zum anderen bin ich dann ganz nah bei dir. Nimm es als Schutzschild.« Er küsste sie liebevoll zurück. »Und wenn du es dir doch anders überlegst, ruf an. Ich kann jederzeit kommen.«

Nachdem José gegangen war, versuchte sie zu frühstücken und die Zeitung zu lesen, aber sie war zu aufgeregt, um mehr als eine Tasse Kaffee herunterzubekommen oder um sich auf die Inhalte der Tageszeitung zu konzentrieren. Als sie genug Zeit mit sinnlosem Aufräumen verbummelt hatte, nahm sie ihre Tasche und den Autoschlüssel und verließ ihr Zuhause. Wie gerne wäre sie zusammen mit Claudia gefahren. Doch die war leider bereits unterwegs. Sie hatte schon Wochen zuvor einen Termin bei ihrer Frauenärztin ausgemacht und wollte ihn nicht verschieben. Sie würde von dort zum Treffpunkt kommen. Ihre Freundin hatte nur ein paar Tage bei ihr im Haus gewohnt. Dann waren José von der Tagung und Emil aus dem Sportcamp wiedergekommen, und sie war in ihr eigenes Haus zurückgekehrt. Frank war glücklicherweise zu einem längeren Auslandseinsatz gerufen worden.

Als sie vor dem großen Haus auf einen der vielen Besucherparkplätze fuhr, hätte sie nicht sagen können, wie sie dorthin gekommen war. Sie verschloss ihren Wagen und lief gemäßigten Schrittes Richtung Eingang. Sie war zu früh dran und beschloss, drinnen zu warten. Bereits zu dieser frühen Vormittagsstunde war es unerträglich schwül. Die großen Glastüren glitten bei ihrem Näherkommen lautlos zur Seite, sie betrat ein beeindruckendes Foyer, in dessen Mitte eine geschwungene Freitreppe zu den oberen Etagen führte. In einer Ecke stand ein schwarzer Flügel, darüber hing ein riesiger Kristalllüster, der trotz der Helligkeit, die durch die vielen Fenster hereinkam, brannte. Auf den zahlreichen Biedermeierstühlen und -sofas saßen Menschen, die sie neugierig beäugten.

Maria nickte kurz in die Runde und nahm auf einem der Stühle Platz. Das Gemurmel der Bewohner brach nicht ab, es war ein stetiges Grundrauschen wie am Meer oder in der Nähe einer Autobahn. Sie schaute auf das Blümchenmuster des hellrosa Teppichs. Je länger sie darauf blickte, desto mehr fielen ihr die unzähligen Flecken und verschlissenen Stellen auf. So wie das ganze Foyer nur auf den ersten Blick feudal wirkte, auf den zweiten entdeckte man, dass es deutlich in die Jahre gekommen war. Noch konnten flüchtige Besucher getäuscht werden, aber dem aufmerksamen Beobachter blieb es nicht verborgen, dass die alte Pracht und Herrlichkeit an allen Ecken bröckelten. Das Gleiche galt für die Sitzenden. Oder waren es Wartende? Auch sie hatten die beste Zeit ihres Lebens hinter sich.

Die gläsernen Türen öffneten sich. Mit zögerlichen Schritten und sich umschauend, als wäre sie an der falschen Adresse, kam Claudia in die Halle. Maria sprang auf und lief ihr die wenigen Meter entgegen.

»Ich bin so froh, dass du kommst«, begrüßte sie sie erleichtert.

»Hier wohnt deine Mutter?« Sie schaute sich erneut um. »Das hatte ich mir irgendwie anders vorgestellt.«

»Ich weiß. Nur vergiss bitte all die Geschichten, die ich jemals über meine Mutter erzählt habe.« Sie trat an sie heran und nahm impulsiv ihre Hand. »Ich bin nicht gut darin, andere hinter die Kulissen schauen zu lassen. Da gibt es so viel, das ich selbst nicht sehen möchte. Außer mit José hab ich noch nie mit jemandem darüber gesprochen, aber du hast mir die Augen geöffnet und mir klargemacht, welche Folgen das haben kann. Deshalb nimm es mir nicht übel, dass ich nicht die Wahrheit gesagt habe. Ich war mir selbst gegenüber genauso wenig ehrlich.«

Claudia hatte Maria noch nie so emotional erlebt. Um sich nicht gleich von Anfang an von Gefühlen wegschwemmen zu lassen, antwortete sie bewusst forsch: »Dann lass uns mal loslegen.« Wem sie damit Mut zusprechen wollte, wusste sie selbst nicht so genau.

Maria nickte kurz und ging voran in den ersten Stock. Schweigend passierten sie diverse Türen, bis sie an eine kamen, auf der in goldenen Lettern *104* stand. Maria klopfte einmal leise an und drückte dann, ohne abzuwarten, ob sie hineingerufen würde, die Klinke. Sie betrat das Appartement und stand direkt vor einer winzigen Küchenzeile, presste sich daran, damit Claudia an ihr vorbeigehen konnte, und schloss die Tür.

»Bitte nimm Platz«, sagte sie und lief mit wenigen Schritten an dem runden Esstisch mitten in dem kleinen Raum vorbei zu einem Bett, das passgenau in einer Ecke stand. Es war ein typisches Krankenhausbett mit einem Triangel zum Aufrichten, daran baumelnd ein Notrufknopf. Maria beugte sich über die Frau, die darin lag. »Hallo«, flüsterte sie, »hallo, Mami, bist du wach?«

Die Frau rührte sich nicht. Ihr Gesicht war klein und schrumpelig – das Leben hatte seine Spuren hinterlassen. Maria zog sich einen Stuhl ans Bett, setzte sich und legte ihre Hände um die faltige Hand der Mutter. Die Berührung schien sie geweckt zu haben, denn sie blinzelte, öffnete die Augen, schloss sie aber sofort wieder.

Claudia schaute sich befangen um. Das Appartement war klein, die Küche ging direkt ins Wohnschlafzimmer über, nur das Badezimmer war ein separater Raum. Die Möbel waren geschmackvoll, aber offenbar alle schon lange in Gebrauch. Nach Marias Erzählungen hatte sie angenommen, deren Mutter sei eine vermögende Frau, mit der sie jeden ersten Dienstag im Monat shoppen und exklusiv essen ging. Doch wenn sie genau darüber nachdachte, konnte sie sich nicht an Einzelheiten erinnern. Vielleicht hab ich auch mehr reininterpretiert, als Maria erzählt hat, dachte sie. Vielleicht hat eine reiche Mutter besser zum Bild der wohlhabenden, erfolgreichen Juristin gepasst als eine arme.

Sie musste an das *Vier-Seiten-Modell* von Friedemann Schulz von Thun denken, das in der Kommunikationspsychologie genutzt wurde, um die verschiedenen Aspekte einer Nachricht zu beschreiben. So konnte ein und derselbe Satz ganz unterschiedlich aufgefasst werden. Je nach Empfänger. Claudia als Empfängerin wollte jedenfalls nicht ausschließen, dass sie Marias Aussagen mit dem falschen Ohr aufgenommen hatte.

»Wollen wir anfangen?«

Marias Frage schreckte sie aus ihren Gedanken. Sie nickte. Schnell holte sie aus ihrer Tasche Block und Stift, setzte sich aufrecht hin und war nun ganz Therapeutin.

»Warum sind wir heute hier?«

Maria drehte sich von ihrer Mutter weg, ohne ihre Hand loszulassen. Sie blickte nicht zu Claudia, die ihr die Frage gestellt hatte, sondern zum großen Fenster hinaus, als ob sie dort die Antwort finden könnte. Doch da gab es außer ein paar Bäumen mit schon sehr vertrockneten Blättern und einer tristen Hauswand nicht viel zu sehen.

»Ich will dir heute eine Geschichte erzählen, die ich außer mit José noch mit niemandem geteilt habe.« Maria dachte an ihren Mann. Ihm hatte sie diesen schlimmsten Tag ihres Lebens bereits in den ersten Wochen ihres Kennenlernens anvertraut. Er hatte die Traurigkeit in ihren Augen gesehen und nachgefragt. »Ich hatte dir, glaube ich, mal erzählt, dass mein Vater schon lange tot ist. Das kann ich selbst nur schwer begreifen, denn ich hab ihn bis heute so lebendig vor Augen. Wenn ich an ihn denke, dann sehe ich ihn lachend oder singend durch die Wohnung laufen. Oft hat er mich auf die Schultern genommen und für mich das Pferdchen gespielt. Dabei ist er durch die Zimmer gehüpft, als wäre er noch ganz jung.« Um Marias Mund legte sich ein feines Lächeln, sie konnte die Freude von damals immer noch spüren. »Und wenn er in seinem Atelier stand und arbeitete, durfte ich ihn jederzeit unterbrechen. Dann erklärte er mir, woran er gerade zeichnete und warum er die Perspektive so und nicht anders gewählt hatte. Immer hat er wissen wollen, wie es mir gefällt. Ich hab natürlich alles ganz großartig gefunden. Heute frage ich mich, ob er an einer Zeichnung wohl etwas geändert hätte, wenn ich ihn mal kritisiert hätte.« Sie blickte kurz zu Claudia, die sie aufmerksam beobachtete, versank aber gleich wieder in ihren Erinnerungen. »Das waren die innigsten Stunden, wenn ich mit ihm an seinem Maltisch sitzen durfte. Er hat mir stets Papier und Stift rübergeschoben, und so zeichneten wir beide im Einklang. Er war ein begnadeter Künstler, konnte Tiere mit dem Bleistift aufs Papier bringen, dass man dachte, es wäre eine Schwarz-Weiß-Fotografie. Er hat mit einer Geduld und Leidenschaft gearbeitet, die ich nie wieder bei jemandem beobachten konnte. Und ständig vor sich hin gesummt. Es waren fröhliche Melodien. Viel später hab ich erfahren, dass es meistens italienische Arien und Lieder waren. Kein Mensch konnte zufriedener und ausgeglichener, ich würde sogar sagen glücklicher sein als mein Vater, wenn er arbeitete.«

Versonnen blickte Maria in die Ferne und begann zu summen. Ein altes Lied aus den Fünfzigerjahren des letzten Jahrhunderts. *That's amore.* Dean Martin hatte es gesungen und dabei *amore* immer sehr amerikanisch ausgesprochen. Plötzlich mischte sich die Stimme ihrer Mutter in die Melodie – leise und bruchstückhaft. Sie summte mit. Maria verstummte erstaunt und blickte sie an. Mit geschlossenen Augen lag die gebrechliche Frau in ihrem Bett, zwei weitere Takte flatterten kraftlos von ihren Lippen und verhallten auf halber Strecke.

Maria wandte den Kopf zur Seite und blinzelte heftig. Da suchten Tränen ihren Weg, die sie unbedingt wegklimpern wollte. Es gelang nicht ganz, ein paar hatten es geschafft und rannen ihr die Wangen hinunter. Sie räusperte sich, wandte sich wieder ihrer Mutter zu und erzählte mit brüchiger Stimme weiter.

»Mein Vater war Spanier, er hatte das überschäumende Temperament der Südeuropäer. José gleicht ihm in gewisser Weise.«

»Welche Rolle hat denn deine Mutter in deiner Kindheit gespielt?«

»Tja«, erwiderte sie lang gezogen, über diese Frage musste sie erst nachdenken. »Sie war das Problem.« Stille. »Vielleicht war aber auch eher mein Vater das Problem.« Lange Stille. »Nein, eigentlich war ich das Problem.«

Es klopfte energisch an die Tür, und eine Pflegerin platzte ins Zimmer. Auch sie hatte nicht gewartet, ob sie hereingerufen werden würde. Das schien in diesem Haus unüblich zu sein. Als sie Maria und Claudia sah, bremste sie ihren Schritt, entschuldigte sich freundlich für den Überfall, meinte, sie käme später wieder, drehte auf dem Absatz um und verschwand.

Maria sah Claudia Hilfe suchend an. Sie hatte den Faden verloren und fahndete nun nach dem Punkt, an dem sie wieder anknüpfen konnte. Claudia half ihr.

»Inwiefern war deine Mutter das Problem?«

»Meine Mutter, mein Vater und ich hatten irgendwie immer schon eine schwierige Dreiecksbeziehung.«

»Eine Dreiecksbeziehung?« Claudia versuchte ihre Irritation zu verbergen, aber das gelang ihr schlecht. »Du warst aber doch ein Kind.«

»Ich meine keine sexuelle Dreiecksbeziehung, aber eben auch keine normale Vater-Mutter-Kind-Beziehung, in der jeder jeden so liebt, wie es sein sollte. Mein Vater liebte meine Mutter und mich. Überschwänglich, eifersüchtig und besitzergreifend. Meine Mutter liebte vor allem meinen Vater und ich eben auch. Damit waren wir sehr schnell Konkurrentinnen.«

»Wie drückte sich diese Konkurrenz denn aus?«

»Meine Mutter war viel jünger als mein Vater und sehr hübsch. Das reichte meinem Vater, um auf alles und jeden eifersüchtig zu sein. Sogar auf den Hausmeister. Der hatte meiner Mutter einmal geholfen, als der Strom plötzlich weg und mein Vater nicht zu Hause war. Als er dann kam und den Hausmeister in der Wohnung antraf, lief er Amok. Meine Mutter kannte das ja schon, aber der arme Hausmeister wusste gar nicht, wie ihm geschah. Er wagte es nie wieder, unsere Wohnung zu betreten. Dabei war mein Vater ohne jeden Grund eifersüchtig, meine Mutter hätte niemals etwas mit einem anderen Mann angefangen. Dafür hat sie ihn viel zu sehr geliebt.« Maria blickte erneut durch das Fenster in die Ferne.

»Und wie hat sich die Konkurrenz zwischen dir und deiner Mutter ausgedrückt?«

Claudia war es als Nachbarin peinlich, an dieser Stelle nachzufragen, aber als Therapeutin musste sie mehr Einzelheiten erfahren, um die Situation richtig beurteilen zu können. Doch Maria hatte sie offenbar gar nicht gehört. Sie redete weiter, als wäre sie gerade auf einem anderen Stern, auf dem sie weder Fragen noch sonst etwas erreichten.

»Vielleicht war aber tatsächlich nicht meine Mutter das Problem, sondern vor allem mein Vater.« Ihr Blick war weiterhin irgendwo ins Universum gerichtet.

Claudia musste an die unzähligen Arztserien denken, die sie früher gern geschaut hatte. In jeder zweiten Folge war der Satz »Wir haben sie verloren« gefallen. Sie hatte das Gefühl, Maria verloren zu haben. Und sie selbst fühlte sich auch *lost*, wie Kerstin immer sagte. Eine Therapeutin, die noch keine Zulassung hatte, die gerade erst das Studium beendet hatte, konfrontiert mit einem Fall, der selbst gestandene Psychotherapeuten herausgefordert hätte. Doch sollte sie an dieser Stelle abbrechen? Nein! Deswegen stellte sie forsch die nächste Frage.

»Dein Vater also, aber das hat sich doch eben alles so lebendig und positiv angehört.«

»Mein Vater war auch lebendig und positiv. Das war allerdings nur eine seiner Seiten, er hatte leider noch eine andere. Er war oft hochgradig gereizt, konnte kaum arbeiten, war einfach unerträglich …« Maria erzählte langsam, mit vielen Pausen, so als ob sie im Zeitlupentempo eine Rutschbahn in die Vergangenheit nehmen würde. »Erst viel später erfuhren wir, dass er manisch-depressiv war, aber damals hatten wir keine Ahnung davon. Wir nahmen seine Stimmungsschwankungen einfach so hin. Na ja, wir litten darunter, aber wir wussten nicht, was wir dagegen tun sollten.« Sie entzog ihrer Mutter ihre Hand, schüttelte sie, als ob die Durchblutung nicht funktionierte, und legte sie zurück. Dabei wirkte sie geistig weiter völlig abwesend. »Ich wusste morgens, wenn ich aufwachte, nie, was mich erwartete. War es der strahlende, liebende Vater, der voller Empathie Frühstück machte und danach pfeifend ins Atelier ging? Oder war es der depressive Vater, der unter der Last seines geringen Einkommens und des Lebens überhaupt furchtbar litt.«

»Du hattest mal angedeutet, dein Vater sei kein erfolgreicher Künstler gewesen, richtig?«

»Erfolg, was ist schon Erfolg?« Maria betonte das Wort, als wäre es etwas Verächtliches. Dabei verzog sie ihren Mund zu einem spöttischen, bösen Lächeln. »Kann man von Erfolg reden, wenn einer zeichnen kann wie da Vinci? Also sehr talentiert ist, aber die feinen Kunstwerke keinen interessieren in einer Zeit, in der jemand mit einfachen Umrissen von Figuren, die er bunt ausmalt, berühmt und reich wird?« Sie schaute Claudia fragend an. »Kann man von Erfolg reden, wenn man für die schönsten Zeichnungen, an denen man tagelang gearbeitet hat, einen Hungerlohn erhält? Und von sogenannten Kunstkritikern, die es ach so gut mit einem meinen, wohlwollend Jobs in der Volkshochschule vermittelt bekommt? Wenn du es genau wissen willst«, und jetzt wurde Marias Stimme hart wie ungebürsteter Stahl, »nein, er war nicht erfolgreich, er konnte seine Familie nicht ernähren, worunter er extrem gelitten hat. Wir haben vom Einkommen meiner Mutter gelebt. Auch deswegen war er wahnsinnig eifersüchtig.«

Maria presste die Lippen aufeinander. Auf einmal sah sie deutlich älter aus, als sie war. Und so verbittert, wie Claudia sie noch nie gesehen hatte. Langsam verstand sie, warum sich ihre Freundin aus den trostlosen Steinen der Vergangenheit ein Fantasieschloss erbaut hatte. Einer Eingebung folgend stellte sie die nächste Frage.

»Woran ist dein Vater eigentlich gestorben?«

Ruckartig wandte Maria den Kopf. Mit dieser Frage hatte Claudia wohl den Triggerpunkt gefunden. Marias Mimik wechselte innerhalb von Sekunden von Verbitterung zu Trauer. War es eben noch eine Rutschbahn in die Vergangenheit gewesen, so war es jetzt eine Rakete, die sie blitzartig in Zeiten katapultierte, die sie sicher seit Jahrzehnten aus ihrem Gedächtnis verbannt hatte. Sie brauchte ein paar Sekunden, um ihre Mimik wieder unter Kontrolle zu bekommen. Eilig flüchtete sie sich in Übersprunghandlungen. Sie ließ die Hand ihrer Mutter los, stand auf und lief die wenigen Schritte zur Küchenzeile.

»Möchtest du auch ein Glas Wasser?«

»Gerne.«

Claudia beobachtete ihre zierliche Freundin dabei, wie sie mit zwei Gläsern und einer Flasche Wasser in den Wohnschlafraum zurückkam. Maria stellte alles auf den Tisch, schenkte aber nicht ein, sondern ging wortlos ans Fenster. Die Stille wurde nur durch die Atemgeräusche der Mutter unterbrochen.

Nach einer sehr langen Zeit des Schweigens fuhr Maria mit monotoner Stimme fort.

»Es war ein Dienstagnachmittag im Sommer, ein Dienstag wie heute, aber es war ein Sommer, der total verregnet war und viel zu kalt. Ich bin nach der Schule nach Hause gekommen und hab meinen Vater nicht in der Küche, wo er mir normalerweise ein Mittagessen zubereitete, gefunden, sondern im Bett. Er hat nicht auf mich reagiert, obwohl ich ihn immer wieder angesprochen hab. So bin ich in mein Zimmer gegangen, hab dort mein Pausenbrot, das ich noch in meinem Ranzen hatte, gegessen und dann mit meinen Puppen gespielt. Ganz leise, damit ich ihn nicht aufwecke. Ich weiß noch, wie sehr ich mir gewünscht hab, dass meine Mutter endlich nach Hause kommt. Auch wenn wir nicht das innigste Verhältnis hatten, so wuchsen wir doch in jeder depressiven Phase meines Vaters zusammen und versuchten, uns gegenseitig zu trösten.«

»Wie alt warst du damals?«

»Ich war zehn und noch in der Grundschule. Nach den Sommerferien sollte ich aufs Gymnasium wechseln, worauf ich sehr stolz war, denn ich hatte sehr viel lernen müssen, um die Empfehlung dafür zu bekommen.«

Wieder machte sie eine Pause. Wäre sie ein Computer gewesen, hätte eine auf dem Desktop erscheinende Sanduhr signalisiert, dass ihre Festplatte arbeitete. Ohne dieses Zeichen konnte Claudia nur geduldig warten.

»Plötzlich stand mein Vater in meinem Zimmer. Er hat sich wortlos auf mein Bett gesetzt und sich mit den Armen auf den Knien abgestützt, so wie Kutscher oft auf ihrem Bock sitzen. Er hat kein Wort gesagt, furchtbar lange nicht. Ich saß auf dem Teppich und wusste nicht, was ich tun sollte. Irgendwann hat er angefangen zu weinen. Ganz schlimm. Er hat geweint und geweint und gar nicht mehr aufgehört. Dann hab ich mich neben ihn gesetzt und seinen Rücken gestreichelt. Ich hab gedacht, ich könnte ihn trösten ... Was für ein Irrglaube!« Maria lachte kurz und hart auf, schüttelte heftig den Kopf. »Und dabei hat er immer gemurmelt: Ich will nicht mehr, ich will nicht mehr ... Ich hab damals gar nicht verstanden, was er nicht mehr wollte, aber ich hab schon gespürt, dass es irgendwas Entscheidendes war.« Ihre Stimme wurde von Satz zu Satz leiser, Claudia musste sich anstrengen, um sie verstehen zu können. »Und irgendwann hab ich dann auch geweint und gesagt, dass ich auch nicht mehr will.« Wieder schüttelte sie den Kopf, fast unmerklich. »Keine Ahnung, warum ich das gesagt hab.«

Sie stockte. Die Hilflosigkeit, die sie damals gespürt haben musste, stand greifbar im Raum. Marias Mutter wurde unruhig, so als ob sie das Erzählte verstanden hätte. Ihre Lider flatterten, ihre Hand schien etwas auf der Bettdecke zu suchen, fand aber nichts. Maria schaute kurz zu ihr und schnell wieder weg. Zwei Frauen, die unter den gleichen Erlebnissen litten, sich aber gegenseitig keinen Trost spenden konnten.

»Sollen wir für heute aufhören?«

»Dann stand mein Vater auf, nahm mich an die Hand und ging mit mir ins Badezimmer. Dort öffnete er den schmalen Badezimmerschrank und kramte nach irgendetwas. Schließlich hielt er eine Pappschachtel in der Hand und zeigte sie mir. ›Wenn du willst, dann machen wir jetzt zusammen Schluss. Willst du? Das sind Schlaftabletten, die ich schon lange sammle. Wenn wir die jetzt nehmen, dann schlafen wir ganz sanft ein, und dann haben wir alles hinter uns.‹ Das waren genau seine Worte. Und ich nickte nur. Was hätte ich denn sonst auch tun sollen? Ich war zehn! Dieses Nicken hat meinem Vater gereicht. Er nahm das Zahnputzglas, schüttete alle Tabletten rein, füllte das Glas mit Wasser und stellte es auf das Waschbecken. Dann setzte er sich auf den Toilettendeckel und zog mich auf seinen Schoß. Ich war wie gelähmt, weil mein Vater immer noch weinte und ich einfach nicht wusste, was ich tun sollte. Während wir warteten, dass sich die Tabletten auflösten, streichelte er ununterbrochen mein Haar und sagte mir in einer Tour, wie sehr er mich und meine Mutter liebe, aber dass er es nicht mehr aushalte, nie Geld zu haben, immer nur Sorgen und Nöte, nie Anerkennung zu bekommen und ständig im Streit mit meiner Mutter zu liegen. Plötzlich hörte das Wasser auf zu blubbern. Mein Vater nahm das Glas und trank ohne ein weiteres Wort. Dann reichte er es an mich weiter. Ich wollte eigentlich nicht, wirklich nicht. Aber ich hatte das Gefühl, dass ich nicht mehr zurückkonnte. Und so schluckte ich den Rest.« Claudia konnte kaum glauben, was sie hörte. Sie hatte den Atem angehalten, musste nun aber tief Luft holen. Sie hätte eine Pause gebraucht, aber Maria war tief in ihren Erinnerungen verstrickt und bemerkte nicht, welche Wirkung ihre Worte hatten. »Danach nahm mich mein Vater wieder an die Hand, ging mit mir ins Schlafzimmer meiner Eltern, schloss die Vorhänge und wir legten uns ins Bett. Er auf seine Seite, ich auf die Seite meiner Mutter. Unter den Bettdecken fanden sich unsere Hände, und so schliefen wir ein. Das Letzte, was ich merkte, war, wie kalt seine Hand wurde, und mir wurde auch immer kälter und kälter.« Die Worte standen im Zimmer, die Luft war stickig geworden, kein Ton war zu hören, selbst die Mutter schien das Atmen eingestellt zu haben. Maria drehte sich um und setzte sich zu Claudia an den Tisch. Sie nahm die Flasche, schenkte sich ein, trank ihr Glas in einem Zug leer, räusperte sich und sagte im sachlichen Ton eines Chefarztes: »Er hat es nicht überlebt, sein Herz war zu schwach, und dass ich überlebt habe, ist ein Wunder. Vermutlich lag es daran, dass er deutlich mehr getrunken hatte als ich.« Sie schwieg und starrte auf die gehäkelte Tischdecke. Claudia schluckte trocken. Sie hatte mit vielem gerechnet, aber nicht mit einer solchen Ungeheuerlichkeit. Sie versuchte, sich ihre Erschütterung nicht anmerken zu lassen, und dachte eilig über eine passende Anschlussfrage nach, doch noch bevor sie die richtige gefunden hatte, redete Maria wieder. »Jetzt könnte man ja meinen, dass sich dadurch das Verhältnis zu meiner Mutter verbessert hätte, dass wir näher aneinandergerückt wären im gemeinsamen Kummer, aber das Gegenteil war der Fall. Sie machte mich für den Tod meines Vaters verantwortlich.«

»Das ist nicht dein Ernst!« Kaum ausgesprochen, ärgerte sie sich über ihre Worte, die einer erfahrenen Therapeutin nie rausgerutscht wären.

Maria nickte bedächtig. »Ist es. Ich war in den Augen meiner Mutter schuld am Tod meines Vaters.«

»Aber was hättest du ihrer Meinung nach tun können?«

Mit einem Mal lächelte Maria, ganz leicht, fast unmerklich, doch es war kein frohes Lächeln. »Siehst du, das hab ich auch immer gesagt: Was hätte ich denn tun sollen? Meine Mutter meinte, ich hätte ihm ausreden müssen, die Tabletten zu nehmen, hätte Nein sagen, mich weigern sollen, als er mich aufforderte zu trinken. Und weil ich das nicht getan habe, zog sie mich zur Rechenschaft.«

Sie blickte mit ausdruckslosem Gesicht zum Bett hinüber. Wieder huschte die Hand der Mutter auf der Bettdecke hin und her. Claudia hätte zu gern gewusst, woran sie gerade dachten – Mutter und Tochter.

Erneut machte sich ein unangenehmes Schweigen breit. Und dann – wie aus dem Nichts heraus – schaute Maria auf ihre Uhr und sagte: »Die Zeit ist um.«

Sie stand eiliger auf als nötig, nahm die beiden Gläser und brachte sie in die Küche. Claudia fühlte sich überrumpelt. Zögerlich erhob sie sich, packte ihre Unterlagen zusammen und stand dann unschlüssig da.

Maria lief zu ihrer Mutter ans Bett, nahm die mit Altersflecken übersäte Hand, führte sie an ihre Wange und verharrte so eine Weile. Dann legte sie sie vorsichtig auf der Bettdecke ab, drehte sich um und verließ das Zimmer. Claudia folgte ihr schweigend ins Foyer. Die gläsernen Türen entließen sie beide lautlos. Draußen schlug ihnen die Hitze entgegen. Ihnen war nicht klar gewesen, wie angenehm kühl es im Haus war. Maria hatte den Autoschlüssel bereits in der Hand und öffnete den MINI aus der Entfernung. Die blinkenden Lichter signalisierten, dass das Auto zum Einsteigen bereit war. Doch Claudia hatte noch eine Frage, die sie unbedingt loswerden wollte.

»Jetzt würde es mich aber schon noch interessieren, warum du mir ausgerechnet heute alles erzählt hast und warum hier?« Sie blickte Maria aufmunternd an.

Maria hatte offenbar bereits darüber nachgedacht, denn die Antwort kam schnell. »Ich wollte, dass meine Mutter auch meine Wahrheit hört. Wir haben nie darüber gesprochen. Kannst du dir das vorstellen? All die Jahre haben wir das Thema einfach totgeschwiegen. Sie hat mir so lange Vorwürfe gemacht, bis ich selbst geglaubt hab, dass der Tod meines Vaters meine Schuld war. Mit achtzehn bin ich ausgezogen und hab den Kontakt zu ihr abgebrochen. Erst als sie vor zwei Jahren in dieses Heim kam und die Behörden mich kontaktierten, weil das ja irgendjemand bezahlen muss, sah ich sie wieder. Seitdem besuche ich sie jeden ersten Dienstag im Monat, hab's aber bisher nicht geschafft, mit ihr zu reden. Ich brauchte deine Hilfe ... hatte gehofft, dass sie einen guten Tag hat und so klar ist, dass sie endlich auch mal meine Sicht der Dinge sieht. Aber natürlich hat sie heute nur geschlafen.« Der letzte Satz wurde von einer großen Portion Resignation begleitet.

»Deine Mutter hat eine beginnende Demenz, das hast du mir doch erzählt. Wie hätte sie verstehen können, was du mir erzählt hast?«

»Ich hatte wie gesagt auf einen guten Tag gehofft.«

Claudia fühlte mit Maria mit. Da hatte sie sich endlich den Gespenstern ihrer Vergangenheit gestellt, hatte allen Mut zusammengenommen und sich noch einmal in die schmerzvolle Zeit ihrer Kindheit zurückversetzt, doch erfolglos.

»Wir könnten noch einmal gemeinsam herkommen, wenn sie einen besseren Tag hat«, schlug sie vor.

Doch Maria schüttelte den Kopf. Wieder gab es ein paar vorwitzige Tränen, die sie wegblinzeln wollte, die sich aber nicht zurückhalten ließen.

»Heute ist es dreißig Jahre her, dass mein Vater und ich diese Tabletten genommen haben. Dreißig Jahre, in denen ich immer schneller laufe, weil ich mir nicht sicher bin, ob ich nicht doch die Schuldige bin. Dreißig Jahre, in denen ich mich Tag für Tag frage: Was hätte ich denn tun sollen? Und in denen ich immer noch nicht gelernt habe, Nein zu sagen. Ich will nicht bis zum Ende meines Lebens weiterrennen müssen, denn ich merke, dass mir allmählich die Kraft ausgeht. Ich war so rastlos, dass sich nicht einmal ein Ei in mir einnisten konnte, und ich hätte so gern ein Kind gehabt, an dem ich alles hätte wiedergutmachen können.« Sie wischte sich mit dem Handrücken ungeduldig die Tränen weg.

Claudia fehlten die Worte. Was erwiderte man auf eine solche Beichte? Als Freundin hätte sie Maria gern fest in den Arm genommen, aber sie konnte sich vorstellen, dass sie gerade keine Nähe zulassen wollte. Vielleicht wäre ihre innere Rüstung dann vollkommen in sich zusammengefallen. Also antwortete sie als Therapeutin.

»Das war ein sehr mutiger Schritt von dir, alles auszusprechen. Du wirst sehen, das allein wird schon etwas ändern. Ich würde dir trotzdem empfehlen, eine Therapie zu machen. Zumindest eine Verhaltenstherapie, in der du lernst, Grenzen zu setzen, langsamer im Leben zu machen, dich nicht für alles verantwortlich zu fühlen. Ich kann dir, wenn du möchtest, ein paar gute Therapeuten empfehlen.«

»Kannst du das nicht machen?«

Claudia schüttelte den Kopf. »Zum einen bin ich noch gar keine Therapeutin, und zum anderen bin ich zu nah an dir dran. Mir fehlt der professionelle Abstand, und darüber bin ich froh, denn ich hab dich lieber als Freundin statt als Klientin.« Liebevoll schaute sie Maria an. »Außerdem weiß ich gar nicht, wie lange ich noch im Lande bin.« Maria zog eine Augenbraue fragend nach oben. »Ich wollte es dir schon die ganze Zeit erzählen, eigentlich schon an dem Tag deines Zusammenbruchs, als ich plötzlich vor deiner Tür stand. Aber es hat sich irgendwie keine gute Gelegenheit geboten, und du warst ja nun auch wirklich mit deinen Dingen beschäftigt. Ich war zudem noch so unsicher, aber mittlerweile sehe ich völlig klar. Ich werde mich von Frank trennen. Meine Liebe ist im Laufe der Jahre eingegangen wie eine vergessene Primel auf der Fensterbank. Ich will mich nicht mehr kleinmachen, wie ich es mein Leben lang getan habe, ich will mein Leben leben und nicht nur Frank hinterherwischen.« Sie atmete hörbar ein und wieder aus. »So, jetzt weißt du's. Und ich muss es nur noch Frank sagen, der ahnt nämlich noch nichts von seinem Glück.« Sie zog eine kleine Grimasse, die aussagen sollte, wie wenig sie sich auf dieses Gespräch freute.

»Wow, was hab ich in den letzten Wochen verpasst?« Maria war ehrlich überrascht.

»Es waren nicht nur die letzten Wochen.« Heftig schüttelte sie den Kopf, um ihre Worte zu unterstreichen. Sie sprach wieder überlegter, nachdem sie sich eben beim Reden fast selbst überholt hatte. »Es war eine lange Zeit voller Lieblosigkeiten und Überheblichkeiten. Und die letzte hat den berühmten Krug zu Bruch gehen lassen.«

Trotz aller Überzeugung, das Richtige zu tun, hörte sie selbst die Traurigkeit, die in ihren Worten mitklang.

»Und was wirst du jetzt machen?«

»Ich weiß es noch nicht genau, aber irgendwo auf der Welt wird man eine Psychologiepraktikantin ja wohl gebrauchen können. Bei all dem Leid, das es gibt.«

»Warum kannst du nicht bleiben, und Frank zieht weg?«

In Marias Stimme schwang ein bisschen Hoffnung mit, die Claudia aber sofort zerstören musste.

»Ich hab darüber nachgedacht, auch Emils wegen. Aber sein Verhältnis zu Frank ist wesentlich inniger als das zu mir. Ich will ihm sein Elternhaus nicht nehmen und hoffe, dass er mir eines Tages verzeihen wird, dass ich gegangen bin. Das eine Jahr bis zu seinem Abi werden die beiden Männer ohne mich hinkriegen. Und wenn ich ganz ehrlich bin, dann will ich auch weg, raus in die Welt, will endlich auf meinen Bauch hören, meine Wünsche erfüllen, mich selbst glücklich machen. Und nicht mehr darauf warten, dass jemand anderes diesen Part übernimmt. Denn dann kann ich warten, bis ich alt und grau bin.« Maria sah sie an – mit Respekt, aber auch Neugier. Sie standen nun beide an einem Scheideweg und hatten noch einen weiten Weg vor sich. »Weißt du, mein neues Motto lautet: Besser auf neuen Wegen stolpern, als auf alten auf der Stelle treten. So viele Menschen bleiben lieber in ihrem altbekannten Unglück, weil sie zu wenig Mut haben, das Glück an einem neuen, ihnen unbekannten Ort zu suchen. Ich mach mich jetzt auf, und ich hab das Gefühl, du bist auch so weit.«

»Schreibst du mir die Namen von Therapeuten, die du empfehlen kannst?« Claudia nickte. »Und wie lange bist du noch hier?«

»Ich weiß es nicht genau. Du erfährst es als Erste, wenn ich mehr Infos habe, okay?«

Maria nickte, öffnete mit ihrem Autoschlüssel noch einmal aus der Entfernung ihren MINI, der sich zwischenzeitlich automatisch wieder verschlossen hatte, und lief los. Nach ein paar Metern drehte sie sich um.

»Danke, Claudia, danke, dass du heute mit hergekommen bist.«

»Gern geschehen. Außerdem hab ich zu danken. Für dein Vertrauen.«

Sie zwinkerte Maria zu, drehte sich um und ging ebenfalls. Einer Eingebung folgend schickte sie Emil eine WhatsApp: *Willst du mit mir beim Italiener zu Abend essen?* Seine Antwort kam erstaunlich schnell. *Ich bin noch bei Carl, kann hier essen, ist das ok?*

Sie spürte einen Hauch von Enttäuschung in sich aufsteigen, schob diese aber schnell zur Seite. Es war gut, dass er so selbstständig war. Dann ging sie eben allein ins Restaurant. Das würde sie in Zukunft ohnehin häufiger machen müssen. Da konnte sie auch jetzt schon damit anfangen.

# Wer zu spät kommt ...

*Haltet alle Uhren an, lasst das Telefon abstellen,*
*Hindert den Hund am Bellen, indem ihr ihm einen Knochen gebt.*
*Klaviere sollen schweigen, und mit gedämpftem Trommelschlag*
*Lasst die Trauernden nun kommen, tragt heraus den Sarg.*

*Lasst Flugzeuge kreisen, klagend im Abendrot,*
*An den Himmel schreibend die Botschaft: Er ist tot.*
*Lasst um die weißen Hälse der Tauben Kreppschleifen schlagen*
*Und Verkehrspolizei schwarze Baumwollhandschuh' tragen.*

Rolf stand im schwarzen Anzug und schwarzer Krawatte auf der Kanzel und las die Zeilen ab. Sie hatten für ihn eine riesige Bedeutung, was nicht jedem in der kleinen Kirche klar war, aber das sollte sich an diesem Tag noch ändern. Nachdem er seine kurze Trauerrede beendet hatte, trat er die drei Stufen von der Kanzel hinunter und setzte sich in die erste Reihe neben einen gut aussehenden Mann, der ebenfalls ganz in Schwarz gekleidet war. Der Organist begann, die ersten Takte von Elvis Presley zu spielen. *Oh yes, I'm the great pretender ...*

Rolf fand den Song über den großen Heuchler passend für diesen Anlass. Er wollte reinen Tisch machen, und da ihm dies zu Lebzeiten seines Vaters nicht gelungen war, musste nun das Begräbnis dafür herhalten. Deshalb hatte er auch die Zeilen von W. H. Auden gewählt. Jahrzehnte zuvor hatte er sie das erste Mal gehört. In dem Kinofilm *Vier Hochzeiten und ein Todesfall*. Der eine Todesfall innerhalb des Films war die nette, gemütliche

Hälfte eines schwulen Paares gewesen. Auf der Beerdigung hatte der Ehemann die Verse vorgetragen. Rolf war damals gerade zwanzig Jahre alt gewesen und hatte Rotz und Wasser geheult. Als ob er schon gespürt hätte, dass es ihn selbst auch mehr zu Männern hinzog als zu Frauen. Dabei hatte er damals noch keine Ahnung davon gehabt. Oder hatte keine Ahnung davon haben wollen, weil es nicht ins Bild des Vaters gepasst hatte.

Und nun war er tot, der Vater. Sein Instinkt hatte ihn nicht getrogen, als er an dem Tag, an dem er beschlossen hatte, die Wahrheit zu sagen, bei ihm angerufen und der Vater nicht abgehoben hatte. Von Unruhe getrieben, war er in aller Eile zu ihm gefahren, hatte immer zwei Stufen auf einmal zu seiner Wohnung genommen und war doch zu spät gekommen. Der Vater hatte tot auf dem Teppich gelegen. Der Arzt, den er sofort gerufen hatte, hatte gemeint, ein plötzlicher Sekundentod sei doch das Beste, was einem passieren könne. Warum entschieden sich so viele empathielose Menschen dazu, den Arztberuf zu ergreifen?

Er hatte völlig geschockt im Wohnzimmer und jedem im Weg gestanden. Nachdem der Notarzt mit seinem Team abgezogen war, hatte er sich neben seinen Vater auf den Teppich gesetzt und auf den Bestatter gewartet. Ganz allein mit seinem alten Herrn, der nun nicht mehr mit eisiger Stimme Verletzungen in seine Seele schlagen konnte, hatte er begonnen zu reden. Über seine Neigungen. Und über sein Unverständnis darüber, warum er, sein Vater, der so weltoffen war, homophob war. Dass er jetzt den wahren Grund nie erfahren würde. Er hatte geweint – bittere Tränen um all die verpassten Chancen – und sich geschworen, dass es die letzte versäumte Gelegenheit war, dass jetzt alles anders werden würde.

*Selbst im schwarzen Anzug sieht er umwerfend aus. So schade, dass er nicht an Frauen interessiert ist. Warum sind immer die nettesten, charmantesten Männer schwul?*

Claudia seufzte leise. Maria, die auf der Kirchenbank neben ihr saß, nahm ihre Hand und drückte sie tröstend. Sie ahnte nichts von Claudias Gedanken.

Die Trauergesellschaft war nicht groß. Rolfs Vater hatte kaum noch Freunde gehabt, und die wenigen, die ihm geblieben waren, wohnten zu weit weg oder waren zu alt und zu schwach, um am Begräbnis teilzunehmen. So hatte Rolf die Menschen eingeladen, die ihm in seinem Alltag am meisten bedeuteten und die doch so Wichtiges nicht von ihm wussten: seine Nachbarn. Er hatte die letzten Nächte kaum geschlafen, weil er Panik bekommen hatte. War es richtig, nach all den Jahren noch mit der Wahrheit herauszurücken? Er hatte hin und her überlegt, wie und an welcher Stelle er die wichtige Botschaft anbringen sollte, und hatte schließlich in seiner Not Claudias Rat gesucht.

Sie hatten sich in den letzten Wochen des Sommers kein einziges Mal getroffen. Jeder hatte mit sich zu tun gehabt und keiner vom Leid des anderen gewusst. Waidwund waren sie beide gewesen, was zu einem enormen emotionalen Exzess geführt hatte. Sie hatten geweint und gelacht und mehr geweint und jede Menge Wein getrunken. Am Ende des Abends hatten sie ausgemacht, Rolf solle seine große Liebe, die er schon so lange versteckt hielt, bei der Beerdigung einfach mitbringen. »Isch schwör dir«, hatte Claudia, bevor sie gegangen war, gelallt, »kein Mensch wird sich daran reiben. Nur weil dein Vater dich so sosialisiert hat, glaubst du, dass wir alle was gegen Schwule haben. Is' aber nich' so.« Sie hatte sein Gesicht in ihre Hände genommen, ihm einen dicken Kuss mitten auf den Mund gegeben und war davongewankt. Am nächsten Morgen war es ihnen körperlich elendig gegangen, aber seelisch so gut wie schon lange nicht mehr. Es ging eben nichts über gute Gespräche mit vertrauten Menschen. Das beste Pflaster für alle möglichen Arten von Schmerzen.

Eine Traube schwarz gekleideter Menschen ergoss sich aus der Kapelle und folgte schweigend dem Pfarrer und dem Urnenträger. Was für ein Unterschied zu dem lebendigen, lachenden, lebensfreudigen letzten Treffen der Nachbarn, bei dem alle in Weiß erschienen waren. Was war in diesen wenigen Monaten dieses unendlich langen, heißen Sommers alles passiert!

»Ich wusste gar nicht, dass er vom anderen Ufer ist. Du?«

Natürlich war es Susanne, die nicht einmal in dieser Situation ihre Klappe halten konnte. Claus zuckte mit den Schultern, sagte aber kein Wort. Er hoffte, sie würde ihn in Ruhe lassen. Er wusste vieles nicht, was in der Nachbarschaft vor sich ging. Aber musste er alles wissen? War Unwissenheit nicht manchmal die gnädigere Alternative? Die Sache mit Stephanie hatte ihm völlig gereicht. Nachdem er von Stephan erfahren hatte, dass Ingo nicht sein Vater war, war Stephanie einfach verschwunden. Von heute auf morgen. Ein paar Tage später waren Umzugsleute aufgetaucht und hatten das Haus leer geräumt. Claus schüttelte immer noch ungläubig den Kopf. Da hatte er gedacht, als Polizist schon alles gesehen zu haben, und dann passierte so etwas vor seiner eigenen Haustür. Er wollte nicht wissen, wohin Stephanie verschwunden war, aber er hätte gern gewusst, wie Stephan mit all dem klarkam.

Sie sah ihn und die anderen Nachbarn, von denen sie sich nie verabschiedet hatte, aus der Ferne. Näher traute sie sich nicht ran. Hätte Claus nicht stur auf den Kiesweg gestarrt, hätte er sie vielleicht entdecken können. Sie stand hinter einem Baum

252

in einem schwarzen Kleid und haderte mit dem Schicksal. Wie gerne wäre sie Teil des Trauerzugs gewesen, Teil der Nachbarschaft, Teil einer Gemeinschaft. Aber es hatte nicht sollen sein. Wieder einmal nicht.

Sie starrte zu ihren ehemaligen Nachbarn hinüber und seufzte bitterlich. Warum war eigentlich immer sie allein? Warum war immer sie das Opfer, der Fußabstreifer für alle? Warum bekamen alle immer das, was sie sich wünschten, nur sie nie? Was war aus ihrem Träumen geworden? Sie hatte die Welt retten wollen mit revolutionären Forschungen. Sie wusste, dass sie das Zeug dazu hatte. Doch dann war sie schwanger geworden. So ungeplant wie ungewünscht. Und was tat sie jetzt? Die Forschungsergebnisse der Biologen und Chemiker in ihrer Firma ins Reine schreiben. Es hätten ihre Forschungen sein sollen. Seit Stephan auf der Welt war, war ihr Leben in eine ganz andere Richtung getrieben worden, als sie es sich in jungen Jahren ausgemalt hatte. Und mit jedem Schritt, der sie von ihren einstigen Zielen wegführte, verpuppte sie sich mehr in eine Welt, die nur sie sah. In dieser Welt war sie eine umwerfende Mutter und begehrte Ehefrau, sie war zufrieden mit ihrem Job, führte intensive Freundschaften und hatte die liebenswürdigsten Nachbarn. Natürlich bekam man so ein Leben nicht einfach geschenkt. Das wusste sie. Und so würde sie weiter tun, was in ihren Augen dafür notwendig war.

Sie seufzte noch einmal, aber die Trauergemeinde war zu weit weg, als dass sie es hätte hören können. Als sie aus ihrem Blickfeld verschwunden war, drehte sie sich um und ging. Es war noch so viel zu tun, um ihre Welt Wirklichkeit werden zu lassen.

Claus hatte sich zurückfallen lassen, er sehnte sich nach Choi, doch die war nach dem Besuch bei seiner Mutter mit den Kindern direkt in die Berge gefahren. Am kommenden Morgen wollte er nachkommen. Endlich ein paar Tage Urlaub – die hatte er dringend nötig. Im Moment wollte er vor allem weg von Susanne, die sich pietätlos darüber beschwerte, dass man Rolf ja nun nicht mehr vertrauen könne. »Wer weiß, welche Geheimnisse er sonst noch so hütet«, hatte sie gesagt, »das will ich gar nicht wissen.« Aber eigentlich wollte sie das doch. Susanne schien sich an Rolfs »Anderssein« mit einer sonderbaren Mischung aus Abscheu und Sensationslust festzubeißen, mit der man an schlimmen Autounfällen vorbeikam und auf die Bremse trat in der Hoffnung, irgendein furchtbar blutiges Bild erhaschen zu können. Susanne war mit ihren Vorstellungen über das Leben und die Menschen leider im 20. Jahrhundert stecken geblieben.

Claus ließ die Menschen an sich vorbeiziehen, bis er Ingo sah. Er schlüpfte an dessen Seite, stupste ihn leicht mit dem Ellenbogen an und zwinkerte ihm zu.

»Bei Beerdigungen ist es zum Glück unüblich, einen Blumenstrauß nach hinten zu werfen, um zu schauen, wer als Nächster drankommt«, flüsterte er ihm unpassenderweise zu.

Der flotte Spruch kam bei Ingo an, er verzog die Mundwinkel zu einem unterdrückten Grinsen.

»Wie geht's dir?«, fragte Claus leise.

»Gut. Wieso?«, kam es verdutzt und ebenso leise zurück.

»Na ja, ich dachte … wegen Stephanie.«

Ingo winkte ab. Er wollte offenbar nicht darüber reden. Aber dann beugte er sich doch zu Claus herüber und flüsterte: »Ich weiß nicht, was du darüber weißt, aber ich bin nicht Stephans Vater. Sie stalkt mich immer mal wieder, seitdem sie sich als Schülerin in mich verknallt hat. Ich hab das nie ernst genommen, aber anscheinend sieht sie irgendwas in mir. Wär auch alles nicht so schlimm, wenn ich Nicole früher davon erzählt

254

hätte. Aber meine gute Ehefrau hatte Zeiten, da war sie rasend eifersüchtig, und so hab ich all die schlimmen Erlebnisse für mich behalten.«

Bei Claus war mit jedem Satz das schlechte Gewissen gewachsen. »Tut mir leid.«

»Es muss dir nicht leidtun, du kannst ja nichts dafür.« Ingo hatte ihn falsch verstanden, er ahnte nicht, was er eigentlich bedauerte. Dass er Ingo wirklich für den Mistkerl gehalten hatte, den Stephanie ihm geschildert hatte. »Ist ja jetzt auch egal. Ich hab das mit Nicole geklärt.« Er lächelte Claus schief an, das Thema war offenbar für ihn erledigt.

*Komisch, dass er das so locker wegsteckt. Mich hätte so eine Sache vermutlich länger beschäftigt. Aber vielleicht ist das bei Ingo ja genauso, und er gibt es nur nicht preis. Man sollte vorsichtig sein mit Beurteilungen, wenn man nicht drei Tage in den Mokassins des anderen gelaufen ist.*

Diese Erfahrung hatte er als Polizist häufig genug gemacht.

Die Trauernden waren an der Grabstelle angekommen. Der Pfarrer sprach noch einmal ein paar Worte, dann wurde die Urne hinuntergelassen. Rolf war es, als ob sein ganzes Leben an diesen Stricken mit in die Tiefe gelassen wurde. Seine Kindheit und Jugend, seine Liebe zu seinem Vater und das Unverständnis über seine mangelnde Toleranz, seine Angepasstheit, sein Nicht-auffallen-Wollen, sein Anderssein, seine Ehe und sein schlechtes Gewissen dieser Frau gegenüber, seine Anstrengungen, allen gerecht zu werden, seine Geheimnisse, seine quälenden Ängste, sein Bedauern, nicht leben gekonnt zu haben, wie er es wollte. All das und noch viel mehr wurde mit dem Vater begraben. Es war ein ziehender Schmerz in seinem Herzen und in seiner Seele. Es würde dauern, bis alles verheilt war. Das wusste er, aber wenigstens war er den ersten Schritt hin zur Heilung schon gegangen.

Nachdem ihm die Trauergäste kondoliert hatten – und dem netten Mann an seiner Seite ebenfalls, weil man nicht wusste, was man sonst tun sollte –, lud er sie zum Leichenschmaus ein. Was für ein blödes, pietätloses Wort. Aber sei's drum, dachte er. Er hatte sie zu sich nach Hause gebeten. Er musste keine Angst mehr davor haben, dass sein Geheimnis entdeckt werden könnte. Auf dem Weg zurück ins Quartier schaute er in den Himmel. Für die kommende Nacht war ein Gewitter vorhergesagt, das mit Abkühlung einhergehen sollte. Alle freuten sich darauf wie auf Weihnachten, aber noch verriet das strahlende Blau nichts von der ersehnten Bescherung.

# Vom Lügen und Betrügen

Sie war aufgeregt wie als Kind kurz vor der Bescherung. Am liebsten hätte sie an ihren Fingernägeln gekaut. Was sie aber natürlich nicht tat. Miriam saß in einem dieser hippen Cafés der Bankenstadt und wartete. Es war gar nicht so schwer gewesen, an die kleine Schlampe ranzukommen. Nachdem Robert ihr ihren vollen Namen verraten hatte, hatten die sozialen Netzwerke ihre Dienste getan. Ratzfatz hatte sie Roberts ehemalige Praktikantin gefunden und kontaktiert. Und jetzt wollte sie ihr einen Vorschlag machen, den sie nicht ablehnen konnte.

Plötzlich stand eine kleine, schmale Unscheinbare an ihrem Tisch. »Bist du Miriam?«

»Und wer bist du?«

Miriam war irritiert, das konnte nicht Ina sein, die sah auf den Instagram-Bildern ganz anders aus.

»Ich bin Ina.« Sie grinste verlegen. »Ja, ich weiß, ich seh in den sozialen Netzwerken aufregender aus. Leider gibt's diese tollen Filter im *real life* nicht.« Sie zuckte bedauernd mit den Schultern.

*Nie im Leben hat Robert die angegrapscht. Wobei … Selma ist ja auch so eine graue Maus.*

»Also was gibt's?«, fragte Ina freundlich und setzte sich ohne Aufforderung auf den freien Stuhl.

Miriam musste sich eingestehen, dass sie beeindruckt war. Wie diese Kleine selbstverständlich und dreist, aber auch völlig naiv an ihrem Treffpunkt auftauchte, ohne zu wissen, was sie von ihr wollte.

*Na gut, dann lass ich die Katze mal aus dem Sack.*

»Ich will, dass du deine Klage wegen sexueller Belästigung zurückziehst.« Das hörte Ina offenbar nicht gern, denn sie stand, noch bevor Miriam das letzte Wort ganz ausgesprochen hatte, auf und ging Richtung Tür. Sie eilte ihr hinterher. »Bitte warte, ich will dir nicht drohen, ich will nur wissen, was wirklich passiert ist. Von Frau zu Frau.«

Sie sprach eindringlich. Und tatsächlich: Ina blieb stehen und drehte sich zu ihr herum.

»Bist du seine Frau?«

»Ich bin seine beste Freundin. Und die beste Freundin seiner Frau.«

»Ich wollte das nicht, das musst du mir glauben.«

Ina fing mitten im Café an zu weinen. Miriam fühlte sich einen Herzschlag lang überfordert. Damit hatte sie nicht gerechnet. Nächtelang hatte sie sich dieses Treffen ausgemalt, wie das Biest reagieren würde und was sie dann kontern könnte, aber Tränen hatte sie nicht einkalkuliert. Sie nahm Ina am Handgelenk und führte sie zum Tisch zurück.

»Was wolltest du nicht?«

Der jungen Frau lief die Nase vom Weinen, und da sie offenbar kein Taschentuch dabeihatte, zog sie sie lautstark hoch und wischte mit ihrem Handrücken unter der Nase hin und her. Wenn das mein Kind machen würden, gäb's Stress, dachte Miriam. Aber so schaute sie nur angeekelt weg.

»Ich wollte Robert nicht in Schwierigkeiten bringen, aber der Typ hat mir zwanzigtausend Euro geboten. Stell dir mal vor. So viel Geld. Damit kann ich meine ganze Ausbildung finanzieren.«

»Welcher Typ?« Miriam war verwirrt.

»Martin heißt der. Er hat mich genau wie du über Insta kontaktiert.«

»Du bist ja ein Früchtchen. Wenn irgendjemand zu dir kommt und dir Geld gibt, dann wirst du mal eben kriminell.«

»Nein, bitte, das darfst du nicht von mir denken. Ich hab dem Typen tausendmal gesagt, dass ich das nicht mache. Aber er hat einfach nicht lockergelassen, und dann hab ich mich doch noch mal mit ihm getroffen, und da hatte er das Geld in bar dabei. Ich dachte, ich werd wahnsinnig, als er plötzlich so viele Scheine vor mich hingelegt hat.«

»Und was genau wollte er von dir?«

»Ich sollte nur zu einem Anwalt gehen und sagen, dass Robert mich während meines Praktikums angemacht hat. Den Rest sollte der Anwalt machen.«

»Wie heißt der Anwalt?«

»Berger und Söhne. Kennst du die Kanzlei?«

Miriam verschlug es den Atem. Während des Gesprächs war eine böse Vorahnung in ihr gewachsen. Doch sie konnte und wollte nicht glauben, dass Christoph so weit gegangen war. Sie musste sichergehen. Rasch kramte sie ihr Handy aus ihrer Tasche, öffnete das digitale Fotoalbum und zeigte Ina ein Foto.

»Ist das der Typ?«

»Ja genau, das ist Martin. Woher kennst du den?«


»Ich besuche heute das Grab meiner Eltern, es könnte also später werden.«

»Und dafür hast du dich so rausgeputzt?« Christoph sah sie bewundernd von oben bis unten an.

Miriam wusste, dass sie verdammt gut aussah in dem engen schwarzen Kleid mit den Puffärmelchen. Die halblangen blonden Haare hatte sie glatt geföhnt, die Lippen erdbeerrot nachgezogen und die große dunkle Grace-Kelly-Sonnenbrille aufgesetzt. Sie lachte, winkte ihm zu und verließ das Haus. Sollte er heute mal auf Freddie aufpassen, sie hatte anderes zu tun.

Knapp zwei Stunden später stand sie an einer großen Grabstelle, die tipptopp gepflegt war. Dafür gab sie jeden Monat viel

Geld aus, aber das war es ihr wert. Sie stand schweigend da. Gerne hätte sie ein Zwiegespräch mit ihren Eltern geführt, aber zu Lebzeiten war die Kommunikation mit ihnen schwierig gewesen und jetzt unmöglich. Also drehte sie sich nach einer angemessenen Zeit, die man in den Augen anderer am Grab der Eltern verbringen sollte, um und verließ den Friedhof. Keiner begegnete ihr.

Sie fuhr in das kleine Städtchen, hier war sie aufgewachsen, hier lebten sogar noch ein paar Freunde aus Schulzeiten. Jan zum Beispiel. Er war einst ihr größter Verehrer gewesen, hatte sie über Jahre verliebt aus der Ferne angehimmelt. Mittlerweile war er verheiratet und hatte drei süße Kinder. Ihn wollte sie besuchen. Wie erwartet strahlte er über das ganze Gesicht, als sie ohne Voranmeldung in seiner Filiale auftauchte. Sie drückten sich herzlich, er ließ sofort Kaffee und Wasser bringen, und sie tauchten ein in Erinnerungen. Wer von den alten Schulfreunden wo gestrandet war, wer mit wem lebte und liebte beziehungsweise wer es nicht mehr tat.

»Du kommst aber bestimmt nicht nur, um mit mir zu plaudern, oder?«, fragte Jan nach einer Weile. Er war immer noch ein wenig in sie verliebt.

»Ah«, kokettierte sie, »du kennst mich einfach zu gut.«

»Geht es um dein Konto?«

»Genau, ich werde das Geld in absehbarer Zeit brauchen. Ich mache noch eine Ausbildung und will mich danach selbstständig machen. Deswegen löse ich das alte Konto bei dir auf.«

Es schmerzte ihn, denn dieses alte Konto, das noch ihre Eltern für sie eingerichtet hatten und auf dem seit etlichen Jahren eine erstaunlich hohe Summe lag, war die letzte Verbindung zu ihr. Er wusste, dass sie nun keinen Grund mehr hatte, bei ihm vorbeizuschauen.

»Die ganze Summe?«

Sie nickte.

»Das ist verdammt viel Geld. Du planst wohl ein größeres Geschäft?«

»Ich lade dich zur Eröffnung ein.« Er merkte trotz des Lächelns in ihrer Stimme, dass sie keine Einzelheiten verraten wollte.

»Alles klar. Gib mir die neuen Kontodaten, dann machen wir das gleich.«

Beschwingt verließ sie die Bank. Sechshundertsiebzigtausend Euro. Ihr war völlig unklar, wie Christoph so viel Geld an der Steuer hatte vorbeimogeln können. Aber irgendwie lief die Sache mit den Scheingeschäften wohl reibungslos. Und offenbar war seine Idee, die Kohle vermute niemand auf ihrem alten Kinderkonto, auch genial gewesen. Kurz überlegte sie, Christoph bei den Finanzbehörden anzuzeigen – Steuerhinterziehung war schließlich kein Kavaliersdelikt. Aber diesen Gedanken begrub sie gleich wieder. Jetzt war sie im Besitz eines beachtlichen Vermögens, sicher verwahrt auf einem Onlinekonto, von dem ihr Göttergatte nichts wusste. Zwanzigtausend Euro davon investierte sie in Roberts Zukunft, die Christoph auf so miese Art torpediert hatte. Sie hatte der kleinen Ina-Maus das Geld versprochen. Dafür hatte sie zugesagt, ihre Klage zurückzuziehen.

Ob Christoph sein Geld zurückforderte oder ob sie es behalten konnte, war ihr egal. Hauptsache, die Klage gegen Robert war vom Tisch, sodass er wieder arbeiten konnte. Jetzt sollte ihr Drecksack von Ehemann doch in seine Villa ziehen, sie würde mit ihrem Jungen bleiben, wo sie war. In ihrem Quartier. Dort wohnte sie nämlich ausgesprochen gerne. Mal schauen, was die Zukunft bringt, dachte sie beschwingt während der Heimfahrt, ich hab ein gutes Gefühl.

# *Schicksal*

Sie hatte überhaupt kein gutes Gefühl. Im Gegenteil. Um sich zu beruhigen, sang sie leise ein altes Kinderlied vor sich hin. »*Es regnet, es regnet, es regnet seinen Lauf. Und wenn's genug geregnet hat, dann hört's auch wieder auf.*« Früher hatte sie es Kerstin und Emil vorgesungen.

Sie blickte aus dem großen Wohnzimmerfenster. Es sah nicht danach aus, als ob es bald wieder aufhören würde. Dicke, schwere Tropfen fielen vom grauen Himmel. Jeder ein Versprechen auf Abkühlung, aber auch ein Zeichen dafür, dass dieser Jahrhundertsommer nun doch zu Ende ging. Keiner hatte mehr damit gerechnet. Nach den vielen unerträglich heißen Monaten hätte sie sich über den Wetterwechsel freuen sollen. Aber ausgerechnet an diesem Tag ein trister Himmel – das war nicht fair. Dennoch passend.

Sie lief noch einmal durchs ganze Haus, in jedes Zimmer. Von der ersten Etage bis ins Kellergeschoss. Und landete schließlich in ihrem »Nähzimmer«, wie sie es vor Frank immer genannt hatte. Hier hatte alles angefangen. Mit dem Versprechen an Kerstin. Und nun wollte sie dieses Versprechen endlich in die Tat umsetzen. Ihr Koffer war gepackt. Sie nahm nur wenige Sachen mit. Ein paar Kleidungsstücke, die wichtigsten psychologischen Lehrbücher, aber vor allem Fotos ihrer Kinder. In dem Flüchtlingscamp in Griechenland, in dem sie bald ihr Praktikum antreten wollte, würde sie nicht sehr viel brauchen. Sie freute sich auf das, was nun kommen würde, zugleich war ihr Herz schwer.

Vor Kurzem hatte sie den Anlasser ihres Autos austauschen lassen müssen und dabei mitbekommen, wie viel Gewicht dieses kleine Ersatzteil hatte. So fühlte sich ihr Herz an. Wie ein schwerer, kaputter Anlasser. An diesem Tag endete eine Phase ihres Lebens. Es war ihre Entscheidung gewesen, und dennoch konnte sie nicht jubilierend durchs Haus tänzeln. Wehmütig schaute sie sich in dem kleinen Zimmer um. Mitten auf dem Bett lag das rosa Schweinchen, das ihr Kerstin damals geschenkt hatte. Wie hatte sie das vergessen können? Sie nahm es, hielt es in beiden Händen und schaute es an. Hätte das Schweinchen etwas fühlen können, es wäre vor Mitleid zerschmolzen. Claudia seufzte und ließ sich kraftlos aufs Bett sinken. Sie fühlte sich, als hätte sie den Mount Everest bereits bestiegen – ohne Sauerstoff. Dabei lag der ganze Berg noch vor ihr.

Wie gerne hätte sie jetzt geweint. Sie wusste um die heilende Wirkung von Tränen. Aber es kam nichts. Nicht ein Tränchen wollte den Weg aus ihrem Herzen in die Augen finden. Sie seufzte noch einmal. War es das Richtige, was sie tat? War es nicht wahnsinnig egoistisch, Mann und Sohn einfach sich selbst zu überlassen, nur um ein kleines bisschen glücklich zu werden? Diese Gedanken hatte sie in den vergangenen Wochen tausendfach hin und her gewendet. Sie hatte alle ihr bekannten Coaching Tools, die bei der Entscheidungsfindung helfen sollten, ausprobiert. Und jedes Mal war es deutlicher geworden: Ja, es war die richtige Entscheidung. Also komm, du hast keinen Grund für ein schlechtes Gewissen, sprach sie sich selbst Mut zu. Mit diesem Gedanken kehrte Energie in ihren Körper zurück. Sie stand auf, das Schweinchen immer noch in der Hand, um sich auf den Weg zu machen. Wie ein Mantra betete sie sich ihren Glaubenssatz vor.

»Besser auf neuen Wegen stolpern, als auf alten auf der Stelle treten. Besser auf neuen Wegen stolpern, als auf …«

Es klingelte. Das war bestimmt Rolf, der sie zum Flughafen bringen wollte. Mit einem Mal war sie aufgeregt. Sie spürte eine feine Vorfreude in ihrem Bauch und merkte, dass sich ein kleines Lächeln in ihre Mundwinkel geschlichen hatte. In großen Sprüngen rannte sie die Treppe hoch und riss die Haustür auf.

»Oha, so stürmisch.« Rolf war zurückgeschreckt, lachte aber sofort und baute so für sie beide Spannung ab. Bewundernd blickte er sie von oben bis unten an. »Neue Klamotten?«

»Mhm.«

»Stehen dir gut.«

»Danke schön.« Sie sah ihn an und bedauerte erneut, dass er so gar kein Interesse an Frauen hatte.

»Wollen wir?« Er zog die Augenbrauen fragend in die Höhe. Sie nickte zögerlich. Rolf merkte den Stimmungsumschwung sofort. »Weißt du was, ich pack deinen Koffer schon mal ins Auto, und du sagst euerm Haus in Ruhe tschüss. Ich warte in der Garage auf dich.« Tatkräftig schnappte er sich ihr Reisegepäck, das bereits im Flur stand. »Aber nicht zu lange. Nicht dass du noch den Flieger verpasst.«

Claudia drehte sich noch einmal um.

*Das war es also.*

Ihr Blick schweifte über die weißen Bodenfliesen, von denen zwei mittlerweile einen Sprung hatten. Die Raufasertapete war an manchen Stellen auch schon ziemlich abgenutzt. Genauso wie die Türrahmen, die dringend mal wieder einen Anstrich benötigt hätten. Je länger sie sich umschaute, desto mehr schadhafte Stellen fielen ihr auf. Warum hatte sie das in der vergangenen Zeit nicht wahrgenommen? Hatte sie es nicht sehen wollen? Sie konnte nicht glauben, dass sie in jeder Beziehung den Vogel Strauß gespielt hatte. Sie schüttelte den Kopf. Es wurde allerhöchste Zeit für eine Rundumerneuerung. Ein allerletzter Blick flog durch ihr Zuhause, und die Wehmut verschwand wieder. Sie fühlte sich jetzt schon fremd an diesem Ort.

Mit festem Griff zog sie die Haustür hinter sich zu, schloss sie von außen ab und drehte sich um. Es regnete immer noch, von weit entfernt hörte sie ein Donnergrollen. Schnellen Schrittes lief sie zur Garage. Rolf startete den Motor, noch bevor sie angeschnallt war.

»Alles klar?«

Er hatte eine große Portion Euphorie in seine Stimme gelegt, um sie emotional zu unterstützen. Seine Augen blitzten, so als ob er derjenige wäre, auf den ein Abenteuer wartete.

»Nein, nicht alles, aber genug, damit es losgehen kann.«

Zustimmend nickte er und gab Gas, nahm schweigend die Strecke Richtung Flughafen. Jeder hing seinen Gedanken nach, bis Claudia die Stille unterbrach.

»Was wirst du denn jetzt machen?«

»Ich? Wieso denn ich? Du gehst doch weg.«

»Ja, und du bleibst da. Aber irgendwas sagt mir, dass sich dein Leben jetzt auch ziemlich verändern wird.«

Sie beobachtete ihn aus den Augenwinkeln und hoffte sehr, dass er ein paar Details seiner Pläne verraten würde. Denn sie war sich absolut sicher, dass sein Coming-out auf der Beerdigung seines Vaters nicht alles gewesen war.

»Ach, weißt du ...«, begann er zögerlich.

Im nächsten Moment bohrte sie ihre Finger in seine Rippen, sodass er erschrocken das Lenkrad verriss.

»Bist du verrückt? Lass das, ich erzähl dir alles, aber hör auf, mich zu quälen.« Er war ehrlich empört angesichts ihres körperlichen Übergriffs. Claudia lächelte dennoch zufrieden. Sie wusste, wie sehr er diese Kniffe in die Seite hasste. »Es wird sich einiges ändern. Ich hab so viele Pläne, ich weiß gar nicht, wo ich anfangen soll. Aber das Wichtigste: Ich werde ab jetzt nur noch

Dinge tun, die mich wirklich glücklich machen. Und als Allererstes werde ich mir ein Tattoo stechen lassen.«

»Ein Tattoo?«

Sie hatte mit allem gerechnet, aber nicht damit. Ihrer Stimme konnte man sicher anhören, was sie davon hielt.

»Frag mich jetzt nicht, ob ich nicht zu alt für so was bin. Bin ich vielleicht. Aber ich wollte schon immer ein Tattoo haben und hab mich nie getraut. Dreimal darfst du raten, warum.« Er streifte sie mit einem schnellen Blick, um sich zu vergewissern, dass sie ihn verstand. »Nun ist mein Vater tot, ich muss auf niemanden mehr Rücksicht nehmen. Und das wird erst der Anfang von einer Reihe …«

»… Tattoos???«, platzte es aus Claudia raus. Sie konnte es kaum fassen.

»Nein … keine Ahnung, mal sehen. Eigentlich wollte ich sagen, von einer Reihe von Dingen, auf die ich mich sehr freue.«

Sie sahen sich kurz an. Es reichte, um ein Versprechen auszutauschen: Sie würden füreinander da sein, egal, welche Stolperfallen auf den neuen Wegen auf sie warteten.

Rolf fuhr zum Eingang des Flughafengeländes, parkte, stieg aus und holte ihr Gepäck aus dem Kofferraum. Sie hatten vorher ausgemacht, dass er nicht bis zum Gate mitkommen würde.

»Ich werde dich vermissen.«

»Ich dich auch. Sehr.« Er öffnete die Arme, und sie flüchtete hinein, verkroch sich in seiner Wärme. War es wirklich die richtige Entscheidung? Sollte sie nicht besser bleiben? Noch hatten Frank und Emil die Abschiedsbriefe, die sie auf dem Esstisch zurückgelassen hatte, nicht gelesen. Sie konnte immer noch zurückkehren und so tun, als wäre nichts gewesen. Ach, wenn sie doch einfach nur in Rolfs schützenden Armen bleiben könnte. Doch das Leben hatte andere Pläne mit ihr – auch mit Rolf. »Mein süßes Spätzchen«, flüsterte er ihr neckend ins Ohr, »noch

sitzt du im warmen Nest, aber es wird Zeit, flügge zu werden.«
Er ließ sie los und hielt sie auf Armeslänge von sich. »Flieg los
und mach dein Ding. Du tust das Richtige, denn es ist deine
Aufgabe, dich glücklich zu machen. Wenn *du* es nicht tust, tut
es niemand.«

»He, das ist mein Satz. Ich bin die Coachin.«

Sie lachten gemeinsam, er zog sie noch mal kurz an sich und
gab ihr einen liebevollen Kuss auf die Stirn. Claudia spürte wieder das Flattern tief in ihrem Inneren. Es wurde wirklich Zeit
loszufliegen. Sie griff nach ihrem Gepäck, warf Rolf eine letzte
Kusshand zu. Er wedelte lachend mit beiden Händen, um ihr zu
zeigen, dass sie sich vom Acker machen sollte.

Es regnete jetzt heftiger. Sie hörte, wie die Tropfen im Stak-
kato auf das gläserne Vordach des Flughafengebäudes fielen.
Endlich Regen. Endlich Abkühlung. Jetzt war sie bereit, nach
vorne zu schauen und ihre Zukunft zu gestalten. Sie war endlich
so weit, sich selbst glücklich zu machen. Und dann ließ sie den
Tränen ihren Lauf. Tränen des Abschiednehmens, der Erleichterung, des Zulassens.

# Hoffnung

Sie weinte vor Freude, obwohl sie noch gar nicht wusste, ob sie einen Grund dazu hatte. Schnell schrieb Maria José eine Kurznachricht.

*Liebling, bring doch bitte einen Schwangerschaftstest aus der Apotheke mit.*

José hatte die Nachricht auf seinem Handy schon eine halbe Stunde zuvor gelesen, hatte aber so viele Kunden, dass er nicht antworten konnte. Er wagte nicht daran zu denken, was das bedeuten könnte. Es war unmöglich, oder? Bei der nächsten Gelegenheit rief er sie an, aber sie ging nicht an ihr Handy. So packte er einen, dann zwei, nein, gleich zehn Schwangerschaftstests in seine Tasche. Er wäre am liebsten sofort nach Hause geeilt, aber die Apotheke war voller Kunden und er unabkömmlich. Er probierte noch zweimal, Maria telefonisch zu erreichen, immer ohne Erfolg, dann gab er es auf und übte sich in Geduld.

Maria ließ ihr Handy klingeln und lächelte in stiller Freude vor sich hin. Sie musste sich ablenken, sonst würde sie wahnsinnig werden, bis José nach Hause kam. Mit routinierten Bewegungen holte sie die Sektgläser aus dem Schrank. Gleich würden Nicole, Ingo, Rolf, Claus, Choi und noch ein paar andere Nachbarn vor der Tür stehen. Sie hatte sie zu einem spontanen After-Work-Drink eingeladen. Dann wäre José nach dem Nachhausekommen erst mal als Gastgeber beschäftigt, und sie konnte schnell diesen Test machen. Sollte es sich bewahrheiten, was ihr

Körper andeutete, dann würde sie reden. Sollte es aber falscher Alarm gewesen sein, würde sie behaupten, einer der Nachbarsteenager benötige den Test, und sie dürfe nicht verraten, welcher. Schließlich hat jedes Quartier seine Geheimnisse, und es ist wirklich besser, wenn man die nicht alle kennt.

# Danke

Wir alle haben Nachbarn, die mehr oder weniger eng neben uns wohnen, leben und lieben. Meine Nachbarn sind etwas Besonderes. Ohne sie wäre mein Leben anders verlaufen, ohne sie hätte ich so viel weniger Spaß. Da hab ich Glück gehabt. Riesiges Glück sogar. Und so danke ich Marlene, Peter, Isa, Karina, Rudi, Nina, Ralph, Gabi, Paul, Thomas, Eva, Markus, Marcel, Chris, Annette, Christof, Nicole, Markus, Dagmar, Peter und all den anderen für die vielen wunderbaren Zusammenkünfte, Feste und Begegnungen. Diese Menschen haben mich zu meinem Buch inspiriert, aber natürlich sind alle Geschichten frei erfunden und Ähnlichkeiten mit noch lebenden Nachbarn rein zufällig.

Außerdem danke ich ein ums andere Mal meinem Mann Michael, der mich nun schon drei Fünftel meines Lebens begleitet und der mich immer hat machen lassen, egal wie verrückt meine Ideen auch gewesen sind.

Ich danke dem Verlag Bastei Lübbe für das Vertrauen, Melanie Blank-Schröder für die wundervolle, wertschätzende Zusammenarbeit, Margit von Cossart für den Feinschliff mit Fingerspitzengefühl und meiner Freundin Anke Bahr für ihre wertvollen Impulse.

Es sind die Begegnungen mit Menschen, die aus einem normalen Tag etwas Schreckliches oder etwas Besonderes machen. Und es sind die Nachbarn, die aus einem schönen Zuhause ein Paradies machen können. Von daher lebe ich tatsächlich in einer Oase, die meine Seele (und meine Fantasie) nährt.